JN037065

下賜された悪徳王女は、裏切りの騎士に溺愛される

青砥あか

Illustration
城井ユキ

MOON DROPS

下賜された悪徳王女は、裏切りの騎士に溺愛される

Contents

イラスト／城井ユキ

下賜された悪徳王女は、裏切りの騎士に溺愛される

kashi sareta akutoku oujo ha
uragiri no kishi ni dekiai sareru
Presented by Aka Aoto

MOON DROPS

プロローグ

部屋に充満する血の臭い。白に青の縁取りがされた近衛騎士のマントをひるがえし、さっきまで全速力で駆けていたレオは、広間の惨状を見て足をすくませた。ドアの敷居も跨《また》げず、その中央に血濡《まみ》れで立つ神々しいまでに美しい少女を凝視する。

この国の第一王女、ソニア・フィラントロピア・アレグリアは薄ら笑いを浮かべていた。

王女の近衛騎士になる前。傭《よう》兵として数々の戦場を駆け抜け功績を残してきたレオは、今さらこの程度で怯《おび》えるほど肝は小さくない。そのはずなのに、足は石になったように動かなかった。

「あら、遅かったわね」

この場に不似合いな、鈴の音のように澄んだ声が、広間に響く。

王女の居室、寝室の隣に位置する広間は、南に面した王宮でもっとも日当たりの良い部屋だ。普段は王女の居間や応接間として使われている。

春のうららかな午後、バルコニーに続く大窓は開け放たれ、そよぐ風に緻密なレース編みのカーテンが優しく揺れる。差し込む柔らかな日差しと、小鳥のさえずりとともに、いつもなら庭に咲く蔓薔薇《つるばら》の芳香が広間にただよっているはずだが、今はむせかえるような血の臭いにかき消されていた。

白地に金糸と銀糸が編み込まれた美麗な絨毯《じゅうたん》の上に、死体が二つ転がっている。ソニアの侍女ベアトリスと、レオの部下で近衛騎士のアントニオだ。

二人は風魔法の風圧で切り裂かれたような傷と、刺し傷を受け絶命していた。部屋もところどころ切りつけられたような痕があり、ソファやテーブルは吹き飛ばされ、やぶれたクッションの羽根がふわふわと宙に舞っている。

その中でソニアだけは傷一つなく、淡い月光のようなプラチナブロンドは一糸も乱れていない。ただ、ドレスにべっとりと血が染み込んでいるだけだ。

「姫、これはいったい……」

「見てのとおりよ。わたくしが殺したの」

ソニアの手には、刃先が変な形にねじ曲がった短剣が握られている。

信じられなかった。なにかの間違いだと思いたいのに、王女にまつわるいくつもの悪い噂が頭の中を駆け巡る。

「ころ、した……あなたが？」

「わたくしの異能の噂。あなたも聞いたことがあるでしょう。それよ」

ソニアの魔力量は平均しかない。使える魔法も簡単な護符と生活魔法程度で、攻撃魔法は使えなかった。殺したと言うなら、その異能に他ならない。

無残に転がる部下と侍女の死体から目が離せない。二人は恋仲で近々結婚する予定だった。それは仲睦まじい様子で、ソニアも心から祝福していた。

王女が二人の婚約祝いにと、お守りを手渡したのはつい先日のこと。王家お抱えの魔術師が糸を紡ぎ、職人が編み込み、飾りの水晶に王女自ら護符を施したという組紐だ。

それも今、千切れて血の海に沈んでいる。血色が反射しているのか、透明なはずの水晶が黒く濁って見えた。

「なぜこんなことを……っ！　二人ともあなたをお慕いしていたではないですか！」

こぼれた声が無様に引きつる。不敬罪になるかもしれないというのに、王女を責めるような言葉しかでてこない。

「この王宮であなたの味方は少ない。二人は数少ない味方で……」

「ねえ、レオ。こちらを見なさい。わたくしの目を見て話しましょう」

レオの言葉を、今しがた人を殺したとは思えない楽しげな声がさえぎる。王女から目をそらし続けていたレオは、びくっと肩を震わせて固まった。

これは本能的な恐怖だ。あの不気味な微笑みを見てからずっと続いている。

「わたくしの言うことが聞けないのかしら？」

声に冷たさが混じり、空気の重さが増す。今まで王女から感じたことのない圧だった。

「さあ、こちらを向きなさい。レオ」

声が、レオの鼓膜で反響する。抵抗する首の筋肉がぎちぎちと音を立て、顔が声のほう

を向く。まるで操られているようだった。

けれど魔力は感じられない。ただ、この場の空気と彼女からあふれる威圧感にレオがのまれていた。

こんなこと、あり得ない。自分より十歳も年下の十六歳の少女に気圧されるなんて。

驚愕《きょうがく》に顔を歪《ゆが》めたまま、ソニアと目が合った。

「いい子ね、レオ」

柔らかさの中に一滴の毒が混じったような声。それと聖女のような慈愛に満ちた輝く微笑みを向けられ、レオは目を見開いた。心臓が止まるかと思った。

彼女が笑っている。いや、ずっと笑っていたのだ。

「人形のようだ」「人ではない」などと評されるほど常に無表情で、近しい者に見せる笑みも、顔を隠すようにうつむいてはにかむ程度。感情表現が下手なだけで、大人しい繊細な王女なのだと思っていた。

たまに口元が少しだけ緩むはにかみを見ると、幸福な気持ちになれた。いつか彼女の思いっきり笑う顔を見られたら、どんなに胸が弾むだろう。

愛しいと、不謹慎にもあふれそうになる想いを何度押し殺したことか。

その彼女が今、レオが心から見たかった満面の笑みを浮かべている。頬に飛び散った血痕が、薔薇の花びらと見間違えるほどたおやかな表情だ。

場に不釣り合いで、肌が粟《あわ》立つような恐怖を感じるのに、ずっと見つめていたくなる。

一度目を合わせてしまうと、もうそらすことはできなかった。

「あとから駆けつけてきた他の者も、黙ってわたくしの話をよくお聞きなさい」

はっとして、視線はそのままに背後を探る。複数の気配があった。背後の彼らも、王女に気圧されているのか無言で動かない。張りつめた空気が、レオのうなじを撫《な》でた。

「二人を殺したのはわたくしです。調査は必要ありません。王族のわたくしが身分の低い者を気まぐれで虐めていたら、手元が狂って殺してしまっただけのこと。なんの問題もありませんわね」

通常、王宮内で殺人があれば暗殺や陰謀の可能性を考慮し綿密に調査される。

けれど最初から犯人がわかっていて、それがこの国唯一の王女となると、調査しても罰を下すのは不可能だろう。なにより、噂では彼女が陰でおこなう悪逆のかぎりを、父である国王がすべて許しているという。

だが、二人の無念を思うとすべてなかったことにしたくない。調査し死因などの記録を残したい。そう意見したかったが、なにも言葉にならなかった。

ソニアの蠱惑《こわく》的な菫《すみれ》色の瞳にじっと見つめられると考えがまとまらなくなり、怒りもろとも萎《な》えていった。

ソニアはにこりと目を細めると、レオの背後に視線を移す。

「そこのお前。事故死として、二人の亡骸を家族にお返しして」

「か、かしこまりました……」

震えを隠せない声で返事をしたのは、侍従だろう。

ソニアはドレスのポケットから絹織りの白いハンカチを取りだすと、優雅な仕草で頬についた血を拭う。そのハンカチで短剣の刃を包みポケットにしまった。

「それから誰か、湯浴みの用意とこの部屋を元通りにしておきなさい」

足元に死体が二つ転がっている状況で、メイドたちに淡々と命令する様子は異様だった。

「では、失礼するわ。あとはよろしくね」

そっけなく言い放つと、何事もなかったようにソニアは寝室の扉へと向かった。

彼女の視線から開放された安堵《あんど》感で、詰めていた息を吐く。

「おっ、お待ちくださいっ!」

視線を床に落としたまま声を張る。ドレスの衣擦れの音が止まった。

「なぜ、このようなことを……」

「さっき話したでしょう。聞いていたはずよね?」

「納得できません。なにか他に理由があるのではないですか?」

あの瞳と笑顔から逃れたためだろうか。頭と舌が正常に回りだす。

もしかしたら、非は死んだ二人にあったのかもしれない。王女を害しようとしたのではないか。

「やはり調査を……」

「なんて面倒臭い男なのかしら」

忌々し気な声と足音がレオに近づき、止まる。王女が下からのぞき込むように視線を合わせてきた。にいっ、と吊《つ》り上がる口角に背筋がぞくりと震えた。

また、なにも考えられなくなる。菫色の可憐《かれん》な瞳に捕らわれ、脳を浸食される。

「いいこと。調査は許可いたしません。もし逆らうなら……そうね、あなたの部下を一人ずつ処刑していこうかしら？　いい考えね。あなたは自分が傷つくのはなんてことない人だもの。それがいいわ。そうしましょう」

ソニアは血に濡《ぬ》れた両手を合わせ、ふふふっと笑い小首を傾げる。

「では、ごきげんよう」

そう言い残すと、くるりと軽やかに踵《きびす》を返し去っていった。

寝室の扉が閉まる。その音に何人かの者が息を吐き、床に座り込む者もいた。胆力に自信のあるレオさえも、よろけるように壁に手をつく。

「なんなんだ、あれは……っ」

王女の近衛騎士に着任してから見てきた彼女と、今の彼女。どちらが本当のソニアなのか。

床に転がる二人の遺体を見つめ、秘密裏に調査をしようかと考える。

だが、すぐに思考はソニアの悪魔のような笑顔に埋め尽くされる。なにも考えるな、考えるだけ無駄と嘲笑《あざわら》うように、レオの思考は支配され闇へと落ちていった。

1

「ねえ、知ってる？　また殺されたらしいわよ」

「まあ怖い。殺人姫でしょう？　聞かれたら、あなたが殺されるわよ」

「しっ、声が大きいわ。聞かれたら、あなたが殺されるわよ」


新緑が美しい季節の昼下がり、細く開けていた窓から裏庭の話し声が聞こえてくる。ソニア王女にまつわる噂《うわさ》話だ。

王宮の北側に張りだすように建てられた尖塔《せんとう》は、魔法騎士団の詰所である。そこの三階に団長の執務室があり、なぜか裏庭の話し声が風に乗ってよく聞こえる構造になっていた。

わざとそう建てたのかもしれない。レオは手元の書類を読みながら、魔法騎士団の制服である黒いジャケットの前を着崩し頬杖をついた。肩や袖についた真鍮《しんちゅう》の飾りが邪魔だ。脱ぎたいが、だらしないと怒る補佐官がいる。黒革のズボンに包まれた長い足を組み替え、面倒だなと溜《た》め息をつく。

壁には制服の深緑色のマントがかかっていて、それがさっきから風で軽くはためいている。窓を閉めようかと思いつつ、まだ続いている使用人の噂話に耳を傾けた。

「そういえば今年に入って何人目？」

「殺されたのは一人で、行方不明になったのはたくさんいるって聞いたわ」

「王宮内で次々と女性が消えるって話……実は王女殿下の仕業なんでしょう」

間違いだ。怪我を負った不審者が一名で、王宮内で行方不明者は一人もでていない。怪我をした不審者も、尋問前に自死した。おそらく王女を狙った刺客だろう。

王宮内で女性が消えるというのは怪談みたいなものだ。

現国王の王妃が亡くなってから、諸侯たちが強引に側室を送りこんだことがからんでいる。親族や後見人同士の派閥争いの駒となった側室たちは、王宮で醜い争いを繰り返し、殺人にまで発展した。

元々、側室に乗り気でなかった国王は「ここに残る者は皆殺しにする」と脅し、残った側室を追いだしたのだが、こりない諸侯は死んでも問題ない女性親族を側室として献上するようになった。

殺してもいいと差しだされて殺すほど、国王も鬼畜ではなかった。というより興味がなく放置したところ、親族に虐げられていた彼女たちは王宮から逃げだした。修道院へ入る者や、平民になり市井で働く者。中には好いた兵士と駆け落ちする者など、姿を消す者が多発した。

国王は、好きにさせろと命令して終わり。その後、側室として送り込まれる女性は年々減っていき、今は皆無だ。諸侯もあきらめたらしい。

そうして消えていった女性たちが、なぜか王女の毒牙にかかり殺されたという噂になっている。王室の恥になりかねない内情は秘匿されるので、末端の使用人や平民がくわしく知らないせいだろう。

「怖いわね。いったい今まで、どれだけの人が犠牲になったのかしら？」

「平民を入れたら、とんでもない数になるらしいわよ」

「生き血をすすっているんでしょ？　だからあんなに綺麗《きれい》だって」

「私は血の風呂に入ってるって聞いたわよ」

出鱈目《でたらめ》だ。平民の行方不明者は毎年たくさんいるが、王女とは関係ない。

だいたい頻繁《ひんぱん》に生き血を抜いたり、血の風呂に入っていたら、王女の居室から血の臭いがあふれる。あの臭いは一度つくと、簡単に落ちない。王宮にそんな臭いのする場所があったら大問題だ。

夜な夜な王女が居室を抜けだし地下室や牢獄《ろうごく》などにいっている事実もない。近衛騎士をしているときに調べたが、居室に隠し部屋や隠し通路もなかった。

過去の記録をさかのぼっても、王女の周辺で不審死をとげた人物のほとんどに刺客の疑いがある。それだって年に一人いるかいないか。命を狙われやすい王族なら、そう多い数字でもない。

ただ一つだけ。王女が皆の前で殺したと明言したことがある。記録に残されていない、侍女と近衛騎士の惨殺事件だが、実際に殺す場面を見た者はいない。

そして、あの場に駆けつけた騎士や使用人たちが、血まみれで微笑む王女に恐怖し、〝殺人姫事件〟と名付けて噂を広げてしまった。緘口令《かんこうれい》をしいたが無駄だった。

おかげで王女の悪い噂は噂ではなく真実とされ、今や市井でも殺人姫だと囁《ささや》かれる始末。王宮内で醜聞を留めておけなくなったのは、王女の蛮行が激しくなったのではなく、国力が衰退している現れだ。

ソニアは不愛想を通り越して無表情の無感情。人と話すときに決して目を合わせないし、ひどい場合は顔をそらす。態度が悪い、馬鹿にしていると憤慨する人間も多く、誤解を受けやすかった。

しかもベアトリス亡きあと、侍女をつけず使用人も遠ざけて生活している。専任の近衛騎士もいない。

専任だったレオは、事件のあとすぐに近衛騎士団の王女を護衛する第二部隊隊長の任を解かれて、魔法騎士団へ異動になった。その後任を決める気もないのか、近衛騎士に最低限の護衛をさせるだけ。騎士たちも、王女には強力な異能があるから大丈夫なのだろうと言い、専任に指名されないことに安堵《あんど》している。

身近で彼女に仕えているのは初老の執事だけで、その徹底した人を寄せつけない暮らしぶりに誤解と噂はますます広がるばかり。陰口にも近い噂を口にする使用人や騎士たちも、存在が遠いせいで罪悪感がわきにくいようだ。

「だからって、おかしいだろ。不敬罪だとわからないほど愚かでもないだろうに……」

肘掛けに頬杖をつく。一歩引いてこの国を見ているレオには、ソニア王女に対する彼らの言動に気味の悪さを感じる。この国にきてから、ずっと抱えている違和感だ。

部屋にノック音が響く。いつの間にか使用人の話し声はしなくなっていた。

黒檀《こくたん》でできた扉が重々しい音を立てて開く。手にしていた書類を一番上の抽斗《ひきだし》にしまい、雪の結晶をかたどった真鍮製の錠紋《じょうもん》飾りに魔力を流し込む。

錠紋は、最初に魔力を流し込んだ人間の魔力を認識すると、その魔力を鍵として開閉できるようになる魔導飾りだ。別の人間の魔力には反応しない。物理的に壊すことは可能なので、絶対的に安心な鍵ではないが便利なので広く使われている。

「失礼します。団長、辞令がでました」

「ああ、とうとうか……」

長くなってきた紫紺色の前髪をかき上げると、硬い表情をした副団長カルロス・セラーノが辞令書を差しだした。

魔法騎士団の団長の座を引き継いで一年。魔法騎士団は、後方支援に回る魔術師とは違い前線に派兵される。魔法だけでなく腕にも自信のある少数精鋭の集団だ。魔法騎士団をまとめる団長は、他の隊より実力も地位も高い。将軍に継ぐ権限と、同じだけの兵士を動かす権利が認められている。

レオはまだ二十七歳だったが、実力は他の隊員を黙らせるだけのものがあった。

「受理されるのですか?」

「当然だろう。断れるわけがない」

受けとった辞令書には、国王のサインと王家の紋章が金インクで謄写されている。魔力の練り込まれたインクによる勅令だ。断ることはできない。

「今、あの地域はとても危険です。団長自ら前線にいかれるなんて……」

「危険だから俺が派遣されるのだろう。上も俺の腕は認めてくれているらしい」

出兵するよう勅命が下った場所は、隣国との国境付近のオディィオ領。領主のオディィオ辺境伯は公明正大で領民からとても人気がある。領地経営も盤石で、求心力のある傑物だと聞いている。

そのオディィオ領主と民衆が手を組んで内乱が勃発した。原因は現政権による圧政。長らく大国として君臨してきたフィラントロピア王国の内部は、腐敗しきっていた。現王が即位した当時は賢王として名高く、国内は豊かで国民の笑顔であふれていたらしい。

だが、アフリクシオン王国を不当な理由で征服してから、この国はなにかがおかしくなった。国王は今や暴君と呼ばれ、唯一の後継者である王女は殺人姫と呼ばれている。

腐りきった貴族が王宮で幅をきかせ、国民のことを考えない増税や法律の改正ばかりを繰り返していた。その結果の内乱だ。

疲弊した民とオディィオ領主が王国に反旗をひるがえしただけでなく、どうも裏から援助している者たちがいるようで、反乱軍は武器や魔法士が潤沢だという。

食料などの物資も充実していることから、飢饉《ききん》や重税で疲弊した他領の民も加わって勢力を広げている。今や隣接する領が陥落するのは時間の問題だ。

援助しているのは隣国ではないかと言われているが、レオは他に心当たりがあった。錠紋のかかった抽斗にそっと視線をやる。

辞令書には、和睦交渉をこころみ、決裂した場合は鎮圧せよと書かれている。

「反乱軍と交渉する役目まで押しつけられているんですよ。こんなの、あんまりです」

交渉内容は和睦だ。辞令には、内乱の首謀者と話し合ってくるようにとある。

その場合、使者は敵意がないことを見せるために一人か二人で交渉の場に赴く。丸腰で、魔法が使えないように魔力制御の枷《かせ》をはめられ、交渉に失敗すれば殺される。

「仕方ないだろう。こういうのは、それなりに地位が高い人間でないと信用されない。だからといって国の重鎮を派遣するわけにもいかないから、若くてそこそこ地位が高くて、なにかあったら単身で乗り切れそうな俺が抜擢《ばってき》されたんだろう」

「それもわかりますが、上からのやっかみもあります。せめて、連れていく者を自由に選べるよう掛け合うべきです」

前線へ一緒にいく兵士の名簿がある。魔法騎士団の部下だけでなく、他の部隊も含まれている。優秀な兵士ばかりだが、レオをよく思っていない派閥の息がかかっている。レオの指揮に従うとは思えない。こういうところが腐敗しきった政権の表れだ。

「鎮圧する気があるのかないのか……優秀な兵士を無駄死にさせたいのか？」

「あなたの命令を聞かない兵士など、優秀であっても無駄死にしてしまえばいい。それより、交渉中に背後から刺されたり、騒動にまぎれて暗殺されないか心配です」

「まあ、それを狙っての辞令だろうな」

「なにを呑気なことを……」

真面目なカルロスは、上官の不当な扱いに心底怒っているようだ。レオは群青色の目を細め、辞令書を無造作に机に放った。

「仕方ないだろう。俺は良くも悪くも目立つのだから」

身寄りのないレオは、十代の前半から各地を転々としながら傭兵をして稼いできた。様々な国を見て回り、このフィラントロピア王国に腰を落ち着けたのは二十二歳のとき。

仕事先でこの国の将軍パブロ・ナバーロに気に入られ、部下にならないかと誘われた。フィラントロピア王国に興味があったレオは二つ返事で承諾した。

始めはナバーロ将軍の下で第一騎士団の兵士として三年仕えた。その間に功績を上げて出世し、ソニア王女専任の近衛騎士に抜擢されたのは二十五歳のときだった。貴族が条件の近衛騎士に就任できたのは、子供がいなかったナバーロ将軍夫妻の養子に迎えられたからだ。

そのナバーロ将軍は今年の始め病に倒れて急逝した。体の弱かった奥方も去年亡くなっている。前線へいくにあたって後顧の憂いがないのは助かる。

今は正式に爵位を継いでレオ・ナバーロ伯爵を名乗っている。孤児同然の身から、母国ではない地で出世し、王女の専任近衛騎士を経て、実力主義のエリート集団である魔法騎士団の団長にまでなった。

おかげで称賛や憧れ以外に、妬《ねた》み嫉《そね》みの感情を向けられることは多い。

「親父が生きていればな……もう少し、マシな辞令だったかもしれない」

「それどころか、ナバーロ将軍自ら出兵されたでしょう」

「たしかに。暴れ馬のようなお人だったからな」

ナバーロ将軍は現国王の腹心だった。豪胆でカリスマ性があり、まさに武神と言っていいような人物で、軍部において兵士からの人気が高く、発言権が圧倒的に強かった。他国と小競り合いの多いこの国で、亡き養父のような人物を軽んじることはできない。

「今、上を占める諸侯は血筋を重んじる派閥だ。下賤《げせん》の血が流れる俺を駒として使うのはいいが、出世されては困るから始末したいのだろう」

「くだらない。戦場にでたらなにもできない無能の集まりのくせに」

「誰かに聞かれたら面倒だぞ。少しは口を慎め」

辛辣なカルロスに苦笑する。

「事実です。それより、団長がなにもなさらないなら、私が抗議させていただきます」

放りだした辞令書をカルロスが取り上げ、腰に手を当てる。

「どう考えても不当です。せめて私も随行できるように内容を変更してもらいます」

「お前の立場もあるだろう。俺は一人でも大丈夫だぞ」

「大切にするほどの立場ではありません。あなたがそう簡単に始末されないこともわかっておりますが、今回に限っては放って置いたらどこかへ消えてしまう気がするんです」

なにか勘づいているのだろうか。いざとなったら逃げるあてのあるレオは、じっと見据えられて居心地の悪さにうなじをがしがしとかいた。

「お前……女の勘みたいなことを言うな」

「勘ではありません」

カルロスの視線が机の右端に落ち、ぐっと眉間に力が入る。錠紋のかかった抽斗の真上辺りだ。窓からの日差しが陰り、カルロスの青い瞳の色を濃くする。

「第一騎士団の頃から五年、あなたの補佐として仕えてきた経験からです」

実力もあり戦略に優れていたカルロスは、もともとナバーロ将軍のお気に入りだった。レオとも気が合い、気づいたら補佐官的立場に収まっていた。

これは、覚悟したほうがいいのかもしれない。

もし戦場から逃亡することになったら、この補佐官は絶対に追いかけてくる。そうなったら、秘密を彼に打ち明けるしかない。

この国で暮らすのも潮時なのだろう。辞令や暗殺の懸念がなくとも、数年のうちにここを去らなければ、レオは確実に危うい立場に追い込まれる。逃亡先としてあてにしている向こうも、レオの存在に気づいているようだ。

「私は、ナバーロ将軍から亡くなる前に頼まれたのです。どこか厭世《えんせい》的なあなたのことを守るようにと」

「忠義者だなぁ」

カルロスは養父に心酔していたうちの一人だ。養子でも、ナバーロ将軍が認めた息子なら当然とばかりに尽くしてくれる。

「ともかくこの件は私にお任せください」

「わかった。好きにしていいから、無茶はするなよ。それより、午後の訓練の時間だ。俺は書類を片づけてからいく」

「そうでしたね。では、先に訓練場へいって始めています」

「よろしく頼む」

カルロスを見送り、抽斗の錠紋に魔力を流して書類を取りだす。闇稼業の者に依頼した調査書だ。

「アフリクシオン自治区か……」

かつて小国ながら、異能や魔法に優れた人材が豊富だったアフリクシオンという王国があった。良質な魔法石を大量に産出する地域としても有名で、昔から他国の脅威にさらされていた。それを庇護《ひご》し、協調関係にあったのがフィラントロピア王国だ。両国の王族同士で政略結婚を繰り返し、何代にも渡って関係を強化してきた。

だが、二十年ほど前に突如フィラントロピア王国から和平条約を破られた挙句、滅ぼされ、今は自治区となった。

調印式に参加予定でフィラントロピア王国を訪れていたアフリクシオン王族が不敬をは

たらき、現国王ラロの逆鱗《げきりん》に触れて皆殺しにされたという実に血生臭い話で、後に〝血の裏切り〟と言われるようになった。

ははっ、と乾いた笑いをもらし、調査書を宙に放り魔力をぶつけた。一瞬で凍りつき、粉々になって床へ落ちる寸前で、白い冷気をまとった煙となり霧散した。レオが得意とする氷魔法だ。

「結局、出自からは逃れられないということか」

そう吐き捨てると立ち上がり、マントを手に部屋をでた。

＊＊＊

ソニアと出会ったのは、フィラントロピア王国にやってきてすぐのことだった。

王女宮の庭園。白い星のような小花が咲き乱れる生垣が、迷路のようにどこまでも続いていた。その奥に、ぱっと開けた場所があった。

赤い蔓薔薇のからんだガゼボの下に白い鋳物のベンチ。そこにちょこんと腰掛けていた十二歳のソニアは、薄い水色のふわりとしたドレスを身につけ、花の妖精のような浮世離れした容姿をしていた。

我が儘《まま》で冷淡だと噂に聞いていたが、なにかの間違いだろう。嫉妬した者の悪口だとしか思えないほど、ソニアは美しかった。

「どなた？　ここは王女宮の庭園よ。今すぐでていきなさい」

うっかり見惚《と》れていて反応の遅れたレオは、その冷たいけれど透き通った美しい声にはっとし、違和感に眉をひそめた。少女はこちらを一瞥《いちべつ》もせずに話していた。

菫色の瞳はぼんやりと中空を見つめている。王女が盲目だという話は聞いていない。

「名はレオと申します。あー、実は……迷子になってしまって」

大嘘だ。レオはソニアがどんな少女か知りたくて、ここに忍び込んだ。

「よかったら、出口まで案内していただけませんか？」

図々しく頼んでみると、冷淡な少女の顔が微妙に硬くなる。些細《ささい》な変化なのでわかりにくいが、常に身の危険にさらされてきたレオにはわかった。

「お付きの人でもいいんですが？　いないようですね」

ソニアの眉尻がぴくっと一瞬跳ねる。機嫌はよくなさそうだ。

「なぜお一人なのですか？　失礼ですが、ソニア王女殿下であらせられますよね？」

「……一人になりたかったから置いてきたのよ」

「そうですか。そういうこともありますね。ですが、王女殿下がお一人なのは、危険ではありませんか？　どこかに護衛騎士でも潜んでいませんか？」

「……誰かいたら、あなたを連れていってもらうわ」

「護衛もいないのですか。不用心ですね。職務怠慢では？」

「ここは、お父様の結界があって普通なら入れないのよ」

「え？　そうなんですか？　俺、入れましたけど？」

結界が張ってあるのには気づいていたが、魔力の強いレオには無駄だった。

「やはり危険ですね。俺みたいなのが通過できる場所にいるなんて。危ないので、王女宮までお送りいたします。それで、王女宮はどちらの方角でしょうか？」

こちらのふてぶてしい意図に気づいたソニアが、やっとレオを見た。無表情だが、呆《あき》れ返っているのがわかった。

「あなた、図々しいわね。わたくしに道案内させる気ね」

少し怒った口調も愛らしい。レオはにやにやしそうになる唇を噛んだ。

ソニアが自分に意識を向けたのが嬉《うれ》しい。相手はまだ子供だというのに、この高揚感はなんだろう。

こちらが聞けば、渋々ながらも答えてくれる。付き人や護衛の有無を素直に言ってしまうところなんて、無防備すぎて心配になる。

やはり噂はあてにならない。レオにとって姉のような存在だったカタリーナが、この少女に殺されたなんてあり得ないだろう。

「ソニア王女殿下、僭越《せんえつ》ながら俺が王女宮までの道のりを護衛いたしますので、先導をよろしくお願いいたします」

騎士の礼をとって膝を折る。しばらくして嘆息が聞こえた。

「仕方ないわね。ついてきなさい」

ベンチを下りたソニアが、こちらを振り返らずに歩きだす。レオが追いかけていくと、歩きながら道の説明を始めた。その説明は丁寧でわかりやすい。

やはりとても優しい子だ。そして恐ろしいほど美しくて、孤独な子供。それがソニアの第一印象で、その後も変わることはなかった。

2

四日後、レオが率いる精鋭部隊はオディオ領の内乱鎮圧へ向かう。王宮の大広間では、兵士のために激励の宴が開催された。

きらびやかな装飾に高級な食材を贅沢《ぜいたく》に使った料理の数々。流れる音楽に乗って踊る着飾った貴婦人と兵士に、隅に設けられたソファやバルコニーで語らう男女。夕暮れから始まった宴は、夜がふけるにしたがって淫靡《いんび》な空気を微かにただよわせ始める。一夜の相手を探す既婚者の貴婦人や、そういった人妻と戦場にいく前に関係を持ちたい兵士が目配せし合い、大広間の外に消えていく。

それを遠目に眺めながら、レオは壁に寄り掛かって一人で酒を飲んでいた。格好はいつもの着崩した制服ではなく、魔法騎士団の正装だ。

実用的な黒のジャケットやマントが、黒のジュストコールに変わり、金糸で無駄に刺繍《ししゅう》されたベストをその下に着る。腰に下げるのも装飾的に作られた細身の剣だ。特に首に巻きつけるひらひらしたクラヴァットが鬱陶しくて、早くこんなものは脱いでしまいたかった。

「団長、こんなところにいらしたんですね」

「カルロスか。用事は終わったのか」

宴に遅れて参加してきたカルロスは、無言でレオの手から酒の杯を取り上げる。代わりに野菜や肉が盛られた皿を押しつけられた。

「どうせ、つままずに酒ばかり飲んでいたんでしょう？　体を壊しますよ」

「よくわかったな。お前は俺の奥さんか」

「あなたの女房役ではありますね。そんなことより、今回の遠征に私もついていきます」

レオのちゃかしを淡々とかわしたカルロスの言葉に、目を丸くする。

「通ったのか……なにかしたのか？　実家がうるさかっただろう？」

カルロスが今回の遠征についてくるのは無理だと思っていた。残される魔法騎士団を管理するのは副団長の仕事だし、彼の実家はセラーノ公爵家だ。

「実家がうるさい？　なんの冗談ですか。笑えませんね。それ、野菜から食べてください」

据わった目で冷淡に返され、レオは無言で野菜を口に運んだ。

「なにを勘違いしているのか知りませんが、私は使用人が産んだ子なので、公爵家での扱いはよくありません。あの家に迎えられたというか、無理やり一員にされたのは異能が目覚めたからです。それさえなければ、庶子として捨て置かれていたでしょう」

異能とは、生まれたときから誰でも持っている魔力とはまた違う理で作用する能力だ。誰もが持っているわけではない。魔力量の多寡にかかわらず発現するので、一種の体質だ。

能力も千差万別で、役に立つものからそうでないものまであり、異能の内容によってはそれだけで出世できてしまう。

ただ、異能がでやすいのは高貴な血と決まっていて、庶民で発現する者はほぼ皆無。たまに発現するのは貴族の落とし種である。貴族の千人に一人、王族なら百人に一人の割合だ。親族に一人でもいれば政権争いや政略結婚の大事な駒となる。

カルロスは十歳で透視能力に目覚めた。目に宿る異能は魔眼と呼ばれ、透視や鑑定などがある。目を媒介にするためなのか、魔眼同士でやり合おうとするとお互いに反発し合ってうまく能力を使えなくなる。そのせいか魔眼同士は仲が悪い。

公爵家はすぐさまカルロスを母親と引き離して養子に迎えた。反発する彼に、田舎で暮らす母親の身の安全をちらつかせ従わせた。

だが、小さな箱の中を透視する以上の能力は目覚めなかったため、十代半ばで公爵家から見放された。既に母は流行り病で亡くなっていて、これ以上言いなりになる必要もないと軍に入隊した。いっそ公爵家から籍を抜いてくれればいいのにと、昔酔っ払って悪態をついていた。

けれどカルロスの実際の能力は違う。箱どころか、今は半径五十メートルほどを透視できる。彼はこの能力をナバーロ将軍にだけ告白し、自分を売り込んだそうだ。

異能者は、ときに自分の能力を隠す。利用されたり、誘拐や命を狙われる危険があるからだ。信用できる身内だけに教えるか、能力を低く発表している。

「公爵家は、まだお前の本当の能力に気づいてないのか？　さすがにそれはないだろ？」

声をひそめると、カルロスは肩をすくめた。

「知っているでしょうね。でも、今の当主は血統主義で、二言目にはうちは王家の傍流で女王制度がなければ自分が王家に養子に入っていたはずだって、簒奪者《さんだつ》ともとられかねないことを言ってます。半分平民の血が流れている私のことは毛嫌いしてて、異能にも昔から嫉妬されていたので、今回の遠征についていくのは大歓迎のようですよ」

公爵家現当主は、彼の異母兄ダニエル・セラーノで今年三十二歳になる。一昨年、狭量ではあるが狡猾《こうかつ》だった父親が亡くなって爵位を継いだ。それ以前は、公爵家の仕事を手伝いながら魔法石に刻む魔術の研究をしていて、その道では有名らしい。

「父が亡くなっていて幸運でした。私の本当の能力に気づいて、なにかと利用しようとするので、ナバーロ将軍がいつも間に入って守ってくれていました。本当にお世話になりっぱなしで……」

うっとりと中空を見つめる養父の信者に白けた視線をおくり、レオは肉を咀嚼《そしゃく》した。そろそろ杯を返してほしい。喉が渇いた。

「まあそんなわけでして、実家に掛け合ったらすぐに辞令を書き直し、私も遠征する兵士のリストに加えてもらいました。遅れたのは仕事の引継ぎです」

「そうなのか。初めて聞いたぞ」

「ええ、すべての手続きが終わるまで内緒にしていたので。絶対についていきますからね」

逃がしませんというように微笑まれ、置いていくのをあきらめた。正直なところ、カルロスがいてくれると助かる。ただ、彼を巻き込むことになるのが申し訳ない。

「お前……付き合ってる相手や、好きな人がこの国にいたりはしないか？　ほら、なんだっけお前に懐いてる従妹とか」

「アナマリアですか？　あれはまだ子供です。有り得ない」

カルロスが嫌そうに顔をしかめる。

「急になんですか？　そんな相手いませんよ。貴族子女とは政略結婚問題が発生するので面倒臭すぎて付き合えませんし、平民と付き合えば実家がなにかと口出ししてきますからね。親密にお付き合いするなんて無理です。でも、好きな人ならいますよ。今は亡きナバーロ将軍閣下です」

少し癖《くせ》の入った水色の髪に澄んだ青い目を持つカルロスは、そこそこ整った顔立ちで実家は公爵家だ。地位と見た目で寄ってくる女性は多いはずなのに、好きな人がレオの養父だなんて不憫《ふびん》すぎる。

「ああ、そう。ならいいや」

投げやりに返すと、カルロスの手から杯を取り戻して酒をあおる。

「しかし、もったいないな。お前なら、寄ってくる女性も多いだろう」

「なに言ってるんですか。団長の傍だと霞《かす》んでしまい、見向きもされませんよ」

首を傾げると、盛大に溜め息をつかれた。

「本当に自分のことには無頓着ですね。今だって、団長に誘ってもらいたくてこちらを盗み見ているご婦人方がいらっしゃるのに、気づいてないんですか？」

「視線には気づいていたが、特に害のないものだから気にしていなかったが？　俺なんか相手にしてどうする。伯爵位はあるが、庶子どころか元孤児の外国人だぞ。それこそお貴族様が相手に選んでは駄目な男だろう」

レオと付き合うなんて恥だの、人妻の遊び相手にしかならないだのと陰で言われているので、ご令嬢には近寄らないようにしているし話しかけたりもしない。嫁入り前に変な噂が立って傷物扱いされたら可哀想だ。

貴族の不倫文化も生理的に受け入れられないので、人妻もあり得ない。

自分より目下にあたり、誘われたら断れない立場の使用人に手をだすのも性格的に無理。だいたい使用人は噂好きで、手をだしたらあっという間にいろんなことが広まってしまう。人に言えない秘密を抱えるレオにとって、相性の良くない相手だった。

そういう事情で、問題ないのは後腐れのない口の堅い高級娼婦《しょうふ》だけだが、それもこの国にきてからはあまり相手にしていなかった。

「団長の陰口は知ってますが、それは男側が言いだしたやっかみです。好きな女性や妻があなたに熱を上げないように、牽制《けんせい》してるんです」

「そうなのか？」

「そもそも、出自なんてどうでもよくなるぐらい、団長は見栄えがいい。背が高くて頭が小さくて、女性が威圧されるほど筋肉むきむきでもありませんしね。能力だって高くて、顔はムカつくほど整ってる。立っているだけで雰囲気があるし、この国では珍しい紫紺色の髪と群青色の瞳にちなんで、夕闇の君って言われてるの知ってます？」

「なんだそれ……詩的だな」

「団長の髪色、光りに透けると表面が紫色の赤みが強くなって赤紫になるんですよ。その下は青紫、紫紺、濃紺と色が続いて群青色の瞳で、まるで夕闇迫る空のようって、どこかのご令嬢が言ったのが始まりだそうです」

貴族令嬢の夢見がちな話に、あきれてなにも言えない。

「ああそれと、あのゲン担ぎのアンクルクロスを外せる女性になりたいって、娼婦や貴族の人妻が言っているのも、その様子だと知らなそうですね」

「ちょっと待て。なんだそれは？」

貴族の人妻が口にするにはあまりにも卑猥《ひわい》で、口元が引きつる。

レオは訳あって左足に鹿革のアンクルクロスを巻いている。本来は足の保護や足首の固定に使われる装具だ。

「どっかの娼館で、入浴のときまでアンクルクロスを外さなかったそうですね。不思議がった娼婦に、ゲン担ぎで巻いていると言ったとか。その話が巡り巡って、憧れの対象になったようですよ」

たしかに言った記憶がある。仕事で連れていかれ、疲れていたからなにもしないで寝たときだ。

「……高級娼婦は口が堅かったはずでは？」

「別にそれ、秘密でもないでしょう。あなたがゲン担ぎでアンクルクロスを外さないのなんて、私や軍の近しい人間なら知ってます。ただ、それを言いふらさないだけです」

「頭が痛くなってきた」

迂闊《うかつ》だった。まさかこんなことで悪目立ちしているとは。

あちらにレオの生存がバレている可能性があるのも、この話が原因かもしれない。こんなことなら、アンクルクロスを外せばよかった。どうせほとんどの人間には、その下になにがあるか見えない。ただの汚い足裏があるだけだ。見えるとしたら魔眼持ちだ。

そして見えたとしても、その意味を知る人間はさらに少ない。

「飲みすぎですね。はい、水です」

頭を抱えて唸《うな》っていると、どこから持ってきたのかカルロスが水を差しだす。

「で、団長にはいないんですか？　遠征前に別れを惜しむ人とか、未練のある相手とか」

カルロスの探るような視線から目をそらす。そのとき大広間の扉が開き、騒がしくなった。入ってきたのはアフリクシオン国王、ラロ・フィラントロピア・リシアとその一人娘の王女ソニアだった。

そらした視線がソニアの上でとまる。

ラロ国王に伴われ、会場の中央をしずしずと歩くソニアは薄い水色の繻子《しゅす》織物を重ねたドレス姿だった。腰を絞る細いベルトは真珠で、開いた胸元を飾るのはサファイヤの一粒のペンダントだけ。きらめきから、小さくとも質の良い石だとはわかるが、王女の装いとしては質素すぎるほどだ。

髪も結わずに下ろしているだけで、装飾品の類はなにもない。化粧もしていないのではないだろうか。

シャンデリアの灯りに照らされた王女の頰は人とは思えないほど白いが、不健康という感じはなく、真珠の粉をまぶしたようなまろやかな輝きがある。きゅっと閉じられた唇は、白い花弁に朱を一滴にじませた淡い色。髪と同じ白金色の睫毛《まつげ》に囲われた菫色の瞳は、相変わらずどこを見ているのかわからない。

それがまた、彼女の神秘的な魅力を増していた。

この大広間のどんな令嬢よりも清らかで美しかった。彼女が歩くと、白金を絹糸にしたような腰まである長い髪がふわりと舞い、その先から淡い光の粒が散る。月光をまとっているようだ。

滅多に姿を見せない王女の登場に、他の者も言葉を忘れて見入る。

近衛騎士として仕えていた一年前はまだあどけなさがあったが、今は大人の女性への入り口に立ったと思わせる艶がある。これからもっと綺麗になると思うと、少し怖かった。

王宮内外の王女にまつわる黒い噂が脳裏をよぎる。

王女は異能で人を切り刻むのが好きだとか、夜な夜な使用人を殺しては血をすすり美しさを保っているとか。

実際、彼女の周りで亡くなった刺客などは、風魔法で切り刻まれたような傷があったと記録がある。彼女の侍女とレオの部下が殺されたときと同じ状況だ。

「未練か……」

ふと、つぶやくと隣の気配がかすかに殺気立った。

「駄目ですよ。王女殿下だけはいけません」

横目で見ると、にらみ返された。

「身分違いなだけでなく、彼女は危険です。アントニオのこと、忘れたわけではないでしょう?」

「あれは……すべてが終わったあとに駆けつけたから、真相は姫にしかわからない。俺はまだ納得していないんだ」

カルロスが顔をしかめる。偏見を持たない男なのに、昔から王女に対してだけは辛辣だった。同じ近衛騎士をしていたときも、積極的にソニアとかかわっていったレオと違い、彼はわざと避けていたようで、聞くと「なぜかわからないが苦手」と言っていた。

「本人が殺したと言ったのでしょう。公にはなっていませんが王女は異能持ちで、風魔法のようなもので人や物を切り裂けるという話です。なら、やったのは彼女しかいない。現場やその周辺に、他の不審人物はなく警備も完璧だった」

近衛騎士だったカルロスは、レオや他の者たちより遅れてあの場に到着した。駆けつける前に、不審人物がいないかと奔走していたのだ。

「だが、本人の証言だけだ」

「団長が言いたいことはわかりますが、もし彼女でないならなぜ真犯人をかばうのですか？　暗殺未遂なら、また狙われる危険がある。暗殺を企んだのが死んだ二人なら、それこそ自分が悪役になってかばう意味がわかりません」

レオも何度も考えては同じ答えにいきついている。

「それになにも記録がない。王女殿下が調査するなと言ったが、陛下には伝えられました。その陛下も調べなくていいと判断したということは、そういうことなのでしょう」

国王は王女の経歴に傷がつかないよう、殺人を隠蔽したと言いたいのだろう。

「だが、今さら隠蔽する意味があるか？　前から人殺しと噂され、俺が近衛騎士を辞めてからも姫の周りで死人はでている。だが、あの事件以外はきちんと記録があって、だいたいは殺された人間が刺客ということになっている」

あきらかに、あの事件だけ扱いがおかしいのだ。

「しつこいですね……じゃあ、あれですよ。あの事件だけ王女殿下の我が儘で調べないでほしいと陛下におねだりしたのでしょう」

「おねだりね……理由は？」

「そんなの、真犯人が好きな男だから守ろうとしたとか？」

それぐらいしか思いつかないというカルロスに、なぜだか胸がざわつき嫌な気分になった。思わず眉をしかめると、じとっとにらみ上げられた。

「そんなに好きですか？　たしかに、ぞっとするほど綺麗ですが」

「いや、別に……」

「言い訳しなくていいですよ。他の者は気づいてないですが、あなたは昔から彼女を見る目に熱が込もりすぎている。なにに惹《ひ》かれているのか知りませんが、しっかりしてください」

ソニアが気になるのには訳がある。この国にきたのは、彼女がどういう人間か見極めたかったからだが、答えをだす前にここを去らなければならないようだ。

「成人しているとはいえ、十も下の小娘です。惑わされないようにお願いします」

この国では、男女とも十五歳で成人だ。そういえば女性なら結婚していてもおかしくない年齢なのに、王女には婚約者さえいなかった。

ずっと目で追っていたソニアと国王が、大広間に用意された玉座に腰掛ける。しばらくして、お付きの者がレオの名を呼んだ。

今回の遠征で指揮をとるレオに、宴の半ばで王から激励の言葉があると聞いていた。帰らないで退屈な宴に参加していたのは、このためだった。

カルロスを伴って前に進みでて臣下の礼をとる。国王から形式的な言葉をつらつらと告げられ、欠伸《あくび》を嚙み殺す。長くつまらない激励がやっと終わり、言われるままに立ち上がると、国王が不敵に笑って口を開いた。

「ところで、旅立つ前になにか褒美をやろう」

どういう意味だろう。褒美というのは、成功してからもらうものだ。

「此度《このたび》の任務、なかなかに難しいものだ。場合によっては命を落とすだろう。ならば先に褒美を渡しておくべきではないかと思ってな」

集まった人々がざわつく。控えていた王の側近たちも知らなかったのだろう。困惑している。単なる王の気まぐれなのか、遠征を利用してレオを排斥しようとする者たちへの牽制なのか、まったく読めない。

それとも個人的に国王から嫌われていて、嫌みを言われているのだろうか。

探るように、国王の黄金の瞳を見つめる。フィラントロピア王家特有の瞳で、直系の王族にしか生まれない珍しい色だ。感情を読み取るのが難しい、不思議な光彩を放っている。

「そう警戒するでない。卿《きょう》のような若くて優秀な者が、死地に赴く前になにを望むのか知りたいのだ」

要するに、試しているのだろう。趣味が悪い。

「なんでもよいぞ。私が叶《かな》えられることならなんでも。大切な人の今後の生活の保障でも、残される部下の出世や、嫌いな人間の処刑でも構わぬ」

最後の言葉に、場が凍りつく。レオを排斥しようとしている輩は肝を冷やしているに違いない。本当に悪趣味な王だ。

一泡吹かせてやりたい。どうせこの国に帰還する気はないのだ。

レオはにやりと口元を歪めた。

「では、恐れながら……ソニア王女殿下を望みます」

レオのよく通る声に会場が一瞬しんと静まり、ざわめきだす。背後のカルロスも戸惑っている気配がした。意味を測りかねているのだろう。

国王も王女も無言で、表情を崩さない。よく似た親子だ。

この二人の動揺を引きだしてみたくて、レオは言葉を重ねた。

「王女殿下との一夜を褒美としていただけないでしょうか？」

はっきりとなにがしたいのか告げる。どよめきが起こり、「不敬罪だ！」「身の程知らずめ！」という怒号が飛ぶ。カルロスはレオの腕を引っぱり、「なにを言っているんですか！今すぐ謝ってください！」と声を上ずらせてあせっている。

これは面白くなってきたなと国王親子を見るが、変わらぬ表情だ。さすが王族というか、感情をそう簡単に見せてはくれないらしい。

「国王陛下、なんでもとおっしゃられたのは嘘だったのですか？　それとも、これは叶えられない望みなのでしょうか？」

挑発するように、国王をじっと見据えて笑みを浮かべる。

当然、許せないはずだ。結婚を申し込むならまだしも、娼婦のように一晩抱かせろと望んだ。王族に対する侮辱で、この場で処刑されても文句は言えない。

娘を愛する父としても許せないはずだ。王女との関係は冷え切っていると言われる国王だが、実際は娘を不器用にも愛しているとレオは踏んでいる。

レオが近衛騎士をしている間、国王は忙しい政務の合間を縫って王女に会いにきていた。先ぶれもなくやってきて、面会もほんの数分。「息災であったか？」「ええ、なにも変わりはありません」「そうか、ではまたな」という非常に素っ気ない会話しかしない父娘だった。

だが短い会話の間、国王の視線は忙しなく動き、王女を頭のてっぺんから足の先までよく観察していた。王女のほうも、相変わらずの無表情だがいつもと違ってそわそわしている。そして去っていく父の背を切なげに見送る姿に、毎回もどかしい気持ちになった。

やはり王女にまつわる悪い噂もあの事件のことも、なにか大きな誤解があるのだろう。できればこの国を去る前に事の真相を知りたかった。だが無理なので、せめてこの父娘の関係が少しでもいいほうに進んでほしい。

この場で国王が怒るなり、周囲に娘への愛があると振舞ってくれれば、王女の王宮での立場も少しは良くなる。国王にきちんと守られているのだとわかれば、レオも安心してこの国から離れられる。

どうなのだと挑むように国王を見つめると、わずかに彼が笑った気がした。

国王が片手を上げる。波が引くように大広間が静かになった。

「レオ・ナバーロ卿よ、実に面白い願いだ」

このあとに続くだろう断りの文句を、レオは静かに待った。

「不敬であるが、その度胸を見込んで許そう。そして願いも叶えてやろう」

驚愕に目を見開く。他の者たちも同じ反応だ。レオが不敬な願いを言ったときよりも、みんな驚いている。

王女もわずかに唇を開き、菫色の瞳を丸くしている。平然としているのは国王だけだ。

「どうした？　驚いたか？　冗談ではないぞ。私は本気だ」

国王が近くにいた侍従を手招き、レオと王女のために部屋を用意しろと命令する。

「なっ……どういうおつもりですか？」

「どういうも、卿が望んだことだろう。一晩と言わず、出立するまで王女を好きにしてかまわぬ」

やっと衝撃から立ち直ったレオに、国王が重ねて言う。

「これはもう十七歳だというのに、婚約者も決まらない。悪い噂のせいで怖がられ男が寄りつかない上に、本人も結婚する気がないらしい。だが、後継ぎを作るのは王族の大事な勤め。このさい結婚はしなくてもよいから、子だけでも残してもらいたいのだ」

なにかが頭の奥でぶちっと切れる音がした。王女に対してあまりにもひどい。親からこんな侮辱をされては、これから彼女がどれだけ周囲から軽んじられることか。

自分がとんでもない失敗を犯したことに気づき、握った拳を震わせる。

「卿は魔力量も豊富でなにおいても優秀だ。見た目も悪くない。きっと良い子種を残してくれるだろう。よもや辞退するとは言わないだろうな？」

怒鳴り返してやりたかった。娘を無駄に苦しめるなと。

だが、ぐっと堪える。国王は本気だ。レオが感情のままにこの褒美を辞退すれば、娘に恥をかかせるのかと言いだすだろう。もしくは他の者に娘をやろうと気まぐれを言うかもしれない。

「よく励むがよい」

国王はそう言い残すと、いまだ呆然《ぼうぜん》とする人々を置いて大広間を去った。残された王女は放心したようにぼうっとしていたが、すぐに国王を追いかけていった。

いつになく取り乱した彼女の様子に、レオの胸が痛んだ。

「どうするつもりですか？　陛下も陛下だ。いったいなにを考えて……って、団長！」

カルロスの叫び声にはっとして振り返る。彼の視線をたどると、握りしめた指の間から血が滴っていた。

「お父様……！」

国王の居室に続く回廊でやっと父に追いつく。いつの間にか小走りになっていた足を止め、ソニアは乱れた息を整えながら父を見上げた。

「あの、お聞きしたいことがあります。よろしいでしょうか」

「かまわん」

父が手を振り、近衛騎士たちを下がらせる。回廊に誰もいなくなったのを確認して、ソニアは口を開いた。

「なぜあのようなことを……本気なのですか？」

常に感情を乱さないようにしてきたが、今回ばかりは声が震えた。

父が、ソニアの扱いに困っているのは幼い頃から知っている。愛したくても、素直に愛せない理由があり、ときに憎しみさえ抱きそうになるのを堪えて娘と向き合ってきたことも。

その結果、素っ気ない態度しかとってもらえなくても、ひどい扱いをされたことはなかった。それで充分だったし、去っていく父の背中がいつも謝っているように見えた。だから寂しくても我慢できた。

けれど、さっきの宴での発言は、ソニアを傷つける言葉を意図して選んでいた。

とうとう見放されてしまったのだろうか。もう子孫を残す価値しかないと思われたのか。それならそうと言ってくれれば、気が進まなくとも結婚し子を成すことに励む覚悟がある。

今まで婚約者を選ばずにいたのは、ソニアの中に流れているかもしれないフィラントロピア王家とは別の血を残してはいけないと思っていたからだ。父も望んでいないと。けれど宴での父の発言は、ソニアに子を産ませたがっているようだった。

「……お父様、どうして？」

父が無言で、窓に向かって顎をしゃくった。国王を護衛する第一部隊の近衛騎士数名を一台の馬車が、木々に隠れるようにして待機しているのが、月明かりに照らされて見えた。

「いくら気に入っていた元近衛騎士でも、娼婦のように扱われるのは嫌だろう。あれに乗ってでていきなさい」

さあっ、と血の気が引く。こんな日がくるのをずっと恐れていた。

「新しい戸籍を作った。身分証は馬車の中にある。多少、遊んで暮らしても困らないぐらいのお金は、新しい名前で銀行から下ろせるように手続きもすんでいる。路銀も積んであるし、隣国に用意した邸まで安全にいけるよう近衛騎士がついていく」

「それは、どういう……」

「持っていきたいものがあるなら、なんでも自由に持ちだしていい。手紙をくれれば、あとから必要なものを届けさせよう。お金も足りなければ、私が生きているうちならいくらでもやる」

淡々と続ける父に、手が震えた。最初からなにもかも用意した上で、追いだそうとしている。ソニアが傷つきでていきたくなるように、あんなことを言ったのだ。

「もし……あの男が他の望みを言ったなら、それを叶えるついでにお前を与える予定だった。まさかあちらから望んでくれるとは思わなかったがな」

父は冷淡な笑みをもらすと、ソニアをじっと見据えて言った。

「どうする？　でていかないなら、子を産め。もう限界なのだ……年々、レオノーラに似てくるお前を見ているのがつらい」

レオノーラは、ソニアが七歳の頃に亡くなった母の名だ。父が心から愛していた唯一の女性。不幸な出来事があって心を患い、ソニアを妊娠したせいでさらに狂ってしまった儚《はかな》い人だった。

　本来は、明るくて周囲の人々を幸せにする素敵な女性だったそうだ。顔が似ているだけで陰気なソニアとは違い、太陽の女神のようだと称されるほどに国民からも愛されていた。

　ソニアさえ生まれなければ、母は……。

「最近は、死に際のレオノーラとお前が重なって見える。お前に罪はない、そうわかっていても苦しくなる」

　父の手が頬に伸び、ソニアの顔を上げさせる。

「せめて、お前も私と同じ瞳の色なら……」

　その先をのみ込み、父はすっとソニアから手を引いて離れる。遠ざかる父の体温に、あぁ、と息がもれた。何年ぶりだろうか、こうして触れてもらえたのは。

　フィラントロピア王族特有の黄金の瞳。どうして受け継いで生まれなかったのだろう。それさえあればと考えたところで、子を欲した父の真意がソニアの中にすとんと落ちてきた。

「この国にいてもお前にとっていいことはなにもない。これから国は荒れるだろう。ここにはいないほうがいい。お前のことを陰で好き放題言うような国民のために、王族の義務を果たしたり、尽くしてやる必要もない。お前はお前の人生を大切にするがいい」

　最大限にソニアを思って紡がれた父の言葉が胸に痛い。一言、子を成せと命令すればいいものを。でていけと言ってくれただけで、もう充分すぎるほど愛情をもらえた。

引き結んだ唇が震え涙が込み上げてくるが、視界が少し揺れただけで涙一つあふれなかった。もうずいぶん昔に、泣き方さえ忘れてしまった。

「レオ・ナバーロ卿には悪いが、お前の家出の理由になってもらう。まあ、あれも本気で望んだわけではないだろうから納得するはずだ」

父はソニアに背を向けると、一歩踏みだした。

「では、息災でな」

あの馬車に乗ったら、もうこの声を聞くことも、こうして父の背中を見送ることもできない。そう思ったら、反射的に手が前にでてマントを掴んでいた。

「待って……待ってください」

父の肩が驚いたように跳ね、足が止まった。

「でていきません。わたくしは……わたくしは、子を産みます」

「……ソニア」

振り返った父が目を丸くしている。久しぶりに呼んでもらえた自分の名に、思わず口元がほころんだ。

「何人でも産みます。お父様が心安らかになれるように、お父様が望む子が産まれるまで何人でもわたくしは……っ！」

「馬鹿めっ！　なにを言っているのだっ！　だいたいあの男は帰ってこないかもしれない

ぞ。帰ってきても、もとの出自が平民では結婚もできない。そんな男のもとへいくのか？」

たとえレオと結婚できなくてもいい。そもそも父は、子種だけ残せとレオに言っていたではないか。

珍しく動揺している父が愛しくなった。その原因が自分であるのが嬉しい。

「かまいません。子を成せれば、相手など誰でもよいでしょう？　相手を変えて何人も作ったほうが、王家にとっては都合がいい。子が育って王位を継げるまで、わたくしが王政を執り行います」

昔から女王になる教育を受けてきた。帝王学も学び、成人してからは父の政務の一部を手伝ってきた。もとより嫁ぐ気などない。

「お父様……どうか、ここにいることをお許しください」

父は苦し気に目をすがめ、なにかあきらめたように息を吐きソニアに向き合った。

「馬鹿な子だ……」

すっ、と父の人差し指がソニアの鎖骨の間に伸びてきた。指先に魔力の小さな塊ができる。光の粒が集まってできたそれは、淡い金色の輝きを放ちながらソニアの胸元に吸い込まれ、下へと落ちていった。

「これは……なんですか？」

ふわり、と下腹部が温かくなり、魔力の塊が吸収されたのを感じた。

「下手なまじないより効果があるものだ。娘が、子を成すためだけに好きでもない男と関係を持つ姿など、そう何度も見たくないからな。だが、やめろと言ってもお前は頑固で言うことを聞かない」

父はそう言うと、悲しげに顔を歪《ゆが》めた。

3

ペンダントを外し、鏡台の宝石箱にしまう。それ以外に宝飾品を身につけていなかったソニアの身支度は簡単だ。ドレスも一人で脱げる。

華美な格好は苦手だ。重たくて窮屈で動きにくい。それに昔からソニアの世話をする人間は少なかったので、なるべく簡易な格好が望ましかった。

そのせいか、悪魔のような所業を隠すために聖女のように装っているなどと言われている。だが、華美にしたらしたで見た目も悪女そのものと言うのだろう。

結局、一度悪い噂が立つとなにをしても陰口を叩《たた》かれる。ならばソニアが楽で好きな格好をして暮らしたほうがいい。

だいたい、国庫も潤沢ではない。好きでもないドレスや宝飾品に税金を使いたくないので、質素で充分だ。そのぶん余ったソニアの王族費は、毎年、恵まれない民を救うための事業資金に回している。

だが、そういったことは公にしていない。ドレスと同じで、善行を積むのはなにか企んでいるからだと言われるだろう。それで救済事業が邪魔されたら面倒だ。

シュミーズだけの姿になり浴室に向かう。湯が張られたバスタブに一人で浸かった。菫の香油をたらし、髪にも馴染ませて洗っていく。

自分で自分の世話をするのには慣れている。ベアトリスが亡くなってから、新しい侍女はついていない。侍女を選定しようという話はあったが、ソニアを恐れている人間に世話をされたくはなかった。近くでびくびくされると、こちらも疲れる。

一人は寂しいが、嫌いではない。

湯浴みの準備や部屋の掃除など、使用人も最低限のことはしてくれる。食事も時間通りにやってくるし、必要なものも頼めばきちんと用意してくれるのだから問題ない。

ソニアは湯から上がると、魔法を使って髪を乾かし身支度を整える。用意されていた白い絹のレースでできたネグリジェだけ身につけ、青いガウンを羽織って部屋をでた。供の者もなく、父が用意させたという部屋に一人で向かった。

普段使われていないその部屋は、貴賓の宿泊に使われることが多い。樫《かし》の木の大きな扉をノックする。

「失礼いたします」

返事がないので誰もいないかと思ったら、月明かり差す薄暗い部屋の中、難しい顔をしたレオがクラヴァットとジュストコールを脱いでベッドに腰掛けていた。こちらを見ると、苦虫を嚙み潰したような表情になる。

先に相手へ感情を見せてしまうなんて、負けたも同然だ。優秀な騎士らしくない姿を見せるほど、困惑しているらしい。

「なにをしにきたのですか？　部屋にお戻りください」

ベッドの前までいくとレオが立ち上がった。軍人の中に混じっているとそれほど大柄に見えない彼だったが、こうして見上げるとやはり大きい。女性としては背の高いほうであるソニアが、首を上げげないと顔が見えなかった。

「あなたの望みを叶えにやってきたわ。出立まで三日三晩、わたくしを好きになさる権利を陛下から賜ったでしょう。もう、お忘れになったの？」

「……あなたは、なにを考えていらっしゃるのですか？」

そっちこそ、なにを言いたいのだ。奥歯に物が挟まったような言い方をするレオを無言でじっと見上げると、うっ、呻《うめ》きレオは目を閉じてしまった。

「先ほどは、大変失礼なことを申し上げました」

レオが膝を折り頭を下げた。正装用の黒いマントがふわりと床に広がる。月明かりに照らされた紫紺の髪が、夕闇色に染まる。

「酒に酔った勢いで陛下を試すようなことを申してしまいましたが、本意ではありませんでした。まさか聞き届けられるとも思わず……」

「だから、願いを取り下げてわたくしに帰れと言うの？」

長々と続きそうなつまらない謝罪をさえぎり、つんとした声で問う。

「あなたと褥《しとね》を共にしようと、覚悟を決めてやってきたわたくしに恥をかかすつもり？」

「それは……」

普段、飄々《ひょうひょう》としているレオが言葉につまっている。自分が辞退すれば、ソニアも引くと思っていたらしい。

「あなた、一年前のことを忘れたの？　わたくしは、戯れで人殺しをするような人間よ。その辺の純真な乙女と同じように、大切に扱う必要などないわ。変な遠慮は捨てなさい」

あの血みどろの場面をレオは憶えているはずだ。あれをやったソニアを丁重に扱おうとする彼に少し呆れた。

「なにを言ってるんですか？」

レオの目がすっと細くなり、もれてきた剣呑《けんのん》な空気にソニアはたじろいだ。

「相手が犯罪者なら人格を無視してなにをしても許されるなんて、俺は思ってませんよ。姫が本当に人殺しだとしても、純真な乙女と同じように扱います。ですが、その物言いから察するに、姫はあのとき二人を殺していませんね？」

自分の発言が浅はかだったことに気づき、ソニアは視線をさ迷わせる。話が妙な方向にそれてしまった。

「どうなんですか？　教えてください」

「黙りなさい！　その話、今は関係ないわ！」

レオの圧に負けじと言い返し、にらみつける。普段、感情を露《あらわ》にしないソニアが大声をだしたことに驚いたのか、レオは口をつぐんだ。というより、「やはり殺してないのですね」と小さくこぼした。

「ともかく……父が許したのです。つべこべ言わずに褒美を受け取りなさい」

「姫は、それでよろしいのですか？」

「いいからここへきたのよ。父も言っていたでしょう、子を成せと。あれは婿はいらないから世継ぎを作れという意味よ。あなたが辞退しようとしまいと、わたくしは子ができるまで幾人もの殿方と閨《ねや》に入ることが決定したの」

これから何人もの男と寝る女だとわかれば、ソニアを抱くのに抵抗がなくなると思ったのだが、レオのまとう空気が急激に冷えた。

「……そんなこと許せるわけがないだろう」

「え、なにを？」

よく聞こえなくて屈んだ瞬間、レオが激昂《げきこう》したように立ち上がった。

「姫、投げやりになるのはよくありません！　よくお考えてなって、ご自分の身を大事にしてください！」

投げやりでもなく自身を粗末にした覚えもないソニアは、ぽかんと彼を見上げた。

「陛下には私から抗議しておきます。褒美も変更して、姫の結婚を伴わない床入りは禁止するようお願いします。子を成すために複数人と関係を持つのももってのほかです」

「……それでは、あなたへの褒美にはならないでしょう？」

剣幕にたじろぎつつ言い返すと、レオの眉間の皺《しわ》が深くなった。

「私の望むものが私への褒美です。なんでもいいと陛下はおっしゃったのだから、姫の結婚に口出しする権利ももちろんあるはずです。だいたい姫にこのようなことを言わせるなんて……なんなんだアイツはっ！」

憎々しげに声を震わせ、最後には暴言がこぼれていた。

そうえいば、こういう人だった。だからソニアは、彼を近衛騎士に欲したのだ。

出会いは、王女宮の庭にレオが迷い込んできたのが始まりだ。

それから彼は、王女宮に何度か忍んでやってくるようになった。道案内のお礼だとか、遠征のお土産だとかいって、王宮の外にある珍しいお菓子や花を持ってきてくれた。ソニアがあの悪い噂のある王女だと知っているはずなのに、彼は怖がりもしないで距離をつめてきた。いくら素っ気ない態度をとっても気分を悪くする様子もなく、「今日はご機嫌斜めですか。またきます」と言って帰っていく。

一度、ソニアが恐ろしくないのかと聞いたことがある。彼は「ただの噂でしょう。それに惑わされて、まだ子供のあなたを怖がるなんてどうかしている」と静かに怒っていた。

ソニアの複雑な事情を知らずに、こんなふうに怒ってくれた人は初めてだった。きっと〝影響されにくい人〟なのだろう。

だから父に「条件の貴族など、適当なところに養子にだしてから採用すればいい。お前が気に入る騎士を選びなさい」と、成人して持つことができる専任近衛騎士の選択を託されたとき、迷わずレオを指名した。

「わたくしは……相手があなただからここへきたのよ」

怒りでまだなにか言い募ろうとしていたレオが、息をのむ気配がした。

きっと相手が別の男性だったら、ソニアは父の用意した馬車に飛び乗っていたかもしれない。子供を作る覚悟もできなかった。

レオが最初の相手になってくれるなら、そのあとは誰に抱かれてもかまわない。

きっと彼は、こんな形で関係を持ちたくないだろう。彼から見たら子供でしかないソニアに手をだすのも、倫理観が許さないはずだ。

そんな人に、自分はこれからとてもひどいことをする。でも、どうしても彼が欲しい。

「レオ、ごめんなさい」

思わずこぼれた謝罪は小さく震えた。なぜなのかと問うように、群青色の瞳が揺れる。

「わたくしを抱きなさい」

声に想いを練り込み、ゆっくりと瞬きして彼を見上げた。吸い寄せられるようにレオの目がソニアを捕らえて放さなくなる。

罠《わな》にかかってくれた嬉しさと切なさに微笑みを浮かべ、ソニアはガウンをするりと肩から落とした。

「レオ、ごめんなさい」

見ては駄目だと思った。けれど静寂にことんと落ちたか細い声が心配になって、視線を下げてしまった。

いつも感情など見せない菫色の瞳が潤んで、引き結んだ唇がかすかに震えている。なぜ謝るのかという言葉が、喉の奥で引っかかる。

それよりも、その頼りない体を抱き寄せ唇をふさぎたい。込み上げる衝動に抗おうとした瞬間、甘い誘惑がレオの鼓膜に叩きつけられた。

「わたくしを抱きなさい」

白金の睫毛が誘うように上下し、その間からのぞく瞳の色が濃くなったような気がした。くらりと眩暈《めまい》がして、理性が飛びそうになる。しっかりしろと言い聞かせ、上げかけていた手を引っ込めようとしたら、衣擦れの音がして視線が外せなくなった。

ソニアの羽織っていた大き目のガウンが床に落ちる。白いレースのネグリジェは、月明かりに透けて霧のベールのように彼女の素肌をおおっていた。

なぜ、下着をつけていないのか。

そういう行為をする覚悟できたのだから、ソニアとしては当然なのかもしれないが、今のレオにはきつい。いつもなら抑えられるはずの情欲が、今にも暴走しそうだ。

柔らかそうな乳房に折れそうな細い腰。なまめかしい曲線を描く臀部《でんぶ》。薄布を押し上げる部分の肌色の濃さや、形を浮き彫りにするレースの皺に喉が鳴った。

「触ってもいいのよ」

駄目だ、駄目だ。こんなかたちで触れていい相手ではない。そう思うのに、理性がじわじわと浸食されていく。

とんっ、と目の前の体が胸に飛び込んできた。触れる肉の柔らかさや骨の細さ、花のような甘い香り。そして不安げに見上げられて、なにも考えられなくなった。

「ねえ……お願い……」

普段、感情など見せないソニアの懇願に、建前や理性が瓦解する。突き動かされるように、細い顎を摑んで唇を塞いだ。雰囲気も情緒もない乱暴な口づけに、抱きこんだ華奢《きゃしゃ》な腰がびくっと跳ねる。

なにもかも初めてなはずだ。口づけも、誰にもされたことはない。

レオがこれから、ソニアのすべてを奪うのだ。言いようない歓喜に包まれる。

「うっ……んぅ……ッ」

強引に唇を割って舌を突き入れる。初めての経験に困惑し、体をこわばらせ苦し気に呻《うめ》くソニアに興奮する。もっと気遣って優しくしてやりたいと思うのに、欲望に引きずられていく。

深い口づけの仕方もわからない彼女の舌を追いかけ、口腔《こうくう》を蹂躙《じゅうりん》する。喉の奥まで犯すように舌を突き入れかき回す。嫌がって首を振り、逃げようとするのを無視する。小さな後頭部からうなじを手のひらで抱えるようにして、さらに深く舌をからめた。

わざと濡れた音を立てて口づければ、恥ずかしいのか胸を叩かれる。自分から抱けと誘っておきながら、怖気づいてしまったのだろうか。

吐息を奪うほど貪っていると、ふっと腕の中の体から力が抜けた。口づけだけで意識を飛ばしてしまったらしい。酸欠だろうか。

まったくもって可愛らしい。愛しすぎて、どんどん深みにはまっていく。もう、止められなかった。

くったりとした体をベッドに横たえる。

「姫……大丈夫ですか？」

そっと呼びかけるが返事はない。本当なら起きるまで待ってやるべきなのだろうが、そんな優しい気持ちにはなれなかった。

一刻も無駄にしたくない。約束の出立の朝まで、あますところなく触れていたいし、早くレオのものにしてしまいたかった。

失神しているソニアに口づけ、ネグリジェの上から体をまさぐる。柔らかい乳房の感触に吐く息が熱を持つ。つん、と尖《とが》りだした乳首をつまむと、ひくんと華奢な肩が跳ねた。

「たまらないな……」

目を細め、胸元の薄布をずり下ろす。形の良い乳房がふるりとこぼれ、腕を拘束するようにネグリジェが胸の下でとどまる。

すくい上げるように乳房に触れ、革手袋をはめたままだったことに気づく。よほど気が急いていたらしい。

外しにくい革手袋に噛みついて引っぱる。すぐに脱げないのがもどかしい。ついでにべストも脱ぎ捨て覆いかぶさる。

直接触れた肌はなめらかで、極上の絹のようだった。たわむ乳房を揉《も》みしだき、甘く噛りつく。舌を這《は》わせ、赤い痕をつけ、硬く尖った乳首を口に含む。

頭上で、小さく喘《あえ》ぐ声がした。意識はなくとも感じるらしい。見上げると、睫毛がぴくぴくと震えている。目覚めたら、どんな顔をするのだろうか。想像してぞくぞくした。

嗜虐《しぎゃく》趣味はないと思っていたが、ソニアの見せる表情ならなんでも見てみたいという欲求がわいてくる。きっとなにを見ても、可愛いとしか思えないだろう。

舌先で転がしていた乳首をきつく吸い上げ、もう片方の乳房を手と指でこね回す。少し力を込めて揉みくちゃにすると、苦し気な呻き声がして重たげな睫毛が持ち上がった。

「ンッ……れお？」

「お目覚めですか？」

「え……これは、ひゃぁ……ンッ！　あぁっ！」

状況がわからず瞬きするソニアを横目に、愛撫《あいぶ》を続ける。驚いて抵抗しようとする手をシーツに押しつけ、くちゅくちゅと音をさせ飴《あめ》のように乳首を舐《な》め回す。レオの下で、小さな体が縮こまり硬くなる。

「はっ、あぁぁ……ん、いやぁ……っ」

「私みたいな下賤な血が混じった人間に蹂躙《じゅうりん》されるのはお嫌ですか？」

「ちがっ……そのような、ことは……ひっ、う……ンッ」

「嘘はよくありませんよ。こんなに震えて、怖いのでしょう。さっきも嫌だと言っていた」

「ひぅ、ッ……だって、それは……あぁッ」

違うのだと言うように首を振るソニアが健気で、心が痛む。父親から褒美として差しだされ、それを懸命に遂行しようと必死なのだろう。根が真面目なのだ。堂々と部屋にやってきて毅然《きぜん》とした態度をとっていたが、握った指先の震えは隠せていなかった。

だから追い返そうとしたのに、あんなふうに迫ってこられては我慢もきかない。

「もう嫌だと言ってもやめてあげられません。部屋に戻るよう告げたのに、逃げなかったあなたが悪い。覚悟してください」

ソニアに罪があるような最低な言い草だが、これで怯え暴れてくれないだろうか。そうしたら逃がしてやれるのにと、押さえつけていた手を解放し、まろい頬をそっと撫でる。

だが、涙で潤んだ菫色の目できつくにらみ返された。やっぱり可愛いだけだった。

「ここまでしておいて、ごちゃごちゃと……覚悟ができていないのは、あなたのほうではなくて？」

挑発するように、ふふっとソニアが笑うが、やはり指先が震えている。そんな気丈な姿に頭の芯がくらくらした。

「さあ、わたくしを抱きなさい」

「本当に……たいした姫様だ。では、その覚悟を見せてもらいましょうか」

獰猛な欲が体の奥で吠《ほ》える。閉めたままだったシャツのボタンを外し、獲物を捕らえる

ように目を細めて唇をなめた。

雰囲気の変わったレオに、ソニアの喉がひくりと震える。本当は怖いだろうに、唇を引き結んで強く見返してくる。ここまでくると、その強情さを崩してぐちゃぐちゃに泣かせてみたくなる。

「もう泣いて暴れても、出立の朝まで放してあげませんよ」

ネグリジェの裾を乱暴にまくり上げ、膝を割り開く。

口ではどんなに強がっていても、体は正直だ。脚は緊張でこわばり、腰は無意識に逃げようと上に這いずる。それを片腕で引きとめ、他の肌よりもさらに白い腿《もも》の内側に口づけた。思っていた以上に柔らかく肌理の細かい肌にうっとりとし、舌を這わせた。

「ンッ、や……ぁっ」

赤い痕をつけるほど強く吸う。びくんびくんと内腿が震え、ソニアの全身がほんのり染まってくる。見上げると、羞恥に頬を赤くし涙目になっていた。

初めて見る表情に衝動が強くなる。腿を撫でさすっていた手に力を入れ、膝を胸につくようにして脚をもっと大きく開いた。

「いや……ッ！　あぁ、ンッ！」

下着をつけていないそこは、綺麗な薄紅色だった。中心はすでに蜜で濡れ、月明かりに照らされてひくついてる。

「ちゃんと感じてくれていたのですね」

嫌でも濡れてしまうものだが、自分のせいでこうなっていると思うと嬉しかった。

「うっ……やぁ、こんな格好……見ないで」

「無理ですよ。こんな綺麗で可愛らしいのに。それに、褒美をくださるのでしょう？」

屈辱的な格好に耐えられないのか、腕で顔を覆って首を振る。そんな仕草が男の欲を煽《あお》っているとも知らないのだろう。レオは本能のまま、脚の間に顔を埋めた。

「ひっ、あ……あぁっ、ダメぇ……ッ！」

襞《ひだ》をまくるように舌先で舐め、ぐちゃぐちゃに乱す。あふれる蜜をすすり、中心で震える肉芽に吸いついた。

「あぁっあぁぁ……ッ！」

ソニアから悲鳴のような甘い声が上がる。初めての強い快感に戸惑い震えている。

「だめ、そんなっ……汚いわ」

「汚くありません。姫は知らないでしょうが、こうするものなのです」

「知らない。そんなの知らないわ……ひっ、あぁぁんっ！」

くすぐるように舌先で肉芽をつつき、軽く歯を立てて転がす。痛みを与えないぎりぎりのじゃれつくような甘嚙みだが、経験のないソニアは怯えたように体を硬くした。

「やっ、あぁ……ひっ、やぁ嚙まないでっ」

「安心してください。痛いのも傷つけるのも趣味ではありませんから……優しくしますよ」

そんなことを言われても信じられないのだろう。体のこわばりはとけない。

けれど嚙むのをやめ、舌と唇だけの愛撫に変えると甘い声を上げて緊張が緩む。泣き顔を見たくはあるが、怖がらせるのは本意ではない。もっと慣らしてから楽しむことにして、蜜をあふれさせる入り口を指先でなぞり、ひくつく肉芽を口中で優しく舐めしゃぶる。

「あぁっ、ふ……っ、はぁ、あぁぁっ、そこ……だめぇっ」

「ああ、ここがイイんですね」

「ひっ……ぅ、ちがっ。や、やめて……あぁぁっ、んっ、んぁぁあッ」

蜜口を愛撫されながら、肉芽を嬲《なぶ》られるのが好きなようだ。本人は嫌がり、やめさせようとレオの頭を押すが力がない。髪にからむ白くたおやかな指がくすぐったくて、じゃれつかれているようで興奮する。

濡れた音を立てながら舐めしゃぶると、レオを挟む脚がぷるぷると震える。

「可愛らしいですね。もっと弄ってあげますよ」

「いやぁ、そうではなく……てっ、ひんっ……あぁぅ、あンッ！」

蜜口に指先を少し含ませ、くにくにと中を弄って肉芽に口づける。じれったいのだろう。ソニアは切なげな声をもらして腰をよじる。

「やぁ、や……そんな、の……っ、ふっ……ぁ！」

「どうしました？　もっとしてほしいですか？」

「……ひっ、あぁちがっ……やめてっ、くすぐったいだけ……ッ」

「本当に意地っ張りですね。やめないと言ったでしょう。もっと、くすぐってあげますよ」

ふっ、と笑って、蜜口に含ませた指先をぐるりと回し、肉芽を甘噛みしてやった。

「あっ、あぁぁ、いやあぁぁぁッ！　ひっ、ひあぁ……んッ！」

ソニアの肢体が痙攣《けいれん》する。押さえ込んでいた太腿がびくびくと波打つのさえ愛しくて、レオの息も乱れる。

激しくひくつく蜜口からは、いやらしい汁がシーツを濡らすほど滴る。ソニアはショックを受けたように菫色の瞳を揺らしていた。

「達したんですね。気持ち良かったですか？」

「え……あっ、なに……？」

「こうなることですよ」

脚の間から顔を上げたレオは、指先にからんだ蜜を舐めて見せた。

「あ……やっ、わたくし……そんな、はしたない……」

ソニアの顔がカッと赤く染まる。初めて見た。こんないやらしい顔もできるのかと、レオの欲望がさらにふくれ上がった。

「はしたなくありません。こうなるのが普通です。たくさん濡れてくれないと、できませんからね」

レオの言葉の半分も理解できていないのだろう。菫色の目がきょときょと動いている。こんな無防備な様を見せられたら、誘っているのだろうと言いがかりをつけたくなる。

「あまりそういう顔をされると……趣味ではないのに、ひどいことをしてしまいそうです」

「えっ……そういう顔とは？　ひゃっ、あぁぁ……待ってっ、いやぁ……ン！」

不安げな問いを無視し、まだひくついている蜜口を指先で広げるように愛撫する。そこに舌を添わせて侵入した。

ソニアが腰を跳ねさせる。指とは違う舌のぬるりとした感触に驚いて、悲鳴を上げる。達したばかりで敏感になっているのだろう。少し愛撫するだけで、過剰に身をよじって逃げようとする。

「いけません。ここをしっかりほぐさないと、あとであなたがつらいのですよ」

逃げられないように腰を抱き込み、舌をさらに深く突き入れる。

「いやぁ、やぁ……だめぇ……！　そんな、とこ……はっ、あぁぁッ！」

くちゅくちゅと音を立て、恥部を執拗《しつよう》に舐め回す。舌の愛撫で入り口がよくとろけてきたので、顔を離して今度は指をもっと深く含ませてやった。

「ひっ……！　やぁ、ンッ！　あっ、なに……なにをするのっ！」

「指で中をもっとよくほぐすんですよ」

「やだ、中なんて……そんなっ、ひゃあぁ、あぁぁ……ッ」

想像もしていなかったのだろう。ソニアが驚いたように目を見開くが、やめなかった。そのまま内壁をこするように指を回転させると、とうとう涙をこぼした。生理的な涙だろうが、彼女が泣くのを見たのは初めてだ。

望まぬかたちで自分なんかに抱かれて可哀想に。だが、それ以上に興奮して、もっと泣かせたくなっている。

　欲望のままに指をもっと深く突き入れた。本当なら、指を引き抜き自身の熱を突き入れて、すぐさま犯してやりたかった。

「やっ、やぁこんな奥まで……やめ……っ、ひっあぁ、あぁぁッ！」

「いやいやばっかり言って、困りましたね。覚悟してきたのでしょう？」

「あ、だってぇ……こんなっ……」

「こんなことは習ってない？　王女教育で閨事も習ったはずですが……まあ、あれは実践的なものではないですからね」

　近衛騎士をしているとき、机にあったソニアの教科書をこっそりのぞいたことがある。その中に閨事に関する教本もあった。興味本意で開いたそこには、「膣《ちつ》に陰茎を挿入し子種を残してもらう」ぐらいしか書いていなかった。図もあったが、あれはほぼ医学書だ。挙句、しめくくりは閨では夫の言うとおりにし、身を任せなさいと書いてあった。

　あれだけの知識でこんなことをされれば、不安しかないだろう。

「可哀想に……私なんかに穢《けが》されて」

　そう言いながらもやめる気のないレオは、突き入れた指を回転させながら抽挿を始めた。ぐちゅんぐちゅん、と淫猥《いんわい》な音が部屋に響く。音に合わせて、ソニアの嬌声《きょうせい》も上がる。

　思った以上に乱れてくれるソニアに、レオの限界も近い。いつもの自分ならとっくに奪っているが、さすがに初めてだ。乱暴にはしたくない。

代わりに、もっと乱れさせようと弱い場所をしつこくえぐる。何度目かの突き上げに、押さえ込んでいた太腿がひくんっと大きく痙攣した。

「ふっぁ、あぁっあぁ……！　あぁぁあんっ、やぁ、いやぁあぁっ！」

二度目の絶頂。ソニアの瞳の焦点がぶれ、糸が切れたように体の力が抜ける。ぼうっとしているが、意識はあるようだ。

レオは指を引き抜くと、さっきから窮屈で仕方なかったズボンの前を寛げる。気づけばまだ服を脱いでいなかった。ソニアもネグリジェを拘束具のように体に巻きつけたまま。脱がす余裕もないほど、夢中になっていた。

こんなに気が急くのは、初めてのとき以来だろう。おかしさに小さく笑い、力の抜けたソニアの脚を抱え直した。

「姫、入れますよ」

一応、声はかけた。聞こえているかは知らないが、なにもわかってないほうが楽かもしれない。

蜜にまみれ、とろけきった入り口に硬い切っ先を押し当てる。もうそれだけで気持ち良くて、欲に濡れた溜め息がこぼれた。

ぐちゅっ、と音を立てて蜜口を押し開く。熱を持ったぬかるみにのみ込まれていく感覚がたまらない。一気に貫きたいのを自制し、柔らかいけれど狭い中をゆっくりと進む。

「あっ……ひっ、あ…………ぁッ」

やっと正気を取り戻したソニアが、目を見開き体をこわばらせる。

「いッ……！　ふっ、はっ……はぁっ、やっ、むり……ッ」

まだ半分も入れていない。けれど初めて男を受け入れる隘路《あいろ》は力の緩め方を知らず、入り口もきちきちだ。

「やぁ、いたい……もっ、だめ……」

張り詰めていたものがぷちんと切れたみたいに、ソニアが泣きだす。あんなに気丈だったのに、未知の痛みには耐えられなかったらしい。蜜口をこじ開けられ、中を貫かれるのも怖いのだろう。全身がガクガクと震えている。意志の力で抑え込むこともできないのだ。

「大丈夫ですよ、姫……すぐ楽にしてさしあげます」

涙に濡れた目がこちらを見る。やめてもらえると思ったのだろうか、すがるような期待に満ちた視線を向けられた。それに微笑み返し、舌の上で魔力を練り上げ口づけた。

「ぁ……んっ！」

本来なら患部に手を当てておこなうが、それは難しいので口移しで治癒魔法をソニアの中にそそぎ込む。全身の痛みやこわばりが和らぐもので、魔法で治せない怪我や病気の手術をするときに使う。

ひくんっ、とソニアの下腹部が震えた。狭かった中と入り口が緩み、柔らかくレオのものを包み込む。

「あぁっ……なにが？」

「まだ痛みますか？　治癒魔法を使いました。これで、体の緊張もほどけたでしょう」

「え……そうだけど。待って。これは、なに……？」

やっと体の異変に気づいたのか、ソニアが不安げに声を震わせシーツの上で手をさ迷わせる。肘をついて起き上がろうとしては、力が入らなくて混乱している。

「言ったでしょう。痛みを与えるのは趣味ではない。だから、痛くないようにしました」

「でもっ、これって……」

「ええ、体の自由もききませんが、少しだけ我慢してください」

「そ、そんな……やっ……ああぁっ、ひっ……ぅッ！」

ずんっ、と少しだけ腰を進める。ソニアが甘い悲鳴をもらし、ベッドの上で身悶《もだ》える。

体の自由はきかないが、感度に問題はないようだ。痛がってもいない。

「慣れたら、魔法をといてさし上げます。それまでは、このまま楽しみましょう」

「あっあぁっ！　ひぃ、あぁ……ッ、あぁぁッ！」

一気に、最奥まで突き入れる。痛みではない、快感の悲鳴がソニアの喉を震わせた。ぽろぽろと散る涙も、突かれた衝撃のせいだろう。

「わかりますか。全部入りましたよ」

レオは自身の熱を落ち着かせるよう息を吐く。とうとうすべて手に入れた。それがたまらないほどの快感となって、レオの背筋をぞくぞくさせる。

すぐに動きだしたいのを我慢して、純潔を失ったばかりのソニアを見下ろした。菫色の瞳が、少しほっとしたように涙でにじむ。

「で、では、これで……」

「終わりではありませんよ」

無情にも告げると、ソニアの目が丸くなる。やはり、この先の知識も皆無なようだ。

「教本には載っていないことをしましょうね、姫」

にっこりと微笑む。ソニアにとっては最悪だろうが、レオは嬉しくてたまらない。なにもかも初めてな彼女の中を、これから蹂躙する。犯しつくして吐精するのだ。

熱くからみつく内壁を引きはがすように抜き、すぐに奥まで貫いた。

「……ひっ、ン！　あぁ、はあぁっ……あっ、あっ、やぁ待って……ぁッ！」

初めてだが、魔法で負担はかなり減っている。少しぐらいなら激しくしても大丈夫だろう。なによりレオの自制も限界だった。

最奥を強く何度か突き上げ、引き抜いてはまた入れる。掴んだ細い腰がびくびくと跳ね、中がきゅうっと引き締まる。嫌だと首を振り涙をこぼしてはいるが、感じているのだろう。甘い嬌声がレオの耳を楽しませる。

「ふぁっ、あぁ……いやぁ、や……あぁぁッ、こんなの……！」

「嫌がられても、こうしないと終わりません」

「ひっ……そんな、こと知らない……あぁぁン！」

「では、教えてあげますよ。何度でも……」

自由のきかない華奢な体を抱えて起き上がる。胡坐《あぐら》をかいたレオの上にソニアの体を落とす。

「……ひぁっ！　あぁ、やっンッ……あぁあぁ、奥に……ッ！」

自重で奥をえぐられたソニアの体がガクガクと激しく痙攣する。大粒の涙があふれ、レオの胸元を濡らす。

一瞬のことでなにが起きたのかわからないのか、ソニアは呆然としている。その目尻に口づけて涙をすする。

「また達してしまったようですね。初めてなのに、きちんと中でいけるなんて優秀ですよ」

「はっ、はぁ……ぁ、もっ無理よ……おねがい……」

初めての行為と三度目の絶頂感に息が切れ切れだ。もう疲れてくたくたなのかもしれない。

涙に濡れた声で懇願されると、解放してあげたくなる。だが、それよりもっと泣かせてみたくなるから厄介だった。

「駄目ですよ。まだ私が中にだしてない」

「……だす？」

わかっていないらしい。不思議そうにこちらを見つめるソニアの腰を掴み、軽く揺する。

「あっ、あぁぁ……！」

「だから、こうやってあなたの中を何度も犯して私のものをだすのです」

そう言うと、ソニアの腰を持ち上げ落とした。下からも突き上げるように腰を突きだし、最奥をこじ開けるように犯す。ぐっ、と膣の奥にある子宮口にレオの先端が到達する。

「いっ……ぁ、あぁ……やっ、なに……ッ」

ぐりぐりと切っ先で弄ると、ソニアは目を見開いて体を痙攣させる。嬌声もうまくでないほど感じているらしく、白い喉がひくひくしている。

「ここでも感じられるようですね。素直な体で可愛らしい」

「……ひぁっ、はっ……はぁ、やっ、そこ……だめぇッ」

「駄目ではありません。ここで、たくさん私の情欲を受け止めてくださらないと」

「やっ、やっ……やめてぇ……ッ！　無理よっ……あぁッん！」

首を振るぐらいの抵抗しかできないソニアが、可哀想でどうしようもなく可愛い。あの無表情の仮面が剝がれ、美しい顔は今や涙でぐちゃぐちゃだ。その頬を舐めながら、腰をがんがんと突き上げて攻める。

「子を孕《はら》むのでしょう？　なら、もっと頑張ってください」

「あぁっいやぁ……おかしく、なってしまうわっ。だから、もうっ……あぁぁっ、ひゃぁッ！」

「おかしくなっていいんですよ。そういうものですから」

ソニアの中がひっきりなしに収縮して、レオの熱を締め上げる。気持ち良さに、何度か持っていかれそうになる。

敏感になった彼女の体は、絶頂感がとまらなくなってしまったのだろう。過ぎた快感がつらくてソニアが泣きじゃくる。その中をかき回し、弱い場所を執拗に突き上げてやる。

「んっ、あぁあ……や、むり……ごめんなさいっ、ひっあぁッ」

「最初の威勢はどうしてしまわれました？　覚悟してきたのでしょう。三日間、私を楽しませてくださいね」

耳孔に吹き込むように告げると、ひっくとソニアがしゃくり上げた。のぞきこんだ菫色の瞳は怯えている。こんな顔、こうでもしないと絶対に見られなかった。彼女の中でとっくに許容量を超えてしまったのだろう。

「可哀想に。でも、逃げなかったあなたが悪い。こうなったら、もう離してあげられない」

腕の中の体をさらに激しく揺さぶる。ずっと体の中でくすぶる絶頂感にさいなまれているソニアの中が、きゅうきゅうと締まってからみつく。

レオは快感に濡れた息を吐き、ソニアをまたベッドに横たえ、その膝を胸につくほど折り曲げる。半分ほど抜けてしまった楔《くさび》を、角度を変えて打ち込んだ。敏感な場所をぐりぐりとこすってやれば、あられもない声を上げて身をよじる。繰り返し抽挿すると、ソニアの焦点がぶれて虚ろになっていく。

もう、こちらの声もろくに聞こえていないだろう。

腰を容赦なく打ちつける。ぐちゅぐちゅと濡れた音が上がり、ソニアの中がもっと奥へ誘うように収縮する。レオの限界も近い。

「姫……一生、逃がしませんよ」

ここまでレオを狂わせた責任をとってもらわないとならない。自分なら、自制できたはずだった。それを壊して誘惑してきたのはソニアだ。だが、相手が彼女だからこうなった。

「他の男と子供を作るなんて許さない……」

ソニアがあんなことさえ言わなければ、もう少し理性が持ったかもしれない。聞かされた瞬間、嫉妬でおかしくなるかと思った。彼女をさらって、どこかに閉じ込めようと本気で考えた。

思いだすと苛立ち、犯す動きが乱暴になる。何度目かの抽挿のあと、打ちつけた欲望を引き抜かずに、ぐんっ、とさらに深く中をえぐるように腰を押しつける。硬い先端で最奥の先にある入り口をこじ開けた。

「あぁんっ……アァ……ひっ、あぁッ！」

悲鳴のような嬌声を上げ、ソニアの背がしなる。見開いた目から涙の粒が散った。

ひときわ強く中が締まる。レオは息をつまらせ、腰を震わせた。

「くっ……ッ」

「やぁ、やっ……あぁぁ……ンッ！」

どくんっ、と精が勢いよくでる。細い腰をぐっと抱えこんで、奥へすべてそそぎ込んだ。今まで感じたことのない快感と充足感に溜め息がこぼれ、汗が滴った。

「はぁっ……あぁ、あ……おわり……？」

意識の飛びかけたとろんとした目で見上げられる。このまま一度、寝かせてあげようか。迷ったのは数秒だった。

すぐにまた込み上げてきた欲望に目を細め、ソニアの上気した頬を撫でた。

「いいえ、まだです。私の子を孕んでくれるのでしょう？　なら、これだけでは足りません」

ショックを受けたようにソニアの瞳が大きくなる。なにか言おうと開きかけた唇を、レオは口づけでふさいだ。そして硬く立ち上がった欲望を主張するように腰を押しつけ、すぐに激しい交わりを再開した。

＊＊＊

「あの国は地下資源が豊富なんです。そのおかげで豊かですが、常に他国から狙われる危険があります。実際、あの地は百年ごとぐらいで支配者も国名も変わってます。現在の支配者である王族は、隣国の親戚筋でして……」

フィラントロピア王国からは遠く離れた南西にある国の歴史や内情を、最近、専任の近衛騎士になったレオがとうとうと語る。ソニアがふと口にした疑問に対しての答えだった。

傭兵をしていた彼は、この国にもいったことがあるそうだ。

「詳しいのね」

「まあ、二年ほど住んでましたから。ところで、どうしてあの国のことを?」

「……歴史の勉強で少しつまずいてしまったの」

授業の合間の休憩に庭へやってきたソニアは、腰掛けたベンチに置いた分厚い本を見下ろす。守るように背後に立っていたレオは、その本を一瞥すると「なるほど」と頷いた。

「その文献、内容が少し古いんですよね。教師もそれに添って授業をしていたとなると、今の情勢と矛盾がでてきます。それでつまずいたのですか?」

的を射たレオの言葉に驚く。前から様々なことに詳しいとは思っていたが、それは経験に基づくものだけだと思っていた。

「この本、読んだことがあるのね」

「ええ、船旅で暇だったときに、乗り合わせた方から借りたんです」

この歴史書は高価で、そんなに刷り部数もなく世に出回っていない。それを船で乗り合わせた相手に、ぽんと貸すとはどういう状況なのだろう。貸してくれた相手は当然それなりの身分で、船室のランクも高かったはず。平民が乗る区画とは違う。そこにレオも出入りしていたのだ。

十二歳から傭兵をして各国を旅していたとは聞いていたが、レオのことがますますわからなくなった。出会った当初から礼儀作法も言葉づかいもきちんとしていたので、傭兵以外に貴族相手の使用人もしていたのかもしれない。それなら高ランクの船室に出入りしていたのも不思議ではない。

それにしても、そこそこ高等な教育を受けていないと歴史書は読み解けない。レオはどこで教育を受けたのだろう。九歳のときに親族をすべて亡くして孤児になり、傭兵になるまでは遠縁の家で世話になっていたという。歴史書を読み解くほどの、恵まれた教育環境にいたとは思えなかった。

ちらりと、横目で見上げると微笑まれた。

「まだなにか、わからないことがございますか？　本に載ってない市井のことなど、知っているかぎりお答えしますよ」

「では、この本にあるこの記述について知りたいのだけれど……」

どこまで答えられるのか。少し意地悪な気持ちで質問をぶつけてみた。レオはそれによどみなく答え、ソニアが聞いていないことも先回りして解説してくれる。そのうち彼の話に引き込まれ、その豊富な知識や経験に感心させられた。

こんなにあらゆる分野について広く深く話せる人は、教師の中にもいない。騎士よりも教師や、国の政治などにかかわる仕事のほうが向いているのではないかと思ったが、レオが軍で築いた功績も大きいと父が言っていた。

「やはり、実際に見聞きし体験した者の言葉は重みが違うわね」

きっと彼が身体的に強いことも、経験や知識を蓄える役に立ってきたのだ。自力で何ヵ国も渡り歩くには、賢さと強さのどちらも必要だ。レオは加えて魔力量も多い。得意なのは水系統だが、全般的にどんな魔法でも使いこなす。

羨ましい。王族に生まれたが魔力量は平均値で、生活魔法ぐらいしか使えないソニアは溜め息がこぼれた。

魔法は駄目でも勉強は得意で、同世代の男性にも負けないほどの知識があると思っていた。父と一緒に何度か政策会議に参加し、女で子供だと侮る諸侯を言い負かしたこともあったが、レオの話を聞くうちに自信がなくなった。

「わたくしは、本の中の世界しか知らなかったのね……」

レオが今のソニアの歳には、もう傭兵として働き自活していたのかと思うと、急に自分が恥ずかしくなってきた。こんなに素晴らしい経験を積んできた彼に、かしずかれるほどの価値が自分にはない。

だが、思い沈むソニアに対して、とても呑気な声が降ってきた。

「では、外にでてみませんか？　世界なんて割と簡単に広がりますよ」

そうは言っても視察とか見学とか、そういう名目で外出許可を取るのだと思っていた。まさかお忍びだとは……馬車に揺られながら、ソニアはいつもと違う木綿のドレスに身を包んだ自身を見下ろす。小花柄のドレスは町娘風で、その上に緋色のローブを羽織っている。目立つ髪は、レオの魔法で彼と同じ紫紺色に染められた。

レオはというと、同じ馬車の向かいの席に座って窓の外を眺めている。飾り気のないシャツに、焦げ茶色のベストとジャケット、ボトムという平民らしい服装だ。

質素な服装なのだろうが、端整な容姿のレオが着るとなぜか優雅に見える。きらびやかな近衛騎士の制服姿だとこの何倍も彼は見栄えがよくなり、王宮の女性たちがよく遠巻きに彼を見ているのも納得だ。

今日は、そんなレオと外国から観光にきた兄妹を装って、街を散策する。

レオは休日で、ソニアは体調を崩して寝込んでいることになっている。王女の寝室には、やはり彼の魔法で髪を白金色に染められた侍女のベアトリスが寝ていて、夕刻までには戻る約束をした。巻き込まれたベアトリスは不安がっていたが、ソニアの居室にやってくる者はほぼいない。

馬車がついたのは、城下町だった。先に降りたレオが、手を差しだしてくれる。

「さて、ここからは兄と妹です。くだけた口調になることをお許しください。それから、あなたのことはソニアと呼ばせてもらいます」

「……ええ、わかったわ」

少しどぎまぎしながら、顔にださずに頷く。

「ありがとう、ソニア」

返ってきた笑顔と敬称なしの名前に、どきりと胸が高鳴る。彼に手を取られてエスコートされるのなんて慣れているはずなのに、妙に緊張した。

それから迷子になると大変だからと、ごく自然に手を繋がれてしまった。

こんな子供みたいな扱いをされたのは、カタリーナが王宮にいたとき以来だ。最初にやってきた父の側室で、オレンジ色の髪に琥珀《こはく》色の瞳を持った彼女は、今はもう遠くにいってしまった。〝影響されにくい人〟で、ソニアの力を気持ち悪がらずに愛してくれた。

その彼女とレオはどこか似ている。

繋がれた手から伝わる彼の体温に、ソニアの胸がじんわりと温かくなる。男の人と手を繋いだのは初めてで、くすぐったくて少しだけ困惑するけれど、嫌悪感はまったくなかった。

城下町には、父の視察の動向や祭りの観覧で何度かきたことはある。けれど、いつも護衛の兵士に囲まれていて、こんな間近で街や民の様子を見るのは初めてだった。移動もほとんど馬車で、気軽に石畳の上を歩いたこともない。王宮以外でソニアが歩く道には、いつも緋色の絨毯が敷かれていた。

「石畳って硬いのね」

言ってから、なにを当たり前のことをと恥ずかしくなったが、レオはそんなソニアを馬鹿にはしなかった。

「ああ、そうだな。靴も平民がはくもので靴底が薄いから、道の感触がしっかり伝わってくる。決められた絨毯の上ではなく、どこまでも自由に歩いていけるんだ」

「そう……自由なのね」

そんなふうに考えたことはなかった。

「さあ、どこへいく？　どこでも好きな方向に歩きだしていいぞ。俺がどこまでもお伴してやる」

見上げると、レオが悪戯《いたずら》っぽく笑う。いつもと違う口調の彼は別人みたいで、どきどきした。

それからソニアは、気持ちの赴くままに歩いた。実際に見て回った街は、本の中や人伝に聞く世界とはなにもかも違った。どんなに自分の世界が狭かったかも思い知った。ただ勉強しているだけでは駄目なのだと……。

楽しくて驚きに満ちた時間はあっという間だった。日が暮れて、乗ってきたのと同じ馬車の前までくると、ずっと繋いだままだったレオの手が離れた。

これで今日は終わり。また近衛騎士と王女の立場に戻る。その合図みたいだった。

ずっと、レオの手を離さないでいられたら……。

ふと、わいてきた気持ちに唇をきゅっと引き締める。それがどんなに望んでも叶わないことか、王女であるソニアはよくわかっていた。

これ以上、彼と距離が縮むことはない。望むことも無理なのだと、初めての想いにそっと蓋をして忘れ去った。

＊＊＊

なぜ今、あのときのことを思いだすのだろう。

ソニアは後ろから貫かれて快感に喘ぐ。ぐちゅぐちゅと濡れた音にも感じてしまう。頭は快楽に犯され他のことなど考えられなかった。

なのに、背中に覆いかぶさったレオが、シーツに爪を立てるソニアの指に指をからめてきた。快感とはちがうくすぐったさと伝わってくる体温に、昔の記憶が刺激される。もう消えてなくなったと思っていた淡い恋。まだ胸に残っていたのかと、鼻の奥がつんっとした。

「姫、なにを考えているのですか？」

ソニアの意識がそれたのを感じたレオが、耳元で低く囁く。ぐっ、と深くえぐるように腰を押しつけられ、子宮口をこじ開けられる。

「あぁぁ……っ、ひっ……！」

目の奥で火花が散るような感覚に、腰がびくびくと痙攣《けいれん》する。何度も吐精された中はぐちゃぐちゃで、下半身にはもう力が入らない。なのに突き入れられるたびに痙攣する蜜口が、レオのものを締めつける。男の大きさや形を感じて、また体がずくんと疼《うず》いた。

もうつらいのに、内壁が激しくひくつく。とまらない絶頂感に、へとへとだった。

「はぁっ……はあ、あぁ……もっ、むり……やぁ、あぁぁッ」

涙にかすれた声で懇願するが、ずんっ、と強く中を突かれる。

「まだ、大丈夫そうですが？　こんなにからみついてきて……私を離さないのは、そっちでしょう」

「ひっ、ンッ……！　あぁ、だめぇ……そんな、アァッ！」

奥の入り口をぐりぐりと刺激される。肉芽や中を嬲られるよりも強い快感に、かろうじて立てていた膝から力が抜ける。だがレオに腰を支えられ、尻を突きだすような恥ずかしい格好にさせられた。

「あっあぁ、やッ……ひぃっ、あぁッ！」

レオの腰の動きが速くなる。ぬちゅぬちゅと抜き差しされるたびに、蜜口から二人の体液が混じったものがあふれる。

もう、どれだけ中でだされたのだろう。どれぐらい時間がたったのかもわからない。最初に抱かれてから、一日は過ぎたと思う。一度、気を失うように眠りにつき、起きたら日が昇っていた。体は綺麗になっていて、使用人が運んできたという食事をレオに食べさせてもらった。

疲労でパンとスープぐらいしか食べられず、そのあとまた寝てしまい、起きたら抱かれていた。強い快感で意識が浮上したら愛撫の最中で、混乱しているうちに中を貫かれた。寝ている間にすっかりほぐされていた蜜口は、なんの抵抗もなく猛った雄をのみ込んで甘く震えた。

それからずっと繋がったまま、様々な角度から犯され続けている。

「やっ、やだぁ……もぅ、むり……ッ、はあぁ、アァッ……！」

ぐぐっ、と乱暴に突かれて溜まりに溜まった熱が弾ける。激しかった抽挿がとまり、奥

にどくどくと精をそそぎ込まれるのがわかった。絶頂感にこぼれた涙が、シーツに吸い込まれていく。

ソニアは、はあはあと肩で息をしながらベッドに沈む。もう指先ひとつも動かせない。抱きしめるように背中に倒れ込んできたレオの息も荒いが、ソニアを押しつぶさないように体重はかけてこない。その温かな重さと柔らかいベッドに挟まれ、心地良さにふっと意識を飛ばした。

それからまた、目を覚ますとレオに抱かれるか食事をさせてもらうかの繰り返しだった。湯浴みもしてもらったが、途中からは浴槽の中で体を嬲《なぶ》られ抱かれていた。

そして三日目の朝を迎えた。早朝のまだ空が白い時間だ。小さな物音で目が覚めたソニアの意識はふわふわしている。音は浴室からだ。レオが身支度をしているのだろう。

ソニアの体はさっぱりとしていて、髪からはクチナシの精油が香る。寝ている間にレオが清めてくれたらしい。着せられているネグリジェもベッドもさらさらして気持ちがよかった。この三日間、使用人が入ってきた形跡はなかったので、すべてレオがしてくれたのだろう。彼はなんでも器用にこなす。

激しい行為だったけれど、不思議と恐怖はなかった。レオが次にどうするか教えてくれたり、優しく抱きしめてくれたからだろう。痛みも最初の少しだけ。すぐにレオが治癒魔法を使ったおかげで、ソニアは気持ち良かった記憶しかない。過度な快感がつらかったぐらいだ。

大切にされていた。そう思うのは、勘違いかもしれない。けれど、レオがソニアに触れる手はどこまでも優しかった。

なにも言葉はもらえなかったが、褒美にソニアを求めたのは好意があったからだと思いたい。娼婦扱いをしたのではなく、結婚は無理でも一晩だけでも欲しいと乞われたのだと。

ソニアの頬を包むように、さらりと流れてきた髪はちゃんと乾かしてもらえたようで、艶があった。魔法だけでなく、きちんとブラッシングされた手触りだ。

胸がほわりと温かくなる。思いだしてしまった恋心につられて、抑えたくとも期待がふくらんでいく。

けれど甘い想いに浸っていられたのは、そこまでだった。

浴室からでてきたレオが、ベッドの横にあるソファに腰掛けた。ソニアが目覚めているのには気づいていなかった。

魔法騎士団の制服であるシャツとズボンをまとった彼が、革のベルトのようなものを手にして脚を組む。左足首を右膝にのせ、革ベルトを足裏から足首にかけて巻きつける。

そのとき朝の淡い日の光にさらされた足裏が、しっかりとソニアに見えた。

普通の人だったら見えない、見ることのできない魔法印が青白く浮き上がっていた。

それは魔法で肌に彫り込まれる入れ墨で、皮をはいだとしても消すことができない刻印だ。刻み込むことのできる魔術師の数はそんなにいない。貴重な刻印方法で、なにかの証明のために利用される。

レオの足裏に彫られた魔法印と同じ図案のものを、昔、見せられたことがある。カタリーナの子供の頃の話を聞いてる最中に、彼女が紙にさらさらと描いてみせたのだ。

『ねえ、将来この魔法印を持った子に出会ったら、仲良くしてあげてね』

子供だったソニアは、大好きなカタリーナの頼みならと頷いた。絶対に仲良くしようと誓った。けれど成長して、その刻印がどういう意味のものか知って頭が真っ白になった。

カタリーナはなにを思って、あんなことを言ったのだろう。この魔法印を持った人と、ソニアは仲良くなんてなれない。

自分がどんなに相手を好きになったとしても、絶対に相手はソニアを嫌う。許せないと思うはずだ。

だって、ソニアが……フィラントロピア王家が奪ったようなものだから。その人の居場所も家族も地位も、なにもかも。

「そんな……レオだったなんて……」

革ベルトを巻き終わったレオは、ソニアに背を向けて身支度をしている。吐息のようなつぶやきは聞こえなかったらしい。

そうか、そういうことだったのか。レオが褒美にソニアを望んだ意味が、やっとわかった。

嫌いだったのだ。フィラントロピア王家を恨んでいるのかもしれない。

それでも誠実で公平な人だから、ソニアの罪ではないと思ってひどい抱き方はしなかったのだろう。

宴での挑発するような態度と望みは、父への復讐《ふくしゅう》だったのではないか。だが父があっさり了承してしまったから、ソニアを抱いても意味がないと思い、あんなふうに追い返そうとした。あれが彼の良心だったのだ。

なのにソニアが引かなくて、こんなことになった。

レオは今、なにを思っているのだろう。迷惑だったはずだ。何度も抱いたのはソニアを求めてくれたのではなく、復讐のひとつなのかもしれない。いつも優しくしてくれたのだって、最後に裏切るためかもしれない。

それならもう達成されている。知らないうちに、レオのことをこんなに好きになっていたのだから。

涙がつうっと頬を伝って、枕に吸い込まれる。ふくらみ始めていた期待も恋心もあっという間にしぼみ、錐《きり》で穴を開けられたような痛みだけが胸に残った。

けれど自分だってレオを利用しようとしていた。父の憂いを晴らすために子を成そうと考えて、彼の胸に飛び込んだ。純粋な恋心だけではない。

彼に恨みもないのに、行為を強いたソニアのほうが最低だ。彼を責めたり、叶わない恋に泣く権利なんて始めからなかった。

ソニアは唇を噛んで嗚咽《おえつ》をのみ込むと、目を閉じた。へとへとに疲れていてよかった。いろいろ考える体力もない。

絶望感に引きずられるようにして、瞬く間に意識は闇へと落ちていった。


ラロは、執務室でレオと対峙《たいじ》していた。真剣な表情の彼に呆れた視線をやる。

「ソニア王女殿下を娶《めと》りたい。褒美は王女殿下との結婚に変更してください」

護衛を下がらせ二人きりになってすぐ、彼がこう言い放ったのだ。思ってもいなかった要求に面食らい、毒気を抜かれた。

「褒美の変更とは……豪胆なだけでなく、図々しい男だな」

「重々承知しております」

そう言って頭を下げるレオは、国王を前に萎縮する様子もない。起床したばかりのラロに謁見を申し込み、もうすぐ出立するので早く会いたいとせっつく神経も大したものだ。

ナバーロが気に入っていたのもわかる。

ただ、あの将軍はそれ以外の意図もあって、レオをこの国に連れてきて懐に抱いた。あれなりの償いだったのだろう。

「しかも褒美を三日三晩堪能したあとに変更とは、さすがに不遜ではないか？」

「……前金をもらったようなものです。無事に帰還できるかどうかわからないので」

しれっと切り返すレオに、ふっと口元を緩める。無事に帰還もなにも、フィラントロピア王国の兵として帰ってくる気があるのかと聞きたい。

「前金と申すか。ふてぶてしいが面白いので許そう。だが、その褒美を受け取るにしても卿には身分が足りない。諸侯から反対の声が上がるだろう」

「ご心配には及びません。それはどうにかなるでしょう」

「あてがあるのか？」

「もちろん」

即答するレオには自信がみなぎっていた。世界が自分の思い通りに動くと思っている不遜さがまだ若く、ラロにはまぶしく感じた。

こちらが彼の正体に気づいていると知っていたら、こんなことも言えなかったはずだ。まだまだ詰めが甘いが、好きな相手のために覚悟を決める姿勢は好ましい。かつてラロがそうだったように。

だが、ラロは愛する人を守れず悲劇を招いた。

「わかった。無事にこの国に戻ることができたら、娘との結婚を約束しよう」

「ありがとうございます」

深々と頭を下げたレオの肩から力が抜ける。あれでも一応、緊張していたらしい。

面白い。少し挑発してやろう、とラロは執務机に肘をついて不敵に笑った。

「だが、そう長くは待てない。私も老い先短い身だからな」

レオの体に緊張が走るのがわかった。さすがに顔にはださないが、探るようにラロの目をじっと見据える。

「戻りが遅いと、娘を守り切れないかもしれない。なるべく早く戻るがいい。卿がどうなるか、楽しみにしている」

そう告げて、でていけと手を振る。一礼して退室していくレオの背中を見送りながら、娘に話すべきか迷う。あの話しぶりだと、ソニアにはなにも告げていないようだった。告白しようにも、疲れ切って寝ているのだろう。

「なにがあるかわからない……期待させるのも酷だな」

逡巡《しゅんじゅん》は一瞬だった。話さないことに決めると、ラロは席を立った。

今のところレオが戻ってくるのに、何年かかるかわからない。その間に人も立場も移り変わる。会えない間に心変わりするのは珍しくもない。目まぐるしく情勢が変化する場に身を置けば尚さらだ。

レオはこれから立場も変わってくるだろう。そうなったときソニアの立ち位置がどうなっているか。ラロにも想像がつかない。

誠実な男だとは思うが、数年後、ソニアが邪魔な立場にあったら切り捨てることもあるだろう。そのときまで、娘が確証のない約束にすがって生きていたらやりきれない。

ラロはこの約束を自分の胸に収めることにした。もし、今のままの心根でレオが戻ってきて娘を望むなら、話してやろうと心に決めて……。

4

今日の母は元気そうだ。遠目からではあるが、父と楽しそうに話していた。もしかしたら大丈夫かもしれない。今日ならソニアとお話をしてくれるかもしれない。

今年五歳になったソニアは、花壇の隅に生えていた青い小花をつむ。ただの雑草だが、以前、母が侍女に伴われて庭を散歩しているとき「可愛らしい花ねと」と微笑んだ。離宮に忍びこんでいたソニアは、木陰に隠れてそっとのぞいていた。

小さな白い手を汚してつんだ花を、白いレースのハンカチに包んで小さな花束にする。これを持っていけば、母が喜ぶかもしれない。

ソニアは、ふふっと花がほころぶように笑い、母と父が暮らす離宮へ走った。

離宮はソニアが暮らす王女宮の南西にあって、少し遠い。母の療養のために建てられたそうだ。出産で体を壊した母は、子供のソニアといると疲れてしまう。だから滅多に会えない。数カ月に一回、母の調子がいいときに父と一緒に会うことができるが、それもほんの数十分。話もできなければ、抱きしめてもらったこともない。

いつも悲しげに微笑んで、そっとソニアの頭を撫でてくれるだけ。なにか言いたそうに口を開くけれど、目が合うとたんに表情をこわばらせてうつむいてしまう。

ソニアから話しかけたこともある。今、勉強していることや読んでいる小説のこと、母が楽しくなってくれそうな話をたくさん披露した。でも、母は頷いてくれるだけで一言も返してくれず、父に疲れたと言って寝室に引き込もってしまう。帰り道、落ち込むソニアの背中を父が優しく撫でてくれるのが救いだった。

最近、ソニアは淑女としての礼儀作法を習いだした。教師に、物覚えがよく所作が美しいと褒められる。この歳にしては長くじっとしていられるし、大人の言うこともきちんときくので、公務に連れていけるのではと言われていた。

だからきっと、母を疲れさせないでいられるはず。母の手をわずらわせなければ、会って話しができるかもしれない。

ソニアは見回りの兵士がいない道を通って離宮の庭に忍び込む。この時間、母は日当たりのよいテラスで午後のお茶を楽しんでいる。

「お母様、ごきげんよう」

驚かせないように歩を緩め、テラスに一人でいた母の前にたどりつくと淑女らしく挨拶をした。習ったばかりのカーテシー。我ながら綺麗にできた。褒めてくれるだろうかと顔を上げたソニアをとらえたのは、母の怯えたアイスブルーの瞳だった。

「……お母様？」

「なぜ……ここ、に……っ」

「あの……お花を持ってまいりました。お母様が元気になるように」

母が怖い顔をしているのは、きっと驚かせてしまったせい。花を見せれば落ち着いてくれるはずと、ソニアは小さな花束を差しだした。

瞬間、ぶわっと小さな風の渦が起こり、それが刃となってソニアの頬やドレスを切り裂き、手に持っていた花束を叩き落とす。

「いやあああああ……ッ！」

耳をつんざくような悲鳴と椅子が倒れる音。テラスに尻もちをついた母が、ソニアから逃げるように後退る。

風圧で吹き飛ばされ芝生の上に座り込んだソニアは、呆然と母を見つめる。今のはなんだったのだろう。母から風魔法が放たれたように見えたが、魔力の痕跡はどこにもなかった。それに母は異能を持っていない。

「何事ですか！　レオノーラ様っ！」

母にいつもぴったりと寄り添っている高齢の侍女が、離宮から飛びだしてきた。

「いやぁ、助けて……たすけて……ラロ」

「大丈夫ですよ、姫様。陛下はすぐにいらっしゃいます。だから、安心してください」

侍女は、もとは母の乳母であった。家族を亡くした母にとって、唯一の頼れる女性。その彼女は、母を小さな子供のように「姫様」と呼んで優しくあやす。

その彼女の視線がぎろりとこちらを向いた。

「レオノーラ様に、なにをなさったのですか?」

憎しみの込もった目にソニアはびくりと震える。いつも冷たい態度の侍女だったが、こんなふうににらまれたのは初めてだった。

「お母様に……お花を……」

芝生に散った青色の花弁とずたずたになったハンカチを一瞥した彼女が、顔をしかめた。

「約束もなしに忍び込んで、レオノーラ様を傷つけないでください!」

「ご……ごめんなさい」

ひっく、としゃくり上げ謝るが、侍女は許してくれそうもなかった。恐ろしい顔でソニアを見据え、今にも飛び掛かってきそうだ。

「まって……やめて。わたくしは大丈夫よ。少し取り乱してしまったの」

少し落ち着いた様子の母が、震える声で侍女にすがる。

「姫様……!」

「だからお願い。あの子を責めないで……あの子は悪くないの。それより、あの子の手当をして……わたくしが傷つけてしまったわ」

こちらを見ようとはしないけれど、母がソニアをかばって心配してくれた。初めてだった。こんなに自分のことを気にかけてくれる母を見るのは。

「おかあ、さま……っ」

嬉しくて涙があふれた。駆け寄りたくて立ち上がる。だが、一歩踏みだした瞬間、目の合った母がまた怯えたように顔を歪めて小さく悲鳴をもらした。

「ひっ……いやっ、お兄様……っ」

「こちらにこないでください！」

侍女の怒声に、全身をこわばらせてソニアは立ち尽くす。

かすかに聞こえた「お兄様」とは誰だろう。呆然とするソニアの耳に、頭を抱えた母の弱々しいつぶやきが風に乗って届いた。

「どうして……どうして、ラロと同じ色の瞳で生まれてくれなかったの」

頭が真っ白になり、体がこわばる。

なぜそんなことを言うのだろう。聞きたくても聞けなかった。

ただ、自分が望まれていない子供だということだけはわかってしまった。

そのあと駆けつけてきた父が、母を抱き上げ離宮の中に消えた。残されたソニアは、怖い顔をした侍女に庭の隅に引きずっていかれ、手当を受けた。

「王女殿下。あなたはとても聡明でいらっしゃる。私の話すことを理解できる年齢ですので、申し上げます」

侍女は手当をしながら、どうして母があああなってしまったか、ソニアがなぜ近づいてはいけないのかを淡々と語った。子供のソニアには難しくて、わからないこともある話だったが、自分が存在するだけで母を苦しめているということだけはすとんと理解できた。

「わかりましたね。だからもう、ここにはいらっしゃらないでください。レオノーラ様も陛下もお優しいから、会いたがるあなたの我が儘を聞いてくださっていただけです。愛しているなら、お母様をそっとしておいてくださいませ」

苦々しげにそうしめくくると、侍女はソニアの手を乱暴に引いて離宮の外に連れていった。突き飛ばされるように背中を押されて門をでると、後ろでガチャンと錠の下りる音がした。振り返って見上げた鋼鉄の門は冷たく高くそびえたっている。歩き去る侍女は、一度もソニアを振り返ることなく木々の間に消えていった。

それからソニアは母に会うのをやめ、父とも距離をとるようにした。

父もきっとソニアの存在に苦しんでいる。それでも娘として扱い、蔑ろにはせず、王女として何不自由ない生活をさせてくれる。これ以上、我が儘を言うなんてできない。

みんなの迷惑にならないようにしよう。愛されなくてもいい。せめて有益な人間になろう。そう思い、ソニアはひたすら勉学に打ち込むようになった。

フィラントロピア王国は女王の即位も認められている。現在、王位継承権を持つのはソニアただ一人。父にいつなにがあってもいいように。もし他に継承権を持つ兄弟ができたら席を譲り、他国に嫁いだり降嫁してもいいように。ソニアはありとあらゆる知識を身につけようと努力した。

自身の身を守れるよう、剣術や体術も習った。魔法の才能はなかったけれど、身の回りのことも自分でだいたいできるようになった。

勉強も訓練も毎日かかさず頑張った。いつ、王家から放逐されることになってもいいように、なんでも自分でできるようにならなければいけなかった。

そして、母が亡くなった日。あの忌々しい異能がソニアの中で目覚めたのだった。

＊＊＊

息子の大きな泣き声に、はっと目を覚ます。深い森の奥に建てられた邸の窓外は、真っ暗だった。

昨晩、無事に出産を終えたソニアは、泣き声のするほうに顔を向ける。体が重くて起き上がれない。安産だったが、思った以上に体は疲弊していた。

窓辺の揺り籠に寝かされた息子は、なかなか泣きやまない。昼間の面倒は、この邸を預かるアンバル夫人と産婆がしてくれていたはずだ。もう夫人は休んでしまったのだろうか。

自分でなんとかしなければ。この程度のことで寝込んでなどいられない。これから息子を、あらゆるものから守っていくのだ。

生まれるまでこんな使命感はなかった。ただひたすら、父と同じ瞳の色で生まれてくれることを願っていた。

それなのに、まだ目も開けられない息子を腕に抱いたとたん、愛しさと後悔で涙があふれた。瞳の色や血筋など、どうでもよくなった。己が間違っていたと慟哭《どうこく》した。

王族としての証など、持たずに生まれたほうがこの子にとっては幸せだったかもしれない。己の劣等感をなくすために子を成そうだなんて、最低だ。過去の自分を罵倒した。

そして、なにがなんでもこの子を守り抜くと決意した。

ソニアは力の入らない体をゆっくりと起こして、ベッドから下りようとしてよろけた。床にそのまま倒れ込むと思ったら、がっしりとした腕に腰を抱きかかえられた。

「無理をするな。昨晩、出産したばかりなのだろう」

いつの間に部屋に入ってきたのか、泣き声で気づかなかった。暗闇の中で聞こえた声は父のものだった。

「お父様……なぜこちらへ？」

冷気をまとった父から、カチカチと鎧《よろい》が揺れる音がする。

「デセオ領がアフリクシオン自治区から攻撃を受けた。魔法を使える兵士が足りず、苦戦しているようだ。私が出征するほうが手っ取り早いのでな……そのついでに寄った」

父は国王だが、魔力量はこの国で一番多い。扱える魔法も多岐にわたる。王子だった頃は戦場を駆けまわり、いくつもの武勲を立てた。その父がでていけば、早く決着がつくだろう。

だが、国王自ら出征することになったのは、魔法騎士不足のせいだ。

レオがオディオ領へ出兵して一カ月後。彼はフィラントロピア王国を裏切り、オディオ領主側についた。足裏の魔法印を見ていたソニアはなんとなく予想していたので動揺はしなかったが、諸侯たちは震撼《しんかん》した。レオの補佐官であったカルロスが一緒に寝返ったせいもある。

カルロスはセラーノ公爵家の人間だ。公爵家も加担しているのではないかと疑いがかかり、オディオ領の内乱を治めるどころか、貴族同士の醜い派閥争いへと発展した。その後、カルロス単独の行動であると証明され、セラーノ公爵家は罪に問われなかったが権力の座からは追い落とされた。

くだらない内輪揉めをしている間もオディオ領主の反乱は続き、両隣の領の侵略に成功した。それも平民にほとんど被害をださない戦略をとったおかげで、民衆から厚い信頼を勝ち取った。

同時に、レオが滅ぼされたアフリクシオン王国の最後の生き残り、第三王子のレオン・アフリクシオン・ルイスだと名乗りを上げたのだ。

ソニアが見た足裏の魔法印。あれは、アフリクシオンの王族が生まれてすぐに刻印される、血筋を証明するものだ。

フィラントロピア王国が一方的に和平条約を破り、侵略を開始した〝血の裏切り〟は許しがたい蛮行である。よって不当な行いにより奪取したアフリクシオン自治区を、王位継承権のあるレオことレオン王子殿下へ返還し、王族としての復権を要求すると宣告した。

オディオ領の領主はレオンの人柄と手腕に惚《ほ》れ込み、以後は彼の名のもとにアフリクシオン王国再建に協力すると表明。そこにアフリクシオン自治区の自治長と旧アフリクシオン貴族が加わった。

恐らく最初から、この反乱に自治区の者たちが手を貸していたのだろう。そこにレオンが現れて気勢が高まった。

今や、アフリクシオン王国再建を旗印に、レオンのもとに人や物が集まりつつある。フィラントロピアの中枢権力に不満を持つ諸侯や、悪徳領主のもとで長年虐げられてきた国民。フィラントロピアを脅威に思っている小国などだ。レオン側には優秀な参謀がいるらしく、これらをうまくまとめ上げているらしい。

その一団にフィラントロピア王国の一部の魔法騎士たちも加わりだした。レオンがこの国で魔法騎士団団長をしていた頃の部下たちだ。実力主義の彼らはレオンに惚れ込んでいて、国にしがらみがない者ほど早々に反乱軍に合流していた。

そのため父が出征することになった。そのついでに、ソニアが産んだ子供を見にきたのだろう。

父はふらつくソニアをベッドに座らせると、足音を殺して揺り籠に近づく。手袋を外し、泣き叫ぶ息子の足首をゆっくりとさすりだす。不思議なことに、泣き声が小さくなっていった。

「……昔、お前が夜泣きをしたときにもこうしてやった」

「お父様がですが？」

静かに息子を見つめる父に、ソニアは目を丸くした。

「ああ、レオノーラはお前を育てられるような状態ではなく、近くに置いておくのは危険だった。レオノーラ自身もお前を殺してしまうのではないかと泣いていたから、私が面倒を見ていたのだよ」

「使用人か乳母に任せなかったのですか……執務もあるのに」

「もちろん昼間は使用人たちの手も借りたが、お前には暗殺の危険もあった。私と一緒にいるのが一番安全だったからな。特に夜は、同じ寝室で寝ていた。お前は足首が冷えると夜泣きをするらしく、こうやってさすって温めてやると大人しくなってよく眠ったのだ」

息子の泣き声がすうっと消え、代わりに安らかな寝息が聞こえてきた。

「知らなかっただろう？　私も今、この子を見て思いだした」

珍しい父の楽しそうな声と懐かしそうな目に、ソニアの胸に込み上げてくるものがあった。不意に投げられた愛情に、どう返していいかわからない。うつむき、父に必ず伝えなくてはと思っていたことを口にした。

「息子は……リノは、黄金の瞳です。わたくしは、あなたの子でした」

深い悲しみと諦念の混じった溜め息が聞こえた。

「そうか。だが、関係ない。関係なかったのだ。瞳の色などなんでもよかった。私はたしかにお前を慈しんでいた。愛しいと思っていた。なのに、忘れてしまっていた。自分のつらさにばかり目を向けて、私は責任を放棄したのだ」

父に抱きしめられた。鎧の当たった頬が濡れている。いつの間にか涙があふれていた。

「今さらだが、本当にすまなかった。こんなことをさせて……私のせいだ。お前はなにも背負わなくていい。リノもお前も私が守る」

力強い腕の感触に、嘘はなかった。長年わだかまっていた塊がゆっくりと溶けていく。自分の中でずっとあやふやで、自信を持てずにいた部分が、今の父の言葉でしっかりと輪郭を成していった。

ソニアは父の腕から顔を上げると、きっぱりと首を振った。

「いいえ……リノのことはわたくしが守ります」

まだ涙に濡れていたが、力を込めて父を見上げた。

「お父様がしばらく王宮を不在になさるなら、わたくしが代理で玉座に座ることをお許しください」

「だが、お前は出産したばかりだ。しばらくはここでゆっくりして……」

「そんな悠長なことはしていられません。これ以上、王女が王宮を開けていては不審がられます。その上、お父様までいなくなれば、よからぬ者たちがなにをするか」

ソニアの妊娠は秘密にされていた。子供の父親がレオンなので、知られるとなにに利用されるかわからない。暗殺の危険もある。妊娠を知っているのは父と、口の堅い執事と医者。それと裏切る心配のない、この邸の者たちだけだ。

幸い、ソニアはあまりお腹が大きくならない妊婦だった。身の回りのこともずっと自分でしていたので、使用人から露見することもなかった。臨月ぎりぎりまで政務をこなし、この森の奥に建てられた邸で療養と称して出産したのだ。

「リノはここに置いていきます。王宮に連れていくのはまだ危険なので。ここで育ててもらいます。寂しいですが、リノを守るためです」

今の自分なら、自信を持ってフィラントロピア王国の玉座につける。いや、やらなければならないのだ。王族の証を持って生まれてきた息子をあらゆる災難から守り抜くために、できないなどと言っている暇はない。

それに、ソニアの異能は息子を傷つけるかもしれない。魔力量が多くて〝影響されにくい〟父でさえ、異能にあてられることがある。幼い息子をそんな危険にさらせない。近くで育てられないのは、かえって幸いなのかもしれない。

「わたくしはこの子を幸せにするためなら、どんなことでもする覚悟です」

そうきっぱりと宣言すると、父はどこか疲れたように微笑んでこぼした。

「すまない……お前をこんなに強くしてしまったのは、私が情けないせいだ」

5

オディオ領の反乱から六年。二年前にフィラントトロピア王国女王として即位したソニアは、二十三歳になっていた。

そして今日、その座から引きずり下ろされることとなる。

王宮の南に位置する女王宮。かつては王女宮と言われていた場所の自室に軟禁状態にあるソニアは、窓から城門を見下ろす。これからやってくる、復興したアフリクシオン王国の国王、レオンを出迎えるために人々が集まりだしていた。

次々と周辺のフィラントトロピア領を手中に収め、勢力を拡大した彼のことを人々は征服王と呼び始めた。今や、敵国であるのにフィラントトロピア国民まで彼を英雄扱いし熱狂している。それだけ彼の手腕が鮮やかで魅力的なのだ。

門の外には征服王をひと目見ようと集まった熱気をはらんだ民衆と、城内にはソニアの家臣であった諸侯や貴族たち。それからソニアを陥れたつもりになっているセラーノ公爵派閥の者たちが、歓迎のために並んでいる。

一度失脚したセラーノ公爵家だが、アフリクシオンとの戦いでいくつかの戦果を挙げ、ソニアの出自を糾弾することで権力の座に返り咲いた。彼らは父と母の間にあった問題を知っていて、王女が王家の正当な血を引いていない可能性があると暴露した。血筋を証明できないなら、王家を継承すべきはセラーノ公爵家であると主張したのである。

そのセラーノ公爵家の現当主、ダニエル・セラーノが出迎えの先頭に立っている。水色の長い髪がここからでも見える。顔はわからないが、きっとにやけた面だろう。

「いい気なものね」

ソニアは冷淡にこぼすと、続きの間になっている衣裳《いしょう》部屋に向かった。そこで赤色に金の縁取りのあるドレスを選ぶと、手早く身につけた。メイドを近くに置かないソニアが一人で脱ぎ着できるようデザインしたドレスだ。

下ろしたままの髪は魔法でくるくるとシニヨンに結い上げ、いつもはつけない髪飾りを留める。真珠のイヤリングにネックレス。これも普段あまり身につけない。政務や執務室に込もって仕事をするのに着飾る必要などない。

だが、今日は違う。これから闘いに向かうのだ。それもかつて愛した男との対峙である。

軽く化粧をしたソニアは最後に赤い口紅を引き、鏡の中の自分をにらみつけた。

負けるわけにはいかない。これは自分のためではなく、息子の将来を安泰なものにするための闘いだ。

今のソニアが持つ武器は、この美貌。それと……菫色の瞳をじっと見据えると、扉のほうで話し声が聞こえた。見張りの兵士がなにか制止している。さっと立ち上がり扉に向かった。

「なにを騒いでいるのかしら？」

扉を開くと、兵士と執事のハビエルが振り返った。昔からソニアに仕えているハビエルの足元には、深緑色のローブを頭からすっぽりとかぶった子供がくっついていた。

「この二人なら、通してかまわないわ」

「いえ、しかし。誰も通すなと……」

誰かに閉じ込めておけと命令されているのだろう。ソニアは兵士ににこりと笑いかけた。途端に兵士はその微笑みに捕らえられ、目の焦点をぼんやりとさせる。

「通してかまわないわ。それから、あなたももうここの警備はしなくてけっこうよ。交代もしないで、詰所に戻りなさい。そしてこのことは誰にも言わないように」

「は、はい……かしこまりました」

兵士はふらふらとよろけながら、部屋の前からいなくなった。

「思ったより早かったのね」

「ええ、老人で魔力のない私への監視は必要ないと思ったようですね。おかげで、ここまで無事にお連れできました」

「ありがとう、ハビエル。ここまで付き合ってくれて、感謝しているわ」

「いいえ、当然のことです。それより姫様、やはり私はまだここに……」

「駄目よ。今すぐにここを立ち去って」

ソニアがきっぱりと首を振ると、ハビエルが悲しげに眉根を寄せた。

「万が一あなたにいらぬ嫌疑がかかったら、わたくしの判断に隙ができるかもしれない。だからお願い、安全な場所に逃げて」

「……わかりました。ですが、いつかすべてが落ち着いたら、また私を呼び戻してください。いえ、私からはせ参じます」

「そうね。楽しみに待っているわ」

ソニアはくしゃりと笑顔を歪め、涙をこらえてハビエルを抱きしめた。彼とはここでお別れとなる。ソニアにとって彼は祖父のような存在だった。

別れを惜しんでいると、くいくいと下からドレスを引っぱられた。ソニアはすぐにしゃがんで、その小さな体を抱き上げた。

「お母様……」

「久しぶりね。リノ」

会ったのは半年振り。前より重くなり、身長も伸びた。周囲を気にしてフードをぎゅっと掴み、小さな声でソニアを呼ぶ彼に、精神的な成長も感じる。同時に、こうして色々なことを我慢させている現実に涙が込み上げた。

「偉いわね。大きくなって。嬉しいわ」

「うん。僕も会えて嬉しいよ」

ぎゅうっと抱きしめ、額に口づけ頬ずりする。

この子を守る。そう新たに決意し、ソニアはぐっと唇を引き結び顔を上げた。

レオンの乗った馬車が、フィラントロピア王国の首都レシオンの入り口にさしかかった。懐かしい風景が車窓の外を流れていく。

「もうそろそろだな」

嬉しさを隠しきれない声をもらすと、同乗者の二人ににらみ返された。

「不満そうだな」

「当然です。まだ不安定なアフリクシオンの玉座を空けて、わざわざ陛下が同行してくるなんて……」

苦々しい表情を隠しもしない、緑色の長い髪をひとつに括り、片眼鏡をかけた理知的な雰囲気の男はラケル・エルナンデス。若くして宰相を勤めている。

「そうですよ。おかげで、私までついてくるはめになったではないですか」

出発当初から文句が多かったこの男は、フィラントロピア時代から補佐をしてくれていたカルロスだ。今はレオンの護衛であり、アフリクシオンに籍を置く軍人で地位は中佐だ。

「お前は兄に会いたくないだけだろ。俺の護衛が仕事なんだから文句を言うな」

向こうの代表がカルロスの異母兄で、次期国王を名乗るダニエル・セラーノ公爵と知ってからずっとかりかりしている。

「ムカつくことを言われたら兄を斬ってもいいですか?」

「国際問題になるからやめてくれ」

「上手に事を進めたら、今度はアフリクシオンがフィラントロピアを自治区にできるかもしれませんね。カルロスは死刑になりますが」

他に人が乗っていないからと、言いたい放題である。どうしてこう物騒な側近しかいないのだろうと、レオンは乾いた笑いをもらす。

「お前たち、俺が国王だって忘れてるだろう」

「国王として丁重に扱われたいなら、大人しく玉座に座っててください」

「そうですよ。オディオ領での初対面で、担ぐ神輿《みこし》が必要だろう神輿になってやるぞと言ったくせに、勝手に動き回る神輿だなんて、担ぎたくても担げないではありませんか」

レオンは和睦交渉に赴いたオディオ領で、当時反乱軍の裏で糸を引いていたラケルに出会った。ラケルは旧アフリクシオン王国の旧貴族で、いいように虐げられ搾取される自治区の現状を変えたくて動いていた。そしていつか王国の復権を目指して、旗印にできる人間を探していたのだ。

彼は、王族の生き残りで九歳から行方不明とされていた第三王子レオンの足跡をかなり正確に摑んでいた。交渉相手にレオンがやってきた上に、本人からそちら側につきたいと言われ、これは運命だと柄にもなく興奮したという。しかし、こんな人だとは思わなかったと、のちに酒の席でからまれた。

「勝手に動く神輿だが、役には立っているだろうが」

「ええ、たしかにこんなに役に立つ国王だとは思っていませんでした。おかげで、想像以上に早く国を復興できましたが、なぜこんなに釈然としないのでしょうか?」

「陛下の人脈作りの理由が不純だからではないですか?」

額を押さえて嘆息するラケルに、肩をすくめるカルロス。不敬罪にしない自分はとても心が広い。

「将来、傭兵家業を引退したら、溜め込んだ財産を持って田舎で平和にのんびり暮らそう。そのためには地位の高い人間と懇意にしといたほうが有利だなと思って、せっせと人脈作りしておくことのなにが不純だ。堅実な人生設計をしていただけだ」

身分を偽り傭兵として転々としていたレオンに、戸籍はなかった。引退後にどこかの国に居を構えるにしても、戸籍が必要になる。他国から籍を変えるのにはけっこうな金銭が必要になる。無国籍ならばさらにその額は跳ね上がり、間者を疑われて厳しい審査が何年にも及ぶ。結果、国籍をもらえないこともざらなので、早々にコネが必要だと思い動いていた。レオンの場合、本当の身分が露見する危険もあったのでコネ作りは切実であった。

幸い、魔法も剣の腕も立つ上に、貴族の礼儀作法を理解し、いくつもの外国語や公用語を流暢に話せる傭兵は珍しく、身分の高い者たちの間で重宝がられた。傭兵だけでなく、個人的な護衛や侍従、子供の魔法や剣の教師としても働いた。

そうやって知り合った人々は高位の貴族が多く、中には王族もいた。この人脈がアフリクシオン復興の礎にもなった。

レオンが旧アフリクシオン王国第三王子として名乗りを上げた当初、資金繰りや他国との協調をどうするかが課題だった。戦の間に、他国から攻め入られたらお終いだ。アフリクシオンで産出される良質な魔法石は、どの国も喉から手がでるほどほしい。この騒ぎに乗じて、と考える国は多いだろう。

だが、そちらに割くほどの人材も資金もない。できれば他国、特に隣国からは復興の応援や後押しをしてもらいたいとラケルは考え、悩んでいた。協力してくれるなら、魔法石を優先的に安く輸出する案などもあったが、信頼できる窓口がすぐには見つからない状態だったのだ。そこにレオンが「俺、コネあるぞ。いっぱい」と軽い調子で手を上げた。

おかげで、かなりの好条件で他国からの協調を得られ、国際的にフィラントロピア王国の所業を糾弾するという流れができたのである。

「だいたい崇高な志で人脈作りできるほど、俺は旧国に恩義も愛着もないからな。母も俺も王族として蔑ろにされていたし、旧国の考え方は好かん」

「魔力や魔法の強さによる魔能力主義ですね。私もあれは納得がいかないし嫌いでした」

ラケルが忌々しそうにこぼす。現在、二十七歳の彼が物心ついた頃、もうアフリクシオンは自治区になっていた。貴族制度も解体されたが、自治区を治める支配層として彼らは残り、旧貴族と言われた。

そうなっても魔能力主義は残っていて、魔力量が少なく大した魔法を使えないラケルは旧貴族の中で勉強しかできないと見下されていたそうだ。

レオンも魔力が強いのが当たり前の王族生まれでありながら、王国が滅ぼされた九歳のときまでまったく魔法が使えなかった。魔力量も微弱と鑑定された。そのせいで側室であった母とレオンは蔑ろにされ、母は浮気を疑われていた。亡くなる数年前には使用人も生活費も減らされ王宮の隅に追いやられたが、優しい母は最期までレオンの将来を心配し愛情をいっぱいそそいでくれた。

その後、レオンは身を隠して逃げているうちに魔力が増えていき、傭兵をする頃にはあらゆる魔法を操れる万能型になっていた。旅をするうちに出会った識者から、まれに魔力量が大きく変化する者がいて、君はその類だと教えられた。

「まあ、おかげで俺は死なないですんだけどな」

王族として扱われていなかったため、あの〝血の裏切り〟の場に出向いていなかったし、常に離宮に閉じ込められていたおかげで、レオンの容姿があまり知られていなくて逃亡生活も容易になった。

「だいたい、いくら魔力が強力でも馬鹿は馬鹿。愚か者に国の運営などできないというのに、魔能力主義に固執して高官を魔力だけで採用するから滅びたのです」

現在の新生アフリクシオンでは、生まれや魔能力など関係なく、適材適所で優れた者を採用し爵位を与えている。爵位というより役職名だ。本当なら役職名にしたかったのだが、それだと老いた旧貴族らが自分たちのほうが立場が上だと騒いで言うことを聞かない。このへんの層を黙らせるために爵位は役に立つので、しばらくはこのままだ。

いつか貴族制度も解体してしまいたいですね、とはラケルの言だ。レオンとしては、ついでに君主制も廃止して民主化したほうがいいのではと思っている。王族の後継者が賢いとは限らないし、世継ぎ問題もある。効率が悪すぎると、傭兵家業で各国を旅していて思ったのだ。その中には民主化している国もあった。

「血統主義が幅をきかせているフィラントロピアも大概ですが、そっちも大変ですね。生まれではなく個人の能力で出世できるのは素晴らしいと思っていたのですが」

それまで沈黙していたカルロスの言葉に、ラケルが首を振る。

「結局、魔能力も血統と同じで持って生まれたものだから駄目なのでしょう。その者が努力して勝ち得た能力とは違う。だから真の能力主義ではないのです」

「それもそうですね。ですが、なぜあんなに簡単に滅ぼされたのでしょう？」

「長年、フィラントロピアに庇護されていたせいで、魔能力偏重に磨きがかかって、上が無能になりすぎたんだ。血統主義はあっても、実務や実践の能力がある者をきちんと採用してきたフィラントロピアのほうが強かったのは当然だ」

いくら魔能力の高い人材が豊富だろうと、その人材の頭脳や品性が魔力の多さに比例しているとは限らない。公平に判断しなくてはならない王族にまで魔能力主義が浸透し、側近や宰相の採用に偏重されていたのでは、遠からず滅ぼされていただろう。

「そうですね。まず、国でもっとも魔力が多いといわれていた王族を皆殺しにされた時点で勝負はついてましたよね」

その第一報がアフリクシオンに届いたとき、王宮にいた諸侯たちは戸惑い、混乱した。状況を整理し迅速に対応できるほどの指導者がいなかった。そういう人材で魔力が少ない者は他国に流出していたし、フィラントロピアに帰化して重用されていた。

「まあ、旧国は脳筋の集まりみたいだったからな。魔力の多さで武装していれば負けないと思ってたんだろうが、それは背後に策略が得意なフィラントロピアあってのものだった。けど、その脳筋のトップを一瞬で殺せるぐらい、ラロ陛下は強かったってことだ」

「あと油断もしていたんでしょうね。和平協定の更新といっても、親戚の集まりみたいなものでしょう」

レオンを除いた王族がそろっていたのも、フィラントロピアに嫁いだレオノーラ王妃の懐妊を祝うためでもあった。

「そうだな。ただ、なんで皆殺しになったのか。いまだによくわからん」

オディオ領の反乱から三年後、レオン率いるアフリクシオン軍は急激に勢力と領土を拡大していた。近隣諸国からの援助や世論を味方につけ、フィラントロピア王国の半分ほどを手中に収め経済的にも発展させた。その間、フィラントロピアは内部での足の引っ張り合いや派閥争いを繰り返し、自治区で採れる魔法石の収入もなくなったことで衰退していった。すぐに破滅しなかったのは、もともとの国力があったからだ。

また、戦場にでることが多くなったラロ国王に代わり、ソニア王女が政務を取り仕切っていた。女だと侮る諸侯もいる中、彼女はそれなりに上手く立ち回っていた。ソニアの働きがなければ、とっくにあの国は内部から瓦解していたのではないだろうか。

そんな最中、フィラントロピアから休戦の申し込みがあった。こちらも、急拡大に国力がついていかなくなっていたところだったので、受け入れることにした。実質、和平協定への布石だった。

その休戦と和平協定の条件として、アフリクシオン側は国の復権を認めることと、旧国を滅ぼすことになった経緯の公式発表を求めた。それに難色を示したのがラロ国王だった。公式発表はできないと突っぱねね、諸侯からの説得にも応じなかった。

「休戦の条件は、お互いに悪い話ではなかったのに……そんな中、ラロ陛下は戦場で魔法攻撃をもろに食らって崖から転落。生死不明になってしまいましたよね」

この件に関し、フィラントロピアは国王が不在なのでわからない。事件についての記録も残っていないので、アフリクシオン王国復権は認めるが残りの条件についてはのめないと返してきた。

そして和平協定の条件変更やらの折衝をする間にソニアが女王として即位したのだが、セラーノ公爵が女王は正当な王家の血を引いていないと言いだした。その証拠を公爵は持っていて、暴露されたくなければ女王を退き、王族の傍系にあたる自分に玉座を正式に譲れと要求。これにソニアは抵抗した。だが、もともと評判がよくなかった彼女を、世論が糾弾するという流れが公爵によって作られていた。

「どう考えてもうちの兄の陰謀ですね。ラロ陛下を暗殺して、ソニア女王を引きずり下ろして自分が国王になろうって算段ですよ」

「わかりやすい悪役だが、なにも証拠がない。だいたい血統を証明するのも難しい……」

ソニアがフィラントロピア王族特有の黄金の瞳を受け継がなかったのは痛い。対するセラーノ公爵は、黄金ではないがかなり金色に近い蜂蜜色の瞳だ。

「しかし、協定を結ぶまでの時間稼ぎに内輪揉めを使われ、こっちはいい迷惑です。女王が退位したので、和平協定はなかったことにとか言いだしそうですしね」

「うちの兄ならやりかねない。魔法石の収益がなくなったのは痛いですから、それを取り戻すためになにか仕掛けてくるかもしれません。やはり、物理的に黙らせるしか……」

兄が嫌いで仕方ないカルロスが黒い笑みをもらす。

「だからそれは駄目だと言っただろう。それに、俺たちがフィラントロピアに向かっている目的はそれじゃないだろ」

「むしろ、そっちのほうが気が楽です。話もややこしくなく、死体処理はどうとでも」

物騒なことを言いながら、ラケルが頭を抱えてこぼした。

「よりにもよって女王陛下が、アフリクシオンの王族として保護を求めてくるなんて。向こうのお家騒動にこっちも巻き込んで、なにかする気では？」

今回のソニア女王の出生騒動で浮上したのが、退位後の女王の処遇だ。穏便な退位ではないため、監視の上で幽閉または女性なので修道院へ入ってもらうのが妥当だろう。しかし、セラーノ公爵としては、それでは安心できないのか王位簒奪の罪で投獄か処刑すべきだと訴えた。彼女が王家の血筋でないと自覚しながら即位したというのが理由だ。世論もその論調に傾いていた。

するとソニアは、即座にアフリクシオン側に保護を求めてきた。彼女の母は、レオンの父の異母姉の子供。レオンとは従姉関係だ。彼女の要請は間違っていないが、無視もできる。

だが、レオンは一も二もなく快諾した。今、フィラントロピアの首都に向かっているのは、ソニアを保護するためだ。

「たくっ……神輿になると主張したくせに、私に相談もなく勝手に返事をするなんて！」

「たしかに担がれてやるとは言ったが、それには条件があるとも言っただろう」

ラケルは舌打ちし、こちらをにらみつけてきた。態度が悪い。

「姫……ソニア王女と結婚したい。それを叶えてくれるなら、王族として名乗りを上げてやるし、お前の野望に協力してやると。そういう条件だったろう」

腕を組んでにらみ返すと、分が悪いのかラケルは目をそらした。

「俺はまだその条件を叶えてもらってない。だからこの件に関して承諾するのは当然だ。お前に相談なんてしてたら、王位簒奪容疑のかかった女王なんて面倒だと却下するのはわかっていたからな」

「……そもそも、最初からソニア女王陛下と結婚というのが難しいんですよ。あなたが条件をつけてきた当初なんて、王位継承権第一位の王女でした。そんな方と、反乱軍のトップでアフリクシオン国王になるあなたが結婚って、どうしろって話なんですよ！」

ラケルがくわっと目を剝いて切れた。

「そこをなんとかするのがお前の役目だろ。頭いいんだから、なにか考えろ」

「難しいものは難しいんですよ！　一番いいのはフィラントロピア王国を征服して、捕虜にした女王と結婚ぐらいですよね」

「それだと何年かかるかわからん。あと、俺の印象が悪くなる。姫に嫌われたらどうするんだ」

「なんて我が儘な！　出征前に王女の体を要求した挙句に国を裏切った男なんて、もうきっぱり嫌われてますよ！」

「うっ……そ、それは……」

痛いところをつかれてレオンは胸を押さえた。

「とにかく、陛下は余計な口を挟まないで大人しくしててください。女王陛下をこちらで保護するのに、セラーノ公爵はなにかしら条件をだしてくるはずです。そうでなくても、あなたが女王陛下をほしがっていると、相手にバレているんですから……」

実は、休戦と和平協定の話がでたとき、〝血の裏切り〟の経緯を公式発表できないなら、代わりにまだ即位していなかったソニアを和睦の象徴としてレオンに嫁がせないかという話を打診したのだ。

もちろん勝手に打診したのはレオンで、協議の場に出向いたラロ国王に「あのときの褒美を貰《もら》いにきた」と言った。彼は「前向きに検討しようと」と返事をしてくれたが、その後、行方不明になってしまった。

「すまん。苦労かけるな……」

「本心ではないくせに」

「そうだな。条件が叶わないようなら、俺は姫をさらって逃げるつもりだ」

多感な年頃のほぼすべてを逃亡と傭兵生活に使ったレオンに、愛国心や帰属意識というものはない。王族としての責任感から国王をしているわけでもない。

レオンは自身の欲望や幸せを叶えるために、都合がいいから即位しただけなのだ。

「この人、本気でやらかしますよ。ちなみに、私はナバーロ将軍の遺言に従い、陛下についていきます」

レオンの養父の遺志しか興味のないカルロスに追い打ちをかけられたラケルは、頭を抱えて嘆いた。

「ああ、もう嫌だ。なんでこんな神輿しか生き残っていなかったんだ！」

こうして頭痛と胃痛を極めたラケルと、愛国精神の欠片もない国王と護衛を乗せた馬車はフィラントロピアの王宮に到着した。

まず魔眼持ちのカルロスが先に馬車を降り辺りを確認する。眉間にわずかに力が入り、瞳の色が濃くなる。彼が透視能力を使うときの現象だ。

不審な武器を携帯している者がいないのを確認すると、カルロスはレオン側のドアを開いた。降り立ったレオンに、最初に飛んできたのはよく通る澄んだ声だった。

「ようこそ、アフリクシオン国王レオン・アフリクシオン・ルイス陛下」

出迎えに現れた貴族たちの人垣を割ってソニアが現れた。

一瞬騒《ざわ》めいたが、彼女が滅多に見せない笑みを浮かべると集まった人々は瞠目《どうもく》し黙り込んだ。圧倒的な美しさと王族としての威圧感を備えた彼女に、勝手にでてきたことを責める声さえ上がらない。一番騒ぎそうなセラーノ公爵でさえ呆然としている。

レオンも六年ぶりに会うことが叶った想い人の秀麗さに感動していた。前はまだ少女っぽさが残っていた彼女だが、今は成熟した女性の色香をかもしだし妖艶さが加わった。華奢だった体も、適度に肉がつき抱き心地がよさそうだ。

「お久しぶりですわね。昔を懐かしみたいところですが、先に陛下へ告げておかなければならないことがありますの」

ソニアは嫣然《えんぜん》と微笑むと、彼女のスカートの陰に隠れるようにくっついていた深緑色の塊を前に押しだした。フードを目深にかぶったそれは、子供だった。

「さあ、リノ。自己紹介なさい」

ふわりとフードが脱げ、レオンと同色の紫紺色の髪が風に舞う。そして、とても濃い黄金色の瞳が現れた。

「アフリクシオン国王陛下、お初にお目にかかります。ソニア女王の息子、リノ・フィラントロピア・アレグリアでございます」

作法通りにきちんと頭を下げた男児は、白い頬を上気させてこちらを見上げた。吸い込まれそうな黄金の瞳に、レオンだけでなくその場にいる者すべてが釘《くぎ》づけになる。

「陛下、六年前にあなたがわたくしに授けてくださった息子です」

とどめとばかりに告げられたソニアの言葉に、セラーノ公爵が変な悲鳴を上げて膝から崩れ落ちる。レオンの背後では誰かが倒れた音がした。多分ラケルだろう。カルロスが介抱する声が聞こえる。他の者たちも騒めき戸惑う。

そんな中、レオンだけは喜びに満ちていた。目が笑っていないソニアの真意はよくわからないが、子供の表情が明るくて健やかそうなのはいいことだ。しかも、きちんと育ててくれていたなんて、ずっと知らずになにもしてやれなくて申し訳なかったという気持ちでいっぱいになる。

常々ソニアとしか結婚しない、側室も絶対に嫌だと宣言するレオンに、後継者がとぐちぐち言っていたラケルの悩みの種もこれで解決だ。

いいことしかないな。あとはソニアを口説き落とすだけだ。

レオンは笑み崩れると、不安そうにこちらを見上げていたリノの頭をくしゃくしゃと撫でてから、ひょいっと抱き上げた。

「会えて嬉しいぞ。俺のことはパパでもオジサンでもレオンでも、好きなように呼ぶといい。これから仲良くしてくれ」

黄金の瞳が驚いたように丸くなり、すぐに笑顔になった。

「はい。よろしくお願いします」

そんな二人のやり取りに周囲は呆気にとられる。だがソニアだけは、暗い菫色の目でじっとレオンを見つめていた。

6

「わたくしからの要求は、レオン陛下との婚姻です」

「わかった。結婚しよう」

場を会議室に移し、腰を落ち着けてからのソニアの第一声に、レオンは即答した。向かいに座るソニアの冷然とした美貌がぴくりと引きつる。

自分から言いだしておいて、承諾されると引き気味になるのはどういう了見なのだ。やはり嫌われているのか。

レオンはにっこりと笑みを深めると、ソニアが手にしている婚姻と和平協定についてまとめたという書類の束を奪う。内容を確認せず誓約書にサインしようとしたところ、横から飛んできた魔法でペンを破壊された。

「お待ちください陛下！　なに勝手にサインしようとしているんですか！　こういったものはまず内容を確認して、折衝を重ねるものです！」

ちっ、と舌打ちする。魂が抜けたようになっていたラケルが正気に戻っていた。彼がぼんやりしているうちに婚姻してしまいたかったのに残念だ。

会議室にはレオンとソニアとラケルの三人だけ。護衛は外にいる。

「わたくしもそう思います。きちんと内容の確認をお願いいたします」

ソニアは身を乗りだし、誓約書だけすっと抜いてレオンの手の届かないところに置く。

「女王陛下は話のわかる方のようで安心しました」

「後々、話が違うとなったら困ります。きちんと詰めてまいりましょう」

ラケルへ体を向けた彼女は、レオンと話すのは無駄だと判断したようだ。仕方ないので、レオンはその美しい顔を堪能することにした。

「陛下との婚姻をご希望とのことですが、その前にご子息、リノ王子殿下について調査させていただきたい。本当に陛下の子なのか、こちらではまだ確信が持てませんので」

片眼鏡をくっと持ち上げ、ラケルが目を光らせる。彼の眼鏡に度は入っていない。産出量の少ない透明の魔法石でできていて、状態異常の魔法や異能を跳ねのける魔法が刻み込まれた魔道具だ。攻撃にあうと黒く濁って教えてくれるそうだ。

ここへ赴く前に、必要かもしれないと言って新調していた。

「かまいません。リノの出生についてお知りになりたいことがあれば、なんでもお答えいたします」

話の中心に上がったリノはこの場にいない。子供には聞かせられない内容なので、カルロスが子守り役で席を外している。子守りなんてと嫌がっていたが、「親父は俺の子供を見たがってた。ほら、待望の初孫だぞ」と言ったら、目の色を変え「リノ王子殿下をナバーロ将軍の墓前にお連れしなくては」と使命感に燃えてでていった。

「ところで、わたくしとレオン陛下が関係を持った経緯はご存知でしょうか?」

「……はい。いろいろと聞かされております」

ラケルが気まずそうに視線をそらす。

「では、それだけの関係で妊娠したとは信じられないでしょうね。こちらは、父が研究していた妊娠誘発魔法についてまとめていた資料です。わたくしはレオン陛下と関係を持つ前に、この魔法を父から施されました」

突然の重大な告白に、レオンもラケルも固まる。可哀想に、ラケルは再び正気を失いそうになっている。普段は交渉の場で柔和な笑顔を崩さない男なのに。

しかし、これは予想もしていなかった。本気で子作りする気で挑んでいたのだ。父娘で、なにをやっているんだ。

「この魔法を使ったのは、わたくしが父の血を受け継いでいるか確認するためです。黄金の瞳の子供が生まれれば、それが証明されますので」

ソニアの形の良い眉に、わずかに力が入る。まるで昔の傷をえぐられたような表情だ。

娘も同意だったとはいえ、そこまでさせる父親に怒りがわいてくる。強気でありながら震えていた彼女を思いだす。あの夜、自制できなかったのが悔やまれるが、レオンが抱いて妊娠させなかったら、黄金の瞳の子が生まれるまで、この父娘は同じことを繰り返したかもしれない。

そう考えると、抱いておいてよかったのだろう。

「瞳の色ですか……そういえば、女王陛下は故王妃レオノーラ様の兄にあたる故ダビド様と同じ色であらせられますね」

「……わたくしが生まれる前に伯父は亡くなっているので、よく存じませんわ」

少しの間があってからソニアが返答する。わずかだがぎこちなさが混じる。

「私も肖像画で見ただけなのですが。容貌もどことなく似ていらっしゃる。フィラントロピアの王族と証明できなかったとしても、アフリクシオンの王族の血を受け継いでいらっしゃることは確かだなと思っただけです」

ラケルがにっこりと微笑んだ。

「しかし、なぜそのような魔法の研究を？　たしかラロ陛下は、医療系の魔法研究を好まれていたと存じてますが」

「よくご存知ですね。父は王でなければ、医療系魔法の研究がしたかったそうですわ」

「こいつは、魔力はたいしてないが魔法研究の好事家なんだ」

横槍《やり》を入れるとラケルににらまれた。彼は魔力量が少なくて馬鹿にされていた反動なのか、魔法研究にどっぷりはまり異様に詳しい。各国の魔術学会で発表される新魔法の報告書すべてに目を通し、過去の研究書などを取り寄せ研究と情報収集に余念がない。

最近は魔法石を人体に埋め込む研究が進んでいると嬉々として語るので、ラケルと魔術学会の倫理観が心配になった。

「この研究をしていたのは、なかなか子供ができなかったからです。父は、母が生きている間は絶対に側室を持ちませんでした。その代わり執務の合間にこの研究に励み、わたくしを授かったのです」

「そうだったのですか……その資料、こちらで預かって中身を確認してもよろしいのでしょうか？」

「ええ、どうぞ。ご一読いただければ、わたくしが妊娠したことにご納得されるでしょう。他にも父の研究をご覧になりたいのでしたら、書斎にご案内いたしますわ」

「是非、お願いします」

ラケルの目が輝いている。妊娠誘発魔法には顔色を失くしていたが、好事家なだけあって純粋に興味があるのだろう。

「それで話を戻しますが、今まで王子殿下をどこでお育てになっていたのですか？」

「わたくしが昔から保養に使っている別邸があります。山奥の人目につかない場所で、父が魔法で結界を張っておりました。そこで出産し、信用できるごくわずかの使用人と乳母に育ててもらいました」

「詳しい場所を教えてもらい、そこへ調査にうかがってもよろしいでしょうか？」

「ええ。かまいませんが、リノをこちらに呼び寄せた際に別邸の使用人はすべて解雇いたしました。こちらで所在がわかる者だけご案内しますわ」

ラケルの表情が渋くなる。証拠隠滅をしたように取れる言い分だ。

ソニアが別紙で作っていた別邸の所在地と使用人の一覧を差しだす。

「用意がいいですね。まるで王子殿下がうちの陛下の子供だと証明するために、準備を整えていたように感じますが」

「その通りですわ。リノは、わたくしがフィラントロピア王家の血を受け継いでいることを証明する切り札であり、アフリクシオンの侵攻を牽制する存在でもあります。そのため暗殺や利用される危険性を考慮し、つい先日まで山奥で隠して育てました。なので、いつ情勢が変わっても、レオン陛下の子と証明できるよう準備を整えてきただけです」

本当ならもう少し育ってから表舞台にだしたかったと、ソニアが言い添える。机に落とした彼女の視線がかすかに揺れた。そこに母親の愛情のようなものを感じて、レオンは安堵した。

「今まで隠しておいて、自分の立場が危うくなったら唐突に息子だと登場させ、さぞ疑わしく思っておいでモしょう。ですが、リノはたしかにレオン陛下の子です。それについて嘘偽りはございません」

「わかりました。王子殿下と我が国の陛下に繋がりがなかったとしても、黄金の瞳により女王陛下がフィラントロピア王家の正当な後継者であることは証明されました。今後は、女王陛下と和平協定などを話し合う方向でよろしいでしょうか？」

先ほど、セラーノ公爵は衆人の中でソニアから「卿こそ、王位簒奪の気があったのではないかしら？　以前より王族の傍系である己こそ玉座に相応しいと周囲にもらしていたそうね」と糾弾を受け連行された。処遇については追って沙汰を下すと言い渡され、監視のもと自宅謹慎となった。

「ええ、もちろん。セラーノ一派は、今や腐敗した貴族の吹き溜まりになっております。暴君と言われながらも、父がだいぶ粛清したのですが……」

レオンがこの国にいたときから、セラーノ一派は新聞社など報道機関との癒着が激しく情報操作に長けており、民衆を味方につけるのがうまかった。ラロ国王は投げやりで不愛想だったが、打ちだす政策は民のことをよく考えていて、私腹を肥やす貴族に対しては、私有財産に重税を課すなどしていた。彼らはそれをねじ曲げ、さも平民に重税が課されたかのように喧伝し国王を暴君と呼んだ。

真実は、悪徳領主が領民の税金を不当に増やし、そこから私有財産税を支払っていただけ。それは違法で、悪徳領主は次々に逮捕され爵位を剝奪されていったのだが、国王の悪評が消えることはなかった。

他国を渡り歩いてきたレオンからすると、公共の場で自国の王を「暴君」だと言えるなんて平和な証拠。さらに下衆な雑誌では王女を「殺人姫」などとあだ名する不敬ぶりに驚いたものだ。

フィラントロピア王国はたしかに大国特有の衰退期を迎えてはいたが、国民が思うほど圧政ではないし、おおっぴらに国政に文句を言える自由がある。自治区になったことで、不当に利益を搾取され貧困に陥っていたアフリクシオンとは違う。

　そしてレオンたちは、そうしたフィラントロピア国民の不幸な思い込みを利用して勢力を拡大してきたところがあり、ある意味、セラーノ一派のおかげともいえる。

「国民がどう思おうと、セラーノ卿が国王に納まれば本当の意味で民が困窮することになるでしょう。彼らは自分たちに対する悪評は決して許しません。今のような自由が国民から奪われることをわたくしは望みませんので、彼ら一派にはそれ相応の処罰を下します」

　ソニアがアフリクシオン側に保護を要請したのは、自己保身ではなく公爵を民衆の前で断罪するためだろう。息子の父であるレオンに会いたかったわけではない。

　わかってはいたが、やっぱり悲しい。少しは期待していたのだ。レオンに助けを求めてきたのではと。

「で、俺との婚姻であなたはなにを望むのだ？」

　腕を組んでそう問うと、伏せられていたソニアの視線がやっとこちらを向いた。菫色の瞳が大窓から差し込む日の光を吸い込み、焦点が定まったように色濃くなる。

「リノの将来をあなた方に託したい。あの子を守ってくださいませんか？」

「そんなの当然だ。頼まれなくても全力で守る」

　婚姻の要求と同じように即答すると、ラケルが怖い顔で横槍を入れてきた。

「だから陛下、勝手に返事をなさらないでください。まだ親子関係の調査もなしに……」

「うるさいな。調査などしなくても、リノは俺の息子だ」

「似た子供という可能性は捨てきれません」

「だいたい、どうやって親子関係を証明するんだ？　鑑定ができる異能持ちでも、血縁の鑑定はできないと聞いたぞ」

鑑定できる内容は魔力量や得意な魔法系統の判別、残留した魔力の鑑定ぐらいだ。

「この場合は状況証拠の積み重ねと、身体部位の類似を医師に判断してもらうぐらいですね」

「なら、問題ない。俺の子供の頃にそっくりだ。昔の肖像画を見ただろう？」

まだ言い募りそうなラケルを、手で制して黙らせる。

「たとえリノが俺の子供でなくても守るぞ。ああも大っぴらにお披露目してしまっては、誰の子であろうと利用されるか命を狙われるかだ。俺は目の前でいたいけな子供が虐げられたり、殺されるのは嫌だ。お前がなんと言おうと、この頼み事については無償で引き受ける」

腕を組んで、ラケルを睥睨《へいげい》する。普段はあえて威圧するようなことはしないが、これだけは引けない。気圧されたのか、彼は嘆息して視線をそらした。

ソニアのほうは、ほっとしたように肩から力が抜けている。些細な変化なのでレオンしか気づいていないが、可愛らしいことだ。彼女の真の要求もわかり安心した。

思わず目元が緩むと、手元の書類をめくっていたラケルが驚いたように顔を上げた。

「あの、陛下は無償で引き受けるとおっしゃいましたが……こちらの書類によると、リノ王子殿下の後ろ盾となり保護するのを条件に、フィラントロピア王国の自治権を陛下にお譲りくださるということですが、本気ですか？」

　かなり太っ腹な見返りに、レオンも驚いた。

「ええ、どのみちわたくしと陛下が婚姻するならば国を合併する必要があります。その際、レオン陛下に新国王として即位してもらうのが妥当かと。幸いなことに、両国は同じ人種と文化を持つ国。合併することに国民同士の軋轢《あつれき》は少ないでしょう」

　揉めるとしたら両国の貴族だが、それぞれの権利をきちんと守ってやればどうにかなる。それより六年続いた戦いで、両国の貴族も疲弊している。アフリクシオン側に取り込まれた領がフィラントロピア側との商売が断たれて困っていたり、その逆もある。

　一番、文句を言いそうなのはセラーノ一派だけで、ほとんどの国民は合併を受け入れるだろう。さらに、二国の血を色濃く引き継いだリノの存在は大きい。ゆくゆくは彼が両国を受け継ぐならと、歓迎されるはずだ。

「それに……わたくしは国民からあまり歓迎されていない女王です。征服王として両国民から英雄視されているレオン陛下に治めてもらえるなら、フィラントロピア国民も喜ぶでしょう。そして陛下なら、両国民を平等に扱っていただけると信じておりますわ」

「そうですか。そこまでお考えいただき、陛下を信頼してくださってありがとうございます」

　ラケルが感動した様子で頭を下げる。

「陛下のことは、我が国で騎士をしていたとき、信頼に足る人物だと思っておりました。

再びお会いし、その思いは深まりました。わたくしのことはともかく、リノを蔑ろになさる方ではないと」

少し引っかかりのある言い方に、レオンは片眉をぴくりと吊り上げる。なぜ「わたくしのことはともかく」なのか。ソニアのことも蔑ろにする気はない。政略結婚なのが不満だが、望んでいた結婚が転がり込んできて小躍りしたいぐらいなのだ。

だが、次に放たれたソニアの言葉に頭が真っ白になった。

「もし、わたくしの存在や悪評がレオン陛下の足を引っぱるようなことがございましたら、迷わず切り捨ててください。離縁して幽閉するでも、事故に見せかけて暗殺するでもかまいません。覚悟はできております」

天国から地獄に突き落とされる。ラケルも書類をバサバサと落として目を丸くした。おかげで、扉の外で動いた気配を咎め損ねた。

凛とした表情のソニアの目に迷いはない。無性に悲しくなって強く拳を握った。

あの夜から、ソニアはなにも変わっていない。誰かのためにひたすらに強く、そしてその身を犠牲にすることに躊躇《ちゅうちょ》がなかった。


「少しいいだろうか、話がしたい」

自室の居間でぼうっとしていたら、ノックと一緒にレオンの声がした。

「勝手に入って悪い……取り次いでくれる者が誰もいなくて、返事もなかったのでな」

「ごめんなさい。わたくしを軟禁したセラーノ卿が、ここの使用人の配置を変えてしまったせいね」

会議室から帰ってきてから、誰も様子を見にこないわけだ。あとで配置を戻さなくてはと考えながら、レオンを部屋に招き入れた。

「そちらは、なにか不自由なことは？」

「問題ない。急なことなのに、いろいろと気を遣ってくれてありがとう」

あれからフィラントロピアの諸侯も交えて話し合い、アフリクシオン王国一行にはしばらく滞在してもらうことになった。

予想もしていなかった展開に、フィラントロピア側の諸侯もラケルと同じで、すぐには受け入れられないという意見が大半だった。また、リノがフィラントロピア王室の血を継いでいることは確かだが、万が一もあるということで、レオンだけでなくソニアとの血縁関係もはっきりさせようと、両国それぞれで調査することに決定した。

その間、立場が宙に浮いたソニアは自室での謹慎となった。セラーノ公爵と立場は同じだが監視はなく、今まで通り執務をおこなう。仮の女王という立場になったが、セラーノ一派を嫌っていた貴族たちはほっと胸を撫で下ろしたようだ。あのままソニアが退位させられセラーノ公爵が即位したら、間違いなく中枢から追いやられただろう。

「それで、なにかしら？」

使用人がいないので、ソニアが自分でお茶の用意をする。部屋の隅に置かれたままになっている魔法石のついたポットの中には、保温されたお湯がある。侍女を傍に置かず、自分でお茶をいれて飲むソニアのために、数種類の茶葉も揃っている。

レオンの好みはなんだろう。本人に聞こうかと顔を上げると、目の前に彼が立っていた。

「俺がやる。姫は座っていたほうがいい。体がつらいだろう」

心配そうな顔の彼に、手にしていたポットを奪われる。

「え……あの、陛下はお客様だからわたくしがするわ。それより、姫って……」

急に昔の呼び方をされて気恥ずかしくなる。ポットは返してもえそうもないので、あきらめて茶葉の缶を選び、ティーカップと茶漉しの準備をする。

「ああ、悪い。昔の呼び方が抜けなくて」

「ソニアでかまわないわ。今は同じ身分ですもの……まあ、わたくしは仮の女王だけれど」

「では、俺も陛下はやめてくれないか。レオンと呼んでほしい」

「……ええ、わかったわ」

そんな気安く呼べる自信はなかったが、頷かないと引いてくれなさそうな雰囲気があった。渋々ながら了承して、横目で彼を見上げる。

「ありがとう。嬉しいよ、ソニア」

不意ににっこり微笑まれ、手にしていた茶葉缶を落としてしまう。散らばった茶葉にあせって片づけようとすると、ポットを置いたレオンに手首を摑まれた。

「いいから……そんなものをはめられたから、調子が悪いのだろう」

思わず首元に手をやると、レオンの表情が険しくなった。

首には異能を封じる首枷がはめられていた。赤い魔法石のはまった金の輪は異能封じの枷と呼ばれ、異能者が捕らえられた場合に装着させられる。魔法や魔力を封じるタイプの魔封じの枷もある。

これを持ってきたのはラケルだ。調査が終わるまで、装着してほしいと言った。

信用していないわけではないが、今回の件でレオンを呼び寄せ殺害を画策していたとも考えられる。婚姻すると言い、色仕掛けでレオンを油断させ異能で殺すのは簡単だろう。それに〝血の裏切り〟のこともあるので心配だと、フィラントロピアの諸侯たちもいる前で要求していた。

それを聞いて激怒したのはレオンだった。女王に囚人のような扱いを求めるとは、なにを考えているのだと。

しかし、ソニアはそんなレオンを制して彼の心配はもっともだと、異能封じを装着することに了承した。並みいるフィラントロピアの諸侯の前で、不敬を問われて断罪される可能性もある中、あの提案をできる彼は有能だ。レオンはよい宰相を持った。

「それ、苦しいなら俺が外してやる」

首枷の鍵はラケルが持っている。ポットを置いたレオンがにやりと笑い、首枷に指先を引っかけた。

「こんなの少し魔力を流して力を込めれば、俺なら簡単に壊せる」

人間の力や魔法で破壊するのは無理なはずだが、レオンほど魔力が強ければ容易いらしい。それより喉につんっと触れた彼の指先に背筋が震え、ソニアは反射的にその手を振り払った。

「……っ、けっこうよ。別に苦しくないわ。少し眩暈がしたり、頭がぼうっとしてしまうくらいだから」

はまっているのは一般的な赤い魔法石で、威力は強くない。これが透明の石だと、かなり体に負担がかかっただろう。

「だが、それを装着していると寿命が縮む」

「それは年単位で装着していた場合だわ。数ヵ月程度なら問題ありませんし、調査に時間がかかるなら一旦外すとエルナンデス卿もおっしゃっていたでしょう」

レオンは不満顔だ。このままだと、強引に破壊しそうな気がして身をよじって彼に背を向ける。摑まれたままの手首が、焼かれたように熱い。

「正直、わたくしは安心しているの。これをつけている間は、無闇に誰かを傷つけてしまう心配はしなくていいから。だから、このままにしておいて」

首枷を持ちだされたとき、ほっとした。これでレオンに対して無意識に異能を使わないでいられる。ただ、唯一の武器がなくなるのが少しだけ怖かった。

「そうか……能力の制御がうまくいかないタイプなのか？」

「ええ、そうね。あまり得意ではないわ。使い方の難しい能力だから」

「嫌でなければ、異能について詳しく聞きたいのだが？」

「ごめんなさい。あまりいい思い出がないので遠慮してくださらない」

冷たくはねつけると、レオンは仕方ないと言うように嘆息した。

「そうか。もう一つ聞きたいのだが、カタリーナを知っているな」

掴まれた手がびくっと震えた。

「あなたが八歳ぐらいのときに、側室として召し上げられた女性だ。その後、側室同士の争いに巻き込まれて死亡したとされているカタリーナ・イグレシアスだ」

「……ええ、知っているわ」

動揺は伝わっているだろうが、嘘はつけないし、つく意味もなかったので頷いた。

「彼女がどうかしたの？　あなたの知り合いだったのかしら？」

レオンの足裏の魔法印を教えてくれたのは彼女だ。知り合いなのは当然だろう。

「ああ、彼女の家はアフリクシオンの貴族で、母方の親族だ。あの〝血の裏切り〟のあと、俺を匿ってくれていた。そこで九歳からの三年間世話になった。カタリーナには特によくしてもらった恩がある」

彼女はとても温かくて面倒見がよかった。レオンが恩を感じるのもわかる。

「俺があの家をでたあと彼女も結婚で家をでたのだが、俺を匿っていたことがバレて離縁されたんだ。他にも理由があったらしいが、それからまもなく一族の罪を見逃してもらう代わりに、ここに側室として献上されたそうだ」

「そんな経緯があったなんて……知らなかったわ」

「カタリーナが側室に入ることで、自治区との和睦を図る意味もあったらしい。彼女の家は伯爵位だが、三代前に王女が降嫁している。薄いが王族の血を受け継いでいる唯一の貴族だったからな」

彼女の出自は把握していたので驚きはないが、政略で嫁いできただけだと思っていた。

「世話になった彼女が、俺のせいで離縁されたり側室に召し上げられたりしたのが、ずっと引っかかっていた。いつかフィラントロピアに会いにいこうと思っているうちに、亡くなったという話を聞いて悔しかった」

そっとレオンを盗み見る。悲しげに眉がひそめられ、群青色の瞳が暗く沈んでいる。

「カタリーナが亡くなった経緯が知りたくて、あなたはフィラントロピアにやってきて騎士をしていたということかしら?」

思いだしたくもない。ソニアのせいでカタリーナが傷つけられた事件だ。

指先が震え、冷たくなっていく。レオンに知られるのが怖い。嫌われるかもしれない。けれど、彼女を追いかけて敵国にまでやってきた彼に嘘はつけなかった。

「ごめんなさい……あれは、わたくしのせいなの」

「どういうことだ?」

「あの頃、母が亡くなったばかりで。優しくしてくれた彼女にわたくしが懐いてしまったの」

そのあと入ってきた側室たちは、カタリーナと違い欲でぎらぎらしていて怖かった。ソニアのことも王に近づくための道具として見ていた。

「だから、わたくしはカタリーナだけが好きで、慕っていたわ。そうしたら、王女を手懐けて王の寵愛《ちょうあい》を受けていると勘違いされ、嫉妬した側室に毒を盛られてしまったのよ」

レオンに向き直ると、深々と頭を下げた。

「ごめんなさい。わたくしの至らなさで、あなたの大切な人を奪ってしまったわ」

「いや、ソニアは悪くない。頭を上げてくれ」

おずおずと視線を上げる。レオンは本当に怒っていないらしく、頭をかいて苦笑した。

「こんなことで謝罪させたと知られたら、あの世でカタリーナに怒られる。それに、俺が知りたいのはそういうことではないんだ」

レオンの目から笑いが消え、切実さが宿る。

「カタリーナは幸せだっただろうか？　あなたが懐いていたのなら、ひどい目にはあっていなかったと思うが、ここでどういう生活をして最期を迎えたのか知りたかった」

「多分……不幸ではなかったと思うわ。側室といってもお飾りで、父と彼女の間にはなにもなかったのよ」

父はずっと母しか愛していなかった。だから側室には興味もなかったが、ひどい扱いもしなかった。平等に生活費を渡し、放置していた。

「カタリーナが言っていたわ。もう結婚なんてしたくなかったから、なにもしてこない国王で安心した。毎日、趣味に費やす時間ができて充実していると」

　事実、楽しそうに毎日庭で草花の世話をして、お菓子を焼き、ソニアに本を読み聞かせてくれた。

「彼女、不妊だったそうよ。そのことで最初の結婚ではひどい目にあったと言っていたわ。だからなにも求められない王宮での生活は、夢みたいだったって」

　それからソニアに出会えてよかったと、出産できなかったけれど子供を持てたと喜んだ。それまで両親から真っ直ぐに愛情を示されたことのなかったソニアも、嬉しかった。

　彼女が母になってくれたらいいのにと願ったほどだ。

　ソニアが昔を懐かしんでいると、「だった……?」とレオンがつぶやいて首を傾げた。

「なにかしら?」

「いや、なんでもない……ありがとう。彼女がここでの生活を楽しんでいたみたいで安心した」

　ほっとしたようにレオンが微笑む。死んだ経緯より、生きている間に幸せだったかどうかを気にする彼は、本当に彼女のことを案じていたのだろう。

「お役に立ててよかったわ。でも、悲しい結末になってしまって、本当にごめんなさい」

「いや、いいんだ。何度でも言うが、ソニアのせいではない。それは、配慮に欠けた大人たちの責任だ」

　きっぱりと言い切るレオンに、罪悪感がとけていくのを感じる。自分で思っていた以上に、ずっとしこりになっていたらしい。

「それにカタリーナのことは悲しいが、おかげでソニアに出会えた」

「……え?」

「カタリーナが、俺をあなたのもとまで導いてくれたみたいだ」

目を細めこちらを愛しげに見つめるレオンと視線がかち合う。心臓が跳ね、どきどきと鼓動が早くなる。なぜこんなに恥ずかしくなるのだろう。口元を押さえてうつむくと、心配そうな声が降ってきた。

「ところで。お茶はもういいから、横になったほうがいい」

「え……ちょっ……」

目の前が陰ったかと思ったら、額を大きな手で覆われ顔をのぞき込まれる。

「顔が赤い。やっぱり首枷のせいだろう。熱がでてきたのではないか?　昔から、体調の悪いとき以外で顔色なんて変わらないのに……大丈夫か?」

レオンの整った顔が、さらに近づく。頬に触れる吐息や手のひらから伝わる体温に眩暈がする。なぜだか体の奥がかっと熱くなって、ますます頬が火照った。

額を覆う手をどけようとレオンの手首に触れて、その筋張った逞しさにたじろぐ。

「あ、あの……大丈夫だから、手を……」

「……もしかして、意識してるのか?」

「ちっ、違うわ!　そうではなくて……」

だったら、なんなのか。ソニアにも答えはわからない。こんなふうになったのは初めてで、どうしていいのか。ただ、レオンに触れられるとあの夜のことを思いだしてしまい、羞恥で感情の抑制がきかない。

うろたえるソニアを凝視していたレオンが、ぼそりとこぼした。

「やっぱり、可愛いな」

真剣な目で、急になにを言いだすのだろう。思わず体が後ろに引く。

「あ、あなたは頭がおかしいわ」

どうしよう。これはあの影響かもしれない。六年前、レオンに抱かれているときの記憶は曖昧で、その間の異能の制御に自信がなかった。

「おかしくない。六年前も可愛くて可愛くて、あのまま誘拐しようと思ったが自制したんだ。まさか六年も会えなくなるとは思わなくて……やっぱり誘拐しておくんだった」

重ねておかしなことを言い募るレオンに、さーっと青ざめる。やはり異能の悪影響がでた上に、それが継続しているのだろう。

「落ち着いてちょうだい。わたくしは可愛くもないし、誘拐しようなんて思うのはなにかの気の迷いだわ。正気になって」

「いや、可愛い。落ち着いていないのは、そっちだろう。青くなったり、また赤くなったりして……抱きしめてもいいか？」

額にあった手がソニアの頰を包み込む。くすぐったさに変な声がでた。

「……な、なにを急に、変なことを言わないで」

「悪い。六年ぶりに間近で見て触れて、つい思いあまった。で、抱きしめていいか？」

「なにを思いあまったらそうなるのか、意味がわからないわ」

「好きだからだ。あのとき、きちんと告げずに別れたのを後悔している。あの頃から、ずっと愛している。だから、もっと触れたい」

真っ直ぐな告白に、胸がぎゅっと甘く締めつけられる。自分もずっと好きだったと言いたくなり、はっとして唇を噛んだ。

「でも……あなたは、わたくしを恨んでいるはずだわ」

雰囲気に流され、忘れかけていた。高揚していた気持ちが冷めていく。

「恨み？　まさか、アフリクシオンが破滅したことを言っているのか？」

「そうよ。わたくしは、あなたの家族や国を奪った側よ」

「なんだ、そんなことか」

呆れたようにつぶやいたあと、レオンは柔らかく笑った。そこに嘘偽りは見えなかった。

「それは国同士の問題だ。まだ生まれてもいなかったあなたに責任はない」

優しい群青色の目を見ていられなくてうつむく。

本当はソニアにも責任がある。〝血の裏切り〟は、母が妊娠していたことが影響している。

「身分を偽りナバーロ将軍の誘いにのって入国したが、恨みを晴らそうという意図はなかった。そこであなた出会って、近くでその人となりを見て可愛いと、守ってやりたいと思った。あんなかたちで体を重ねたくはなかった」

本当のことを言わなくては、そう思うのに口は動かなかった。異能の影響だとしても、レオンに愛されているのが嬉しくて、もっと聞いていたい。

けれど真実を知れば、同じように愛は囁かないはずだ。愛したぶんだけ、激しくソニアを嫌い恨むだろう。今の想いが強いほど、その反動は大きくなる。

「後悔している。なにも約束せずに出立してしまったことや、一人で出産させてしまったこと。どうして、もっと早く会いにこなかったのかと……」

駄目だ。言えない。

これから婚姻するかもしれないのだ。嫌われたまま結婚生活を送るのはつらいが、耐えられないこともない。けれど、その矛先がリノに向いてしまったらどうすればいい。レオンならリノを蔑ろにしないかもしれないが、娘を素直に愛せなかった父のように苦悩させるかもしれない。

「ソニア……あなたはどう思っている？　俺のことを受け入れられないか？」

昔、恋を自覚したときのように、また想いをのみ込む。

「政略結婚する予定なのだから、受け入れないわけにはいかないでしょう」

顔をそらし、素っ気なく返す。なるべくソニアへの熱が冷めるように願いを込めて。

けれど、レオンは摑んでいた手首を引き寄せると、手のひらに口づけを落とし、嬉しそうに言った。

「では、愛される望みはあるということかな？」

手強い。ソニアの遠回しの拒否なんて、わかっていても無視して押してくる。

「望みもなにも、国のためにする結婚よ。そこに持ち込む愛なんてありません」

「俺はそうは思わない。政略であっても嫌悪感はないから婚姻を申し込めたのだろう？　要するにまだ恋には育ってないが信用や情はあるってことだ」

「あなたのそれは、こじつけよ。勘違い男なんて気持ち悪いだけだわ」

少し言い過ぎただろうか。だが、ぐっと腕を強く引っぱられるとレオンの胸の中にいた。かあっと体温が上がる。耳の先が痛くなるほど熱い。

「こんなに意識しているのに、自分の気持ちも否定するのか？」

「しっ、仕方がないでしょう。男性とこんなふうに触れ合うことなど、ないのだから」

変な風に声がひっくり返る。くすくすと笑う声が頭上でした。

「ないって……ダンスの相手に触れることはあるだろう？」

一年だけだが、専任の近衛騎士をしていたレオンなら知っているはずだ。

ソニアは異性とダンスをしたことがない。練習相手は女性教師だったし、滅多にパーティにも出席しなかった。デビュタントや普段のエスコートはすべて父だった。

「わたくしをダンスに誘う怖いもの知らずはおりません」

上目づかいでにらみつけると、レオンが意地悪そうににやりと笑った。

「では、俺以外と子作りもしなかったんだな」

「妊娠してリノが生まれたのだから必要ないでしょう」

「ふうん……では、あなたのすべてを知っているのは俺だけか」

「……だからなんだと言うの？」

ソニアはわざと人との接触を断っている。特に異性とは関わりたくない。見上げたレオンは、たまらないと言いたげに目を細めて微笑んだ。

「とても嬉しくて、閉じ込めておきたい。誰にも見せたくないし、ますます愛しくなった」

どうしよう、悪化している。

なぜ今の会話でそうなるのか、恋愛経験が皆無のソニアにはわからない。政務ばかりしていないで、恋愛指南の本を一冊ぐらいは読んでおけばよかった。

「現状、あなたの中で序列第一位にいる男は俺ってわけだ」

「なにを勝手なことを……」

「だが、今までの会話から好きな男がいるようには思えなかったが？」

「いるわ……リノやお父様」

悔しくて、とっさにそう答えるとレオンがますます嬉しそうに笑む。

「それは家族だから除外だな」

「だからって、あなたを好きということにはならないわ」

レオンの気持ちを冷ますはずが、どうして自分の気持ちの釈明になっているのだろう。

「では、俺をどう思っているかたしかめてみないか？」

じっと見下ろしてくる深い群青色の瞳に、動けなくなる。近づいてくる瞳の奥に、あの夜と同じ情欲の炎を見つけたときには遅かった。

「……ンッ！　んんっ……！」

強く腰を抱き込まれ唇をふさがれる。驚きで胸を叩くと解放されたが、安堵にふわっ、と息を吸い込むと舌が入ってきた。

「はっ、はぁ……やっ、ふっん、ンッ！」

ぬるりとした感触に背筋がぞわっとする。口腔をまさぐる舌の動きに、鳥肌が甘い疼きに変わる。舌裏や上顎を舐められるとくすぐったくて、脚の間や腹の奥がきゅんとする。流されては駄目なのに、体は六年前の行為を憶えていて、その先の快感を求めて淫らにとろけていく。

逃げたくても後頭部を押さえられ、舌をからめられる。ぬちゅぬちゅと濡れた音にも体の奥が打ち震える。膝をこすり合わせるように身をよじると唇が離れ、しゅっと布が裂ける音がして脚が涼しくなった。

ドレスのスカートが縦に裂け、太腿が露わになっていた。レオンが魔法でやったのだ。

「やっ……なにをっ！」

「だから、たしかめると言っただろう」

裂かれたところから大きな手が入ってきて、太腿を撫でる。きつく閉じていた脚が緩み、秘所を割るように指先が侵入してきた。

「口づけだけで、もうこんなだ」

「あぁっ……ぃや……ぁ」

ぞくぞくして膝が震えた。下着の上を行き来する指がぬめっているのがわかる。

「こんなにして、嫌悪感がないだけだなんて嘘だろう？　後ろまで濡れてきている」

もう片方の手が後ろから侵入してきて、尻を撫で下ろして股の間に滑り込む。ぬちゅる、と濡れた音がする。走った快感に肩がびくんっと跳ねる。

「やっ、だめ……ッ」

「こんなに感じてくれて嬉しいよ」

「ひゃぁ……あぁっン」

耳元でとろけたチョコレートのように甘く囁かれ、耳朶《みみたぶ》をねぶられる。このままだと立っていられなくなる。

「や、やめて……！」

ぐいっとレオンの胸を押す。簡単に腕がほどけ、後ろによろめくと壁に背が当たった。壁に手を突いたレオンが、ソニアを腕の中に閉じ込める。

「本当に？　やめてもいいのか？」

どうすればいいかわからない。体はこのまま流されてしまいたがっている。でも、それだとレオンはますますソニアに熱を上げてしまうかもしれない。

腕の下をくぐって逃げようとすると、腕を引かれ壁に身を伏せるように押しつけられる。

「えっ、待って。やだ……あっ、あぁ……ッ」

背中に覆いかぶさったレオンが、後ろからドレスの胸元をシュミーズと一緒に引き下げる。こぼれ落ちた乳房をすくうように揉みしだかれ、スカートの中の手が下着に侵入する。少しかさついた指が、濡れた割れ目の上を行き来する。

「ふぁっ、いやぁ……ッ、ンッ！　やんっ……！」

「嫌だ嫌だって、初めてのときはそっちから誘ってくれたのに。つれないな」

「んぁっあぁ……あ、れは子供がほしかったからで……ひっ、んッ」

「なら、また子供を作ろう。そうすればリノの出生を調べる必要なんてない。もちろんリノは俺の子だが、確実に俺たちの子だとわかる妊娠なら他の奴らも黙るだろう」

喘ぎながら首を振る。それだとリノの存在が蔑ろにされる。ソニアみたいに正当な血を引いていないと、後々糾弾されるかもしれない。

「わかってる。だが、あなたが産んだのだからリノはフィラントロピアとアフリクシオンの王族の血を受け継いでいるのはたしかだ。それにもし、俺の子でなかったとしても、ソニアが産んだ子なら愛しい」

ずるい。こんなふうに体を弄られながら囁かれたら、頷いてしまう。

「だから、なにも心配しないで俺の腕に堕ちてこい」

うなじに軽く痛みが走る。吸いつかれ歯を立てられて、所有印を刻まれる。

「ひゃぁッ……！　んっ、あぁぁ……ッ！」

「好きだ」

放さないというように腕が強くからみつく。密着する体温に感じて、秘所がとろける。

「あぁっ、やめ……ッ」

「邪魔だな」

今度は魔法で下着を切り裂く。はらり、と下着が床に落ち、指の動きが自由になる。

「ひゃぁ、ンッ……！　あぁぁ！」

襞を撫でていた指先が、蜜をあふれさせる入り口にもぐり込んだ。くちゅん、と音をさせて指をゆっくりとのみ込んでいく。レオンの喉が鳴り、熱い吐息が頬をくすぐる。

「柔らかいな。すぐにでも入れられそうなぐらいだ」

「や、だめ……それは、待って。あぁ、あ……んっ！」

根元まで入った指が、からみつく内壁をぐるんと撫でて引き抜かれ、すぐにまた奥まで入ってきた。

「あぁいやぁ、あぁ……っ」

ぬちゅぬちゅと抜き差しが繰り返され、指の本数も増える。中を広げるような動きに感じて、壁にすがりつき腰を突きだすような格好になってしまう。

恥ずかしい。けれど、もっと感じたくて体の奥が疼く。もっと気持ちよくなれることを体は知っていて、指の動きに合わせるように腰が揺れるのを止められない。

「気持ちよさそうだな?」

欲に濡れた声が鼓膜をくすぐる。乳房を揉みしだかれ、その中心を指でぐりぐりと押し潰される。執拗な愛撫で乳首は硬くしこり、ぴりぴりとした甘い痛みを生む。それを唐突にぎゅうっとつままれ、中を犯していた複数の指がソニアの弱い場所を強く突き上げた。

「ひっ……！　あぁぁ、あ……アァッ！」

溜まりに溜まっていた快感があふれる。びくんっと腰が跳ね、中が大きくうねって指を締めつける。すぐに弛緩したかと思うと、余韻でびくびくと痙攣しながら指にからみついた。

「あっ、あ……はぁ、あ……」

指が抜ける。とろとろと蜜があふれ、くちゅんっと蜜口が名残惜しそうにすぼむ。それにさえ、体が震えて感じた。

どうしよう。まだ足りない。むずがゆさが、体の奥に残っている。指では届かない場所を突かれて、満たされたい。

「どうする?　嫌なら、ここでお終いにしよう」

「そ……それは……っ」

「俺はかまわない。自分で処理できるし、愛する女性に無理強いはできないからな」

甘ったるいのに意地悪な声に、ソニアはきゅっと唇を噛む。

ほしいなんて言えない。駄目なのに、さっきから腰に当たるレオンの熱が欲しくて体が疼く。じれったさに、お腹の奥がきゅっとなる。

「……い、いやぁ」

「それは、どっちの嫌なんだ？　やめてほしいのか、やめてほしくないのか」

自分でもわからなくて、いやいやと首を振る。溜め息が聞こえ、背中からふっと体温が離れた。

「仕方ないな。今日のところは、やめておこうか」

置いていかれる。この熱を、どうすればいいのか。反射的に振り返り、ぎゅっとレオンの服を握っていた。

はっとして見上げる。すっと目が細められ、にやりと笑われた。

「そういうことなら、応えないとな」

「あ……ちがっ……」

「あなたは、口に比べて体が素直だ。本当に可愛くて、たまらないな」

すがった手をとられ、レオンの首に導かれる。なにを、と思っている間に膝裏を掴まれ持ち上げられた。

「きゃあぁ！　やめっ……！」

「しっかりつかまって」

「ひっ……むりよ！　あ、ひぃ……あぁぁッ！」

担がれた脚の間にレオンの体がある。ぱっくり開いた蜜口に、硬い先端がぶつかる。そ

の瞬間、奥までずんっと貫かれた。自重で深くまでえぐられ、奥の入り口に先端がぐりっと当たった。

「やっあぁ……あぁッ！」

目の前ががくがくと揺れて、中が激しく収縮する。強すぎる刺激に震えがおさまらなくて、レオンにぎゅうっとしがみつく。不安定な体勢も怖かった。

「いやぁ、おちる……ぅ」

「落とさない。前にしたときも落とさなかっただろう」

六年前にもあっただろうか。三日三晩、意識がなくなるまで抱かれては起きての繰り返しで、よく憶えていない。

「しらな……」

「浴室でしたときだが、ほとんど意識がなかったな。動くぞ」

「えっ……ああっ、ま、待って……！　ひっ、ンッ……ああぁあッ、いやぁん！」

無情にもレオンが動きだす。壁と彼の体に挟まれ、不安定なままがんがんと突き上げられ、揺すられる。

中を行き来する杭《くい》が敏感な蜜口をこすり、あふれる蜜がぐちゅぐちゅといやらしい音を響かせる。抜かれることなく、内壁を強くえぐられかき回され、ぶつかった子宮口をこじ開けるように突かれまくった。

「あっ、あんっ！　だめぇ、もっ……やぁ、変になるわ。ああぁ、ひ……ッ！」

ずずっ、とぎりぎりまで腰を引かれ、すぼまったところに打ち込まれる。こすられる蜜口と、むりやり広げられる中の感覚に頭がおかしくなりそうだ。

「くっ……抜くときの締めつけがすごいな。そんなにこれが気持ちいいか？」

「ちがっ、そんな……ッ、やぁあアァアッ……！　ひっ、んぁ……っ！」

自分ではどうしようもない反応を揶揄《やゆ》され、羞恥で体が反応してしまう。

「ほら、ここがいいのだろう？　突くたびに、中がうねってからみつく」

好き勝手しているようで、ソニアが感じる場所をちゃんと把握している。執拗に敏感なところを狙われ、気持ちよすぎて苦しい。逃げたくてもこの体勢では無理で、いいように嬲られ続けた。

「ひぁっ、ンッ！　や、やめて……そこは、あぁぁだめぇ……ッ」

繰り返し弱いところを強くえぐられ、きゅうっと中が締まる。そこを、ずんっと強く貫かれて一瞬息が止まった。重い衝撃に、びくんと脚が跳ねて達した。

「あっ……あぁぁ……ッ」

レオンの詰めた息が耳元でして、中にほとばしりを感じる。ぎゅっと抱きしめられ、すべてを吐きだされる。達した余韻で蜜口が痙攣していた。抜けていく楔《くさび》をゆるく締めつけ、その刺激にソニアは小さく呻いた。

「……まだ足りないな」

ぼそりとレオンがこぼし、ひょいっと横抱きにされた。

「寝室はあっちか？」

「そうだけど……待って。わたくしは……」

「六年だ。こんな性急ではなく、もっとじっくり味わってたしかめたい。あなたも、一回だけでは俺をどう思っているかわからないだろう」

ソニアの額に口づけるとこちらの返事も聞かずにレオンは寝室へ向かった。

それからベッドの上でも散々鳴かされ、解放されたのは明け方だった。六年分の想いというものをぶつけられ、意識を失うように眠りに落ちた。

「ごめん。無理をさせたな。やっと会えたから、つい嬉しくて……」

寝てしまう寸前に聞こえたのは、本当に申し訳なさそうな情けない声だった。

7

「リノ！」

王宮の中庭に面した回廊を通りかかったレオンは、護衛の騎士たちに剣術を教えてもらっているリノを見つけて手を振った。こちらに滞在して七日目にしてやっと会えた。

リノは、血縁調査が終わるまでレオンとソニアから引き離されることになった。宮中でたまたま会ってしまった場合は仕方ないが、長時間の会話は許されていない。お互いに情が移ってはいけないからと諸侯会議で決定したが、要はレオンやソニアがリノになにか吹きこんだりして調査の邪魔をしないようにするためだ。

公正をきすには仕方ない処置だが、リノの状況を考えると可哀想だ。せめてソニアには会わせてやってほしいが、両国の諸侯が心配するのは悪評のある女王との接触のほうだった。

「ちょっと話をしないか？」

練習用の木剣を近くの騎士に預けて、リノが駆けてくる。上気した頬に、黄金色の瞳が太陽を反射してきらきらしている。唇も血色がよく、体つきは子供らしいふくぶくしさがあって健康的だ。

「こんにちは。なんでしょう？」

しゃがんで視線を合わせる。心から剣の練習を楽しんでいたのだろう。表情が明るいのがいい。激変した環境に戸惑いはあるだろうが、順応しているようだ。

目を細め、汗で少し湿ったリノの髪をくしゃりと撫でた。

「元気そうでよかった。困ったことはないか？」

「特にないです。ご飯は美味しいし、皆さんとてもよくしてくださいます。勉強も剣術もとても楽しいです」

調査の一環で学術試験を受けたリノの成績はかなり良好だった。両国のどちらかに偏った思想は持っておらず、アフリクシオン側に対して悪感情もない。両国の戦争が起きた経緯や状況など、かなり正確に把握していると聞いた。

きちんとした人物に教育されていたのだろう。一般教養と礼儀作法はすでに完璧に近く、これから王族として教育していくのが楽しみだと、教師陣が熱を上げている。

まだ血縁調査もすんでいないのに気が早いが、それだけリノが魅力的なのだろう。

「そうか、それならよかった。それにしても汗がすごいな」

レオンはハンカチを取りだすと、リノの額をそっと拭く。まだ慣れない相手に気恥ずかしいのか、大きな目がきょときょとしている。そのリノの背後には、そっとついてきたカルロスがいた。彼に会うのも久しぶりだ。

護衛も公平をきすために、両国から同数が選出されている。アフリクシオンの護衛代表はカルロスだ。

彼しか傍にいないことを確認し、リノの額にさりげなく指先で触れる。防御の付与魔法をかけようとした瞬間、バチッと小さな火花が散って弾かれた。

「わあっ……！」

「つっ……大丈夫か？　精霊の悪戯かな？」

金属や人と触れ合ってパチッと音がして痛みが走る現象をそう呼んでいた。レオンの誤《ご》魔《ま》化しに、そうかもとリノは首を傾げている。カルロスは無表情のまま背後を振り返る。もう一人の護衛騎士が、なにかあったのかと駆けてくるところだった。

「では、邪魔したな。少しだが、話せて嬉しかった」

「あ、あの……ありがとうございました。えっと……」

なにか言いたげに揺れる瞳を見て、レオンはにっと笑って返す。

「無理しなくていい。自然と呼べるようになった名で呼べばいいし、決まらないならオイでもお前でもかまわんぞ」

髪をぐしゃぐしゃにかき回し冗談めかして言ってやると、安心したようにリノの肩から力が抜ける。

「ありがとうございます！」

もう一度、大きな声でそう言うと、リノは笑顔で騎士たちの中心に戻っていった。

「父と呼ばせないのですね」

「意外ですよね」

カルロスのあとに続いた声に振り向く。書類を抱えたラケルが立っていた。急ごしらえの、アフリクシオン専用の情報室からきたのだろう。そこには、魔法石を使った通信機や転送機がある。それらは最近できた魔道具だ。

レオンが傭兵時代に知り合った発明家夫婦に、魔法石と資金を提供するから誰でも使える通信機を作ってくれと依頼し国に呼び寄せた。そしてでき上がったのが、離れた場所と会話できる通信機と、手紙や書類などを転送する転送機だ。

どちらも魔法でできることだが、魔力消費が激しい。だがこの魔道具があれば、魔力がなくても利用できる。

おかげで戦局が大いに変わり、アフリクシオンは勢力を拡大した。最近は、この魔道具の販売権を王国で独占し、利益も上げている。ラケルとその部下たちは、この機にとフィラントロピア貴族や商人にも売り込んでいた。

便利にはなったが、そのせいで王宮を遠く離れても現在進行形で書類仕事が転送されてくる。息抜きができるかと思ったのに、レオンは日々政務に追われていた。

ラケルの抱える書類の束に辟易《へきえき》した視線を送り、息を吐く。

「また、そんなにあるのか……それより、意外ってなんだ？」

「自分の息子だと断定なさるぐらいなので、父と呼んでもらいたいのだと思っておりました」

慇懃《いんぎん》な態度で、ラケルが片眼鏡をくいっと持ち上げる。

「そりゃ、呼んでもらえたら嬉しいが、子供にだって子供なりの距離感やタイミングってものがあるだろう。俺に会う前の人間関係もある」

リノの以前の生活がどうだったのか。わかっているのは、アンバル夫人という女性が邸を取り仕切っており、リノは彼女から教育を受けていたということだけだ。同年代の子供とは会ったことがなく、数人の使用人との関わりしかなかった。

その中に、リノの父親代わりをしていた者もいたかもしれない。もしそうなら、すぐにレオンを父親として受け入れられないだろう。

「実の父親だろうと、こう呼べと強要するものではない。本人の中で俺という人間を消化して、納得した距離感で呼び方を決めればいい」

「いつもは自分勝手なのに、王子殿下のことはきちんと考えてあげられるのですね」

「なんだラケル、焼きもちか？」

からかうとにらみ返された。カルロスは肩をすくめて、リノたちを振り返った。

「では、私はこれで」

カルロスが騎士たちの中に戻っていく。レオンも、アフリクシオン側に開放されている東の棟へ向かう。その途中、草陰からカルロスの背を切なげに見つめる令嬢を見つけた。

「あれはたしか……アナマリアだったかな」

「ご存知なのですか？」

「カルロスの従妹で、今年で二十一歳だったはず。まだ結婚していなかったんだな」

未婚の貴族女性は髪をたらしていることが多い。結婚すると髪を結い上げ、うなじをだす。アナマリアは緩く波打った珊瑚《さんご》色の髪をたらしている。

「では、もしかして彼女が……？」

「そうかもしれない。カルロスは邪険にしてたが、彼女のほうは一途に想っていたのかな」

「カルロスはあれで情が深いですからね。見捨てられなくて、ってことはありますね」

彼女の横には三十代ぐらいの険のある侍女がついている。その侍女の視線がこちらを向いた。レオンは目礼すると、さっとその場を離れた。

「あの侍女、視線が鋭かったな」

「侍女にしておくのはもったいない迫力でしたね」

「ああ、気になるな」

「そうですね。で、いつまでカルロスに護衛をさせておくつもりですか？　彼のことは信用していますが……」

「うーん……もう少し待ってくれ。まだ時機ではない」

「かしこまりました。では、整ったらお知らせください」

回廊を抜け、レオンの執務室にラケルを連れて入る。机に積まれた書類にうんざりしながら、腰掛けた。ここはレオンの魔力で結界を張ってある。やっと耳目を気にせず話せる。

「ところで、さっきリノに防御魔法をかけようとしたんだが」

「ああ、あの精霊の悪戯とか誤魔化していた……まさか、失敗したのですか？」

「そうなんだ。どういうことだと思う？」

「普通に考えると、陛下がかけようとしたのより強い防御魔法がかけられていたということになります」

防御魔法などの付与魔法は、術者の魔力が強いほうが上書きされる。失敗したということは、レオンより魔力の強い者がリノに防御魔法を付与したことになる。

「ですが、おかしいですね。王子殿下にそのような魔法をかけた報告はありませんし、身体検査もしておりますが、付与魔法の痕跡もありませんでした」

「だよな。俺が見た限りでも、その痕跡はなかった。なのに失敗したんだ」

今、この王宮でレオンより魔力の強い人間はいない。失敗はあり得ないことだ。

「ただ例外として、付与系の異能者なら可能です。魔法ではないので痕跡は残らず、本質は呪いに近く、呪異能力《じゅいのうりょく》と呼ばれています。解除方法は本人にしかわからず、外部から解除するには異能者本人か異能を付与された人物を殺す以外ありません」

「そういう異能もあるのか？」

魔法や異能に造詣の深いラケルが頷く。

「ただ、呪異能力を持つ者の情報はここ百年ほど聞いたことがありません。珍しい異能ですし、付与系は本人から離れた場所で力を発揮するので、異能者の特定が難しいんです」

「山奥にいた使用人の誰かか、アンバル夫人という人物だろうか？」

おそらく偽名で、この夫人の行方は摑めていない。ただ、彼女には心当たりがある。レオンの見込み違いかもしれないが、もし彼女なら異能は持っていない。

こうなると特定は絶望的だが、防御魔法を弾いたということは、防御に関する異能なのだろう。それならリノの身に危険はなく、逆に守られている。

「そうえいば先日、王子殿下が庭を散歩していると、老木の枝が突然折れて降ってきたそうです。それ自体は庭師の見落としで、誰かの差し金でないことは判明しています。王子殿下も護衛の者に守られていて無傷でした。その報告書に、王子をかばった護衛に枝が当たる寸前、突風が吹いて飛ばされたとあります。重い枝だったのにと、護衛たちは不思議がっていました」

「それは……呪異能力のおかげということか？」

「だと思われますね。それと、なにかと似ていると思いませんか？」

「ソニアの異能か……あれは彼女の異能ではなく、呪異能力を付与されていると？」

「ええ、その可能性がでてきました。昔、女王陛下の周囲で起きた事件事故の記録が見られれば、もっとなにかわかると思うのですが」

「前に話した王室の事件記録簿だな。それ、どこにあるのかカルロスに調べてもらったら、以前、魔法騎士団の詰所に使ってた塔が資料置き場になっているそうだ」

魔法騎士団の元同僚に会って、聞きだしてくれたらしい。

「王室関係は俺が使ってた団長室にある。鍵がかかっているから、俺が今夜にでも忍び込んで取ってきてやるよ」

「よろしくお願いします」

カルロスから見張りが手薄な時間と、忍び込みやすい日も聞いてある。それが今夜だ。

鍵はレオンの魔力があればどうとでもなる。傭兵時代に解錠の技術は徹底的に仕込まれた。

「しかしそうなると、異能封じの首枷は意味がなかったな」

ソニアに首枷をしても、付与された呪異能力は発動する。異能を封じるには、呪異能力者本人に首枷をする必要があった。

だが、ラケルはなにか考えるように押し黙ったあと、首を振った。

「いいえ、首枷には意味があります。女王陛下は他の異能持ちかもしれません」

「他の？　どういうことだ？」

風魔法に似た現象がソニアの周囲で起こっていたこと以外に、なにかあっただろうか。

思いつかなくて首をひねると、ラケルが顎に手を当ててにやりと笑った。

「女王陛下の執務の手伝いをしていた執事の行方がわからなくなっていますよね。彼、魔力がないそうです」

「それがなにかあるのか？」

魔力がまったくない者は珍しいが、そこそこいる。だいたい平民だと微量な魔力しかない者が大半なので、魔力が皆無でもさほど生活には困らなかった。

「もう一人、彼女の周辺で魔力のない人物がいましたよね」

「あ……ああ、亡くなった侍女のベアトリスだな」

「不思議ですよね。魔力無しを二人も近くに置くなんて。しかも侍女です。生活魔法全般が使える者を雇うのが普通でしょう」

高貴な人物は、自分で魔法が使えたとしても生活魔法程度のことで魔力を使わないのが常識みたいになっている。たしかに王女の傍に二人も魔力無しがいるのは妙だ。

「それと異能となにか関係あるのか？」

「魔力無しだけが影響されない異能というのがあるのです。とても希少で記録もあまり残っていない異能なのですが。もしかしたら、女王陛下はそれなのかもしれません」

「なんだそれは？」

「まだ確定していないので答えたくないのですが……そうですね、ヒントはカルロスが苦手です」

「カルロスが……？」

昔から彼がソニアを遠ざけていたのを思いだし、はっとする。

「魔眼か……でも、なんの？」

ラケルを見ると、これ以上は言えないと首を振る。もったいぶるなと思ったが、慎重な宰相は予想の段階ではなにも口にしないのだ。

「お前ここにくる前から、ソニアの異能が魔眼だと気づいていたな」

ソニアに異能封じの首枷を用意していたのも、片眼鏡を新調したのもこれで納得がいく。

「さて、どうでしょう。しかし、これは面白いことになってきましたね。王女陛下の異能と、二人に呪異能力を付与した人物についても心当たりがあるので、ちょっとラロ陛下の書斎で調べてきます。陛下はきちんと仕事をしてください。抜けだして女王陛下を口説きにいかないように！」

そう言い残すと、彼は執務室を早足ででていった。そういえば「ラロ陛下は異能についても研究していたようです」と数日前、ラケルが興奮気味に話していたのを思いだした。


王宮の北側。かつて魔法騎士団の詰所があった建物の裏庭にカルロスはいた。

オディオ領反乱後、団長と副団長という裏切り者をだした魔法騎士団は、一旦、組織を解体された。その後、再編成されたが権限や特権は以前より縮小したそうだ。自由がなくなったと、再会したかつての同僚にはぼやかれた。

実力と個人主義の彼らは、裏切った二人のことを特に恨んではいなかった。むしろ、「俺たちの団長は最高だぜ！」と絶賛されたのには驚いたが、らしいなとも思う。

懐かしさに笑い、夜空を見上げる。昔、団長の執務室だった部屋の窓が開いている。眉間に少しだけ力を入れた。

「待たせたな……」

闇からにじみでるようにして現れた黒いローブの男。兄の使いの者だ。

「いいえ。私も今きたところです」

「ふっ……甲斐甲斐しいことよ」

どういう意味だとにらみつけると、使者はくつくつと喉を震わせた。

「お前もセラーノの血を受け継いでいるなと。どれだけ裏切るのか、見ていて面白い」

「うるさい。早く用件を言え。お前とお喋りする趣味はないんだ」

殺気を込めた視線を送ると、使者はびくっと震えて用件を口にした。カルロスはすべてを聞き終わるとにやりと笑い、吹いてきた夜風にのせるように言葉を返した。

「了承した。命令を遂行すると伝えてくれ」

8

「あっ……やぁ……っ」

執務机に伏せったソニアの中を、レオンが後ろから激しく突く。ドレスの襟ぐりは引きずり下ろされ、背中を編み上げるリボンはほどかれている。スカートの下は蜜とレオンの体液でぐちゃぐちゃになっていて、ここで何度だされたのか、もうよくわからない。

部屋を満たす花の香りは、今朝、レオンから届けられた百合。毎朝、愛を綴《つづ》ったカードと一緒に違う花が届く。

「ひゃぁあぁ……ンッ！　もっ、だめぇ……」

最初は机に仰向けに押し倒され、そのあと椅子に座ったレオンの上で泣くまで喘がされた。もう膝には力が入っていない。レオンに腰を摑まれ、好きなように蹂躙される。

毎回、こうなってしまう。拒否しようとしてもできなくて、流されて、好き放題される。けれど嫌ではないから困る。こうして抱かれるたび、まだレオンの熱が冷めていないとわかり、嬉しくなってしまう。本当はレオンにとってはよくないことなのに。

がんがんと強く突き上げられ、奥の入り口が痙攣する。快感に目の前が揺れ、上がりそうになった大きな悲鳴をのみ込む。

「ああっひっ……ンッ！」

「どうして我慢する。どうせ誰もこないだろう」

覆いかぶさってきたレオンが、親指で唇をなぞる。その刺激にも体は甘く震え、のみ込んだ雄をきつく締め上げる。収縮する蜜口から生まれる疼きに、腰が震えた。

「いやっ……だって……ひっぃ！」

誰もこないのはわかっている。ここはソニアの執務室兼居室で、現在レオンが訪問している。分厚い扉と壁の向こうに喘ぎ声も悲鳴もほとんどもれないが、外には護衛の近衛騎士ミゲルが控えている。

現在、第一と第二部隊が合併された近衛騎士団をまとめている団長のミゲルは、レオンの元部下で、彼を尊敬し慕っていた。レオンが国を裏切ったことに複雑な思いはあるものの、尊敬の念に変わりはないらしい。

毎日のように訪問するレオンに対して嬉しそうにしているし、たまに雑談もしている。だが、二人が部屋にこもってしている行為は歓迎できないようで、レオンが見ていないところで、毎回ソニアだけに厳しい視線を向けてくる。

そして王宮の者たちも、二人の逢瀬を歓迎していない。リノの調査結果がでる前に、二人の仲が深まっては面倒なことになるかもしれないという懸念からだ。

しかし、そんな両国諸侯の杞憂《きゆう》など無視して、初日からレオンはソニアの部屋に押しかけては口説き、言いくるめては抱く。ソニアなりに応戦するのだが、のらりくらりとかわされ、気づくと口づけられ、なにも考えられなくされてしまうのだった。

最初はレオンに注意していた者たちも、彼の飄々とした態度に押し切られ許してしまう。ソニアの当日分の執務が終わるのを見計らって訪問するのもあり、仕事を理由に追い返せない。本人もしっかり執務を終わらせてからやってくる。

そしてなぜか、ソニアが己の美貌を使ってレオンを篭絡し、アフリクシオンを手中に納めようとしているなんて噂まで囁かれているそうだ。

「ひっ、あぁ……や、ふぁ……あッ！　だ、だめぇッ。つかないで……ぇ、あぁんッ！」

他のことを考えていたのに気づいたのだろう。レオンの抽挿が乱暴になり、子宮口をぐりぐりと突いてくる。すぐに襲ってきた大きな快感にのみ込まれ、熱が弾ける。

けれど達して震えるソニアが落ち着くのを待たずに、レオンはびくびくと痙攣する中を強引に抜き差しする。ぐちゅぐちゅと中をかき回され、弱い場所を容赦なくえぐられる。敏感になりすぎた内壁の痙攣が止まらない。

「あんっあぁぁっ、だめだめ……ひぃいンッ！」

連続して達する。それが止まらずにずっと続く。もう、中をこすられるだけで小さく何度もいってしまう。体が一度こうなると、レオンが吐精して抜いてもらえるまで止まらない。

「いやぁ、もうっ……もっ、やめ……ッ」

快感が強すぎてつらい。そう訴えるように首を振り、涙を散らす。

レオンが覆いかぶさってきた。机と彼に挟まれた乳房を揉みしだきながら、より深くに雄を打ち込む。耳元でするレオンの息が荒い。彼もそろそろ限界なのだ。

「くっ……」

「あっ、ひっあぁぁ……ッ！」

ずんっ、と重く突き上げられびくびくと腰が激しく痙攣する。ぎゅうっと蜜口が締まり、レオンのものをしぼるように中が動く。

「ひっんッ……あっあっあぁぁ……アァっ！」

最後にぐんっと奥をえぐられ、精が放たれる。どくんっ、と弾けて中が満たされていく。たっぷりとそそがれる熱に体が満足し、意識がゆっくりと沈んでいった。

執務室に使われている居間から、寝室へソニアを運ぶ。ドレスを脱がせて身を清め、ベッドに寝かせた。

「よく寝てるな……」

ベッドに腰かけ、安らかな寝息をたてるソニアの髪をかき上げる。寝ているというより失神に近いので、しばらくは目を覚まさないだろう。

だが念のため魔法をかける。親が子にかける安眠魔法で、害のないものだ。

「これは弾かれないな。では、防御魔法はどうかな……」

リノのときのように額に触れて魔法をかけようとした。バチバチと小さな火花が散り、指先に痛みが走る。

「つッ……やっぱり駄目か」

ソニアは小さく唸って顔をしかめたが、起きる気配はなかった。

「リノと同じだな」

弱い攻撃魔法もかけてみる。手の中に水の弾を作り、それをぶつける。なにもなければソニアの顔にぶつかって水浸しになるだけだが、その前に小さな竜巻が起き、弾かれた水が霧になってレオンに返ってきた。

「これは……ラケルの見立てが当たってるようだな」

しっとり濡れてしまった前髪をかき上げ、嘆息する。

では、ソニアの本当の異能はなんだろう。首枷で力が封じられている今と、その前。違いはなんだったろうと考えるが、すぐには思いつかない。

ともかく、防御魔法はかけられないが、それ以外の魔法は遮断されないようだ。ただし、危害を加えるタイプの魔法は弾かれる。同じ眠る魔法でも、強引に意識を奪う攻撃魔法に分類されるようなものも駄目だろう。

「さて、こっちの検証は終わったから……あとは家探しか」

立ち上がり、ソニアの寝室を見回す。

「国王に泥棒の真似事をさせるとは。あいつはつくづく俺に敬意がない」

ここ一週間ほど、ラロ国王の書斎にこもって調べものをしていたラケルが、書棚の本や研究資料、ラロ国王がまとめた書類に抜けがあるというのだ。一見すると気づかないが、誰かが意図的に抜き取ったことは間違いない。おそらく本当の異能を知られたくないソニアの仕業だろうと言う。

そこで頻繁にソニアの部屋に出入りしているレオンに、家探ししてこいとラケルが言いだした。いくらなんでも、好きな女性の部屋を物色するなんてと拒否したのだが。

『おたくの陛下は婚姻前に二人目まで作る気ですか？　そういう策略なのでしょうか？　いやぁすごい、夜も征服王なんですねって……誰のせいで嫌みを言われてると思ってるんですか？　あなたのせいですよ！　なぜ自制できないんですか？　陛下の下半身事情でこんなに頭を痛めるとは思いませんでした！』

フィラントロピアの諸侯から下品な嫌みを言われまくったラケルはかなりご立腹で、頷かないと延々に罵倒が続きそうだったのであきらめた。適当に物色して、なにもなかったと言えばいい。だいたい、そんな物はもう処分されているかもしれない。

やる気なく、寝室にあるチェストの抽斗を開ける。衣類と少ない宝飾品があるだけだ。

そもそもソニアは持ち物が少ない。

「女王なのにな。昔から、こういうのにあまり興味はなかったな……」

想いをわかってほしくて毎朝花を届けているが、愚策だったかもしれない。

「ソニアの気を引けるもの……本は好きだったな。それも経済学とか、色気がない本だ。

他に趣味やほしいものの手がかりはないかな？」

ラケルの望みはそっちのけで、ソニアの好きなものや趣味を物色し始める。

「居間の本棚は仕事関係だけだったしな。趣味のものをしまうなら、クローゼットか？」

レオンは振り返り、寝室から続きの間になっているクローゼットというより衣裳部屋への扉を開く。ここもやはり、収納されているドレスは少ない。華美なものもほとんどなく、すぐに調べ終わる。

「脱ぎ着がしやすくて、シンプル。だが素材はよくて着心地もよさそうなドレスばかりだ。締めつけもあまりないな。こういうのが趣味か。プレゼントするなら流行りや華やかさではなく、肌ざわりにこだわったほうがいいな」

前から思っていたが、脱がせるときに触れた下着類も肌ざわりがいいものばかりだった。靴にもほとんどヒールがなく、そのおかげかソニアの踵《かかと》は綺麗で柔らかい。

「気を引くには心地良さが鍵だな。アクセサリーが小さいのは、あれか。重いのが嫌なのだろうな」

レオンが近衛騎士だった頃、式典でティアラをつけたソニアが、終わってから「頭が痛いわ」と言って外しているのを見たことがある。だんだんとソニアの好みがわかってきた。ラケルからの任務はもう頭にない。

他にもっと手がかりになるものはと、奥を見る。暗がりになった場所に違和感があった。しゃがんで触れてみると、壁がわずかに浮いている。

「ここか……隠し扉になっているな」

壁紙の柄に似せて錠紋が刻まれている。ソニアの魔力が鍵だろう。力づくで開けようか一瞬迷い、寝室にとって返す。ソニアの髪を一本拝借して戻り、髪から魔力を抽出して解錠した。

扉の中はリノぐらいの子供が一人入れる広さしかなく、ラケルの求める本や資料などが積んであった。どれが必要かわからないので、とりあえず手前の本を持てるだけ取りだす。

「ん？　これはなんだ？」

積み上がった本の後ろから、布に包まれた棒状のものがでてきた。開いてみると短剣のようだが、刃先がねじれている。

「これは、あのときの短剣か……」

侍女と部下が血だまりで絶命していた姿を思いだし、眉をひそめる。

あの短剣をまだとっていたなんて、どういうことか。魔法石の照明がある場所に持ってきて、裏返したりして確認したレオンは顔をこわばらせた。

「どういうことだ？　これは俺の短剣だ」

あの事件の前になくしたと思っていた短剣で、ナバーロ伯爵家の紋章が刻まれている。伯爵家に養子に入ったとき、養父からもらったものだ。事件のショックですっかり忘れていたが、なぜこれをソニアが持っているのだろう。

「しかも、これがあのときに使われたのか？」

考えられる可能性がいくつか頭をよぎる。それとこの間、王室の事件記録簿を読んだラケルが言っていた。

『おかしいですね……こちらの記録にある事件と、陛下がおしゃっていた〝殺人姫事件〟はまったく別ものと考えたほうがよさそうです。ほら、これを読んでください』

そう言ってラケルに見せられた記録に、首を傾げただけだった。そういうこともあるだろうと。だが、この短剣を彼女が持っていたということは……。

レオンは隠し扉をもとに戻すと、硬い表情でソニアの部屋をあとにした。

9

王宮を出発した馬車が街に入り速度を緩める。喧噪《けんそう》の中に自分の名前が混じっているのが聞こえ、ソニアは閉めていたカーテンをそっと開く。

書店の前で記者らしき男性が声を張り上げ、雑誌の宣伝をしながら売っている。彼が手にしているのは、通俗雑誌の類だろう。人の興味をそそるような見出しが踊っている。

彼が熱心に紹介しているのはソニアとレオンの婚姻の可能性と、突如現れた息子リノについてだ。王宮に仕える貴族や使用人から聞いた話で、たしかな情報だと熱弁していた。

馬で並走していた近衛騎士のミゲルが気づいて、どうするかとこちらを振り返る。とても不快そうな顔だ。彼はレオンが面白おかしく書かれていることが気に食わないのだろう。

「どうなさいますか？　近くの憲兵に言ってすぐに取り締まりましょうか？」

「いいえ、かまわないわ。放っておきなさい」

ミゲルは一瞬だけ苛立ちの混じった視線を向けてきた。前は敬意を示していた彼だが、レオンがこの国にきてから態度が変わった。ソニアがレオンをたぶらかしていると思い、許せないのかもしれない。

「今、乗っている馬車に王家の紋章はないわ。彼らは近くに王族がいると知らないのよ。罪はないでしょう」

「ですが……！」

「ほとんどの国民は娯楽として楽しんでいるだけよ。厳しく取り締まれば、真実に違いないと騒ぐわ。それは言論弾圧にも繋がるし、記者はあれが収入源なのよ。わたくしが不快だからなどという理由で安易に取り締まれば、彼らを失業させてしまうでしょう。それは本意ではないわ」

「……かしこまりました」

丁寧に理由を説明したつもりだが、ミゲルは納得できないといった態度だった。

「安心なさい。レオン陛下について悪くは書かれてないわ」

そう言って窓とカーテンを閉める。一瞬、憎々しげなミゲルの視線と目が合う。誰のせいでと責めているようだった。

記事の内容はだいたい把握している。その日に出版される新聞や雑誌を部屋に届けさせ、ざっと目を通すのが朝の日課だ。最近は、どこもソニアたちの話題で持ちきりだった。

王宮の前で、あんな派手なお披露目をしたのだから当然だろう。「悪徳女王ソニア退位から一転、王位簒奪疑惑を払拭か」といった内容の記事が連日掲載されている。

それからレオンとソニアが結婚した場合、国はどうなるのか、経済はどう動くのかといった内容から、二国の王位継承者になるリノの人柄についてなど、事実や噂をまじえて書かれている。国の合併や、レオンとリノについては概ね好意的な意見が多い。

悪く書かれているのはソニアだけ。いつものことだ。

王子を隠して産み育てていたのは、こういうときのためだったのではないか。交渉を有利にするための道具で、今や強国となったアフリクシオンの国王レオンに婚姻を迫るために産んだだけで、愛情はないと書かれている。

他に、レオンとソニアが関係を持った経緯なども載っていた。あの一件も貴族の間では有名な話で、当時も記事にされ話題になった。そして、ソニアはレオン以外の有力な男たちとも関係を持ち、複数人の子供を産んでいる。なにかあったら人質にするためだろう、さすが悪徳女王であると、想像力に富んだ内容だった。

ともかく、リノの耳に入って傷つくことがなければいい。そのへんは王宮の者たちがよく配慮してくれているようだ。

街の喧噪を抜け山道にさしかかると、馬車の速度が上がる。レオンから貸しだされた馬車と馬具は、魔法石が埋め込まれた魔道具だ。普通の馬車の二倍の速度を保って走り続け、高速馬車と呼ばれている。おかげで、これから公務に向かうソニアの日程を短縮できる。

これらは戦場で使われ、アフリクシオンの躍進に一役買った。

初めての高速馬車と馬具の扱いに不安があるだろうと、アフリクシオンの騎士も数名貸しだしてもらった。慣れない様子で馬車に並走するのが、フィラントロピアの近衛騎士たちだ。

「これでは、うちが負けるのも仕方ないわね」

カーテンを開け、いつもより速く流れていく景色に溜め息をつく。

もともとフィラントロピアは優秀な魔道具の技術者が集まる国でもあった。国の事業でも彼らが活躍してくれていたのだが、いつしか腐敗した貴族が報酬の中抜きをするようになり、技術者が諸外国に流出していった。

新興したアフリクシオン王国は、そのような技術者の受け皿となり、彼らに積極的に投資した。その結果がこの差である。

高速馬車は揺れもあまりなく、中の座席もゆったりとして豪奢な作りだ。ふわふわとして座り心地がよい。欠伸がもれた。

首を覆うレースの下に首枷がある。これをつけてから、ぼうっとしやすくなった。ソニアは目的地につくまで少しだけ眠った。


公務は年に一度行う、治水事業の視察だった。例年通りで、特に問題なく終了した。

ただ、責任者がやたらとソニアに話しかけてきて、別れ際の挨拶では握手した手をなかなか離さなかった。初めてのことだ。責任者もここ数年変わっていないし、去年まではソニアの悪評に怯えているようだったのに、首枷の副産物だろうか。

「やあ、ソニア」

さて、帰ろうと馬車に乗り込んだソニアは、先客にぎょっとしてステップを踏み外す。

「危ない！　疲れてるのか？」

腕を引っぱられ、あっという間にレオンの腕の中にいた。

「大丈夫か？」

「なぜ、ここに……というか、降ろしてくださらない」

「もう走りだしている。今、降りるのは危険だ」

レオンがにこにこしている。こちらの言いたいことをわかってる顔だ。

「そうではなくて、膝の上から降ろしてという意味よ」

後ろから抱えられ、レオンの膝に座っていた。腰に回った腕を拳で叩くが鋼のように硬くて、こちらの手のほうが痛くなってきた。

「あまり暴れると、綺麗な手が怪我をする」

拳をすくい上げられ、赤くなった指に口づけられた。力ではまったくかなわない。

ふと視線を上げると馬車の外を走る騎士と一瞬だけ目が合った。恥ずかしさに頬が熱くなる。だがすぐに、流れていく景色を見て青ざめた。

「ちょっと、待って！　どこへ向かっているの？」

「ああ、気づいてしまったか。これからアフリクシオンで、俺の公務があるんだ」

「それは、どういうことなのかしら？」

にらみ上げると、レオンは肩をすくめて笑う。

彼がアフリクシオンを空けてそろそろ二カ月になる。この高速馬車があるので、ちょこちょこと国に帰っているのは知っていた。それでも夜には戻っていて、向こうに泊っている様子はない。

だが、さすがにそうもいかなくなった。公務で二日ほど滞在する必要がでたそうだ。

「で、ついでにデートをしようと思ってな。あなたが公務後に俺とアフリクシオンにいくことは連絡済みだ。了承も得ている」

口振りから、根回し済みなのはわかった。

「わたくしは了承していないわ。まだ執務が残っているので、別の馬車で帰るから降ろしてくださらない？」

急発展するアフリクシオンに興味はある。だが、仮の女王という立場上、非公式で訪問するのは、なにか問題が起きたときに困る。

「別の馬車はない。街で普通の馬車を用意しても、到着は明日になる」

高速馬車なら今日中に帰れたはずなのにと、レオンの腕に爪を立てる。

普通の馬車では日程を短縮した意味がなく、護衛の問題がある。高速馬車は他が追いつけないので、賊に襲われる心配がないぶん連れていく人数を絞れるのだ。

「表情がでるようになったな」

「えっ……？」

唇を尖らせ悩んでいたソニアの顔を、レオンがのぞき込む。

「前は無表情で、感情なんてないような顔をしていたのにな……これをしてから、だんだんと表情がわかりやすくなってきた」

　レオンの指が、魔封じの首枷を撫でた。

「そ、そんなこと……」

　ない、と言いかけて言葉をのみ込む。口づけられるほど近づいたレオンが、ソニアの目をのぞき込んでいた。

「目も、合わせるようになった。昔から、俺とはたまに視線が合ったが、他の人間とは絶対に目を合わせなかっただろう？　それが最近は、人の目を見て話している」

　喉の奥がひくりっと震えた。レオンから視線を外せない。

「あなたと話した両国の諸侯どもが、女王陛下の感じがよくなった、もっとお話ししたいとか、なぜ今まで避けていたのだろう、あんな聡明《そうめい》でお美しい方が不当な評価をされていることにもっと抗議すべきだったとか言うのだ。特に笑顔が美しい、また見たい、微笑まれたいと言って、うっとりする。まるで悪い夢から醒めたように……」

　気が緩んでいた。この首枷をつけてから、頭がぼうっとすることが多くなり、以前より無防備になっていた自覚はある。

　それに首枷があるなら、人の顔や目を真っ直ぐに見返しても無防備に笑っても、誰も傷つけない。それがとても楽で、周囲のソニアを見る目が変わることまで考えていなかった。

「どうしてだろう？　なあ、教えてくれないか？」

レオンの口元から笑いがすっと引く。真剣みをおびた目に見据えられ、瞬きもできない。

「ソニア……あなたの本当の異能はなんだ？」

答えられるわけがない。言えば、レオンはソニアを嫌う。

「だからそれは……あなたも知っているでしょう。攻撃系の……」

「周りを切り裂く風魔法のようなあれか。あれは、呪異能力だろう。それも防御系だ」

息が止まり、頭が真っ白になる。

どこまで知られているのだろう。どうしてわかったのだろう。聞かなくても、ソニアの異能がなにか知っているのではないか。

這い上がってくる恐怖に血の気が引く。唇をきゅっと結び、目をそらす。

「教えてくれないのか？　なら、ここで抱くぞ」

レオンの指が鳴る。しゅっと音がして、魔法でカーテンが閉まり馬車の中が暗くなった。魔法灯のついていない車内は昼間でも暗く、分厚いカーテンを透かす日の光だけが頼りだ。

いつもと違う雰囲気に、レオンの膝の上で身を硬くする。

「そんなふうに怯えられると、可哀想だと思うのに泣かせてみたくなるから困る」

「ひゃぁ……ッ」

耳裏に口づけられ、ねっとりと舐め上げられる。腰を抱く腕に力が入り、ドレスの上から乳房をぎゅうっと握られた。

「ひっあぁ、やめ……てっ……ン」

ぞくぞくする快感がすぐにやってきて、声が甘く引きつる。

「では、教えてくれるか？」

首筋を甘嚙みされ、ぎゅっと目をつぶる。

「や、やめてっ。こんな場所で……！」

「ソニアが言わないのが悪い。それに、山道だから外には聞こえないし、馬車が揺れても不自然ではないな」

舗装されていない山道はガタガタとうるさい。速度もでているので余計にだ。

「だからって……ひゃんっ、やぁ……ッ、すぐそこに騎士がいるのよっ」

さっき騎士と目が合ったのを思いだし、羞恥で体が熱くなる。身をよじってレオンから逃れようとするが無駄で、ドレスの前をはだけさせられる。レオンは脱がせやすいドレスだとこぼしながら、露わになった乳房を揉みしだく。

「あぁぁっ……ンッ、やめ……ッ」

「二人でこもってなにをしているかなんて、彼らもわかっているだろう。してもしなくても同じことだ」

いつもと違うレオンの淡々とした口調が怖い。なにか怒っている。愛撫する手つきも、少し乱暴だ。なのに、彼に慣らされた体は期待に火照って潤ってくる。

「言えばやめてやってもいい。どうする？」

ふるふると首を振る。答えられたとしても、感じ入ってしまって喘ぎ声しかだせない。

「強情だな。まあ、教えてくれても抱くけどな」

投げやりな口調のあと肩口に噛みつかれ、スカートの中に手が入ってきた。下着をずり下ろし、すでに湿り気をおびていたそこに指が忍び込む。

「あっ、あぁぁひゃぁ……ッ！　だめぇ……そこ……あぁッ」

ぐちゅ、と濡れた音がして、指がぬめるそこを行ったり来たりする。すぐに蜜口がひくついて、中心の肉芽がじんじんしてくる。抱かれることに慣れてしまった体は素直だ。

「あっという間に濡れてきた。すぐにでも入れられそうだな」

「ひぁあぁ、や、だめっ、それ……アァ！」

肉芽を指で挟まれ、強くこすられる。潰されこね回され、ぞくぞくっ、と背筋を駆ける快感に悶える。

「駄目じゃない。気持ちいいんだろう？　もっとされたいくせに、素直じゃない」

閉じようとする脚を膝で割られて、ひくつく蜜口を指先でくすぐられる。ぬぷぬぷと先を出し入れされるだけで、中が甘く疼く。

「ふぁ、あぁぁ……だめぇ、いやぁぁ……んっ、うぁッひゃぁんッ」

きゅうっと締まる入り口をこじ開け、指がずぶずぶと入ってきた。すぐに抜き差しが始まり、本数も増える。かき回され、ばらばらに動く指に感じる場所を何度もこすられ突かれる。それに合わせて硬くなった乳首をつままれ、軽く爪を立てられた。

同時に敏感な場所を嬲られて、喘ぎ声が止まらない。中の収縮も激しくなり、レオンの指にきつくからみつく。

「あっ、あっあぁ……ッ！」

あともう少しでいきそうなところで、指が抜けた。蜜口がびくびくと不満そうに痙攣する。散らせなかった熱に、お腹の奥がきゅっとわななく。

「……あぁ、なんで」

「嫌がるくせに、ねだるのか？」

「ちが……きゃぁッ！」

意地悪な言葉に身を震わせると、軽々と体を持ち上げられ、向かい合うように膝の上に抱き上げられる。レオンの腰を挟むように脚を大きく開かされ、かっと顔に血が上った。

「やっ、やだ。こんな……ひぁあっ、まってッ！」

恥ずかしさにもがくが、逃げられない体勢。腰を摑まれ、ぐっと引き寄せられる。ぬちゅり、と硬くなったレオンの先端が蜜口にめり込む。

「いやあぁ、あぁぁ……ッ！　ひゃあぁ……アアァッ！」

一気に貫かれ、奥までレオンのものでいっぱいになる。繋がった場所がぐちゅんっと音を立て、ぴったりと重なる。身動きしにくい体位だからか、レオンが動かない。代わりに唇をふさがれ、口腔を犯される。

「ふぁ、ん……ん、んっ」

抱きしめられ、隙間なく体を密着させて唇を貪られる。喉の奥まで舌で犯されるような口づけに、腰がびくびくと疼いた。

体は繋がったまま動かないけれど、馬車の振動で中がひくつく。ぎっちりと満たされた中と蜜口がレオンのものに吸いつき、その形に変化していくようだった。

「あぁ……はぁ、はっ……や、このまま……？」

口づけばかりで、レオンはいっこうに動かない。彼に体を預けるしかないソニアも動けなくて、快感が溜まってくる。馬車の振動だけでも感じてしまい、じれったい。

「到着までまだ時間がかかる。しばらくこのままでもいいだろう？」

唇を離したレオンが目を細めて笑う。だが、目の奥はどこか冷たい。

「やっ、そんな……っ、ひゃあぁッ！」

このままなんて嫌だと言おうとしたら、馬車ががくんっと大きく揺れた。最奥をぐりっとえぐられ、背筋ががくんっと弓なりになる。

「なにもしなくても、気持ちよさそうではないか？」

冷たい声がして、耳元で笑われる。

伝わってくる振動がじれったい。いけそうでいけなくて、レオンの機嫌も悪くて、泣きたい。敏感になりすぎた体は、こうして繋がっているだけでも感じてしまって、頭がおかしくなりそうだった。

「な、なんで……あぁ……っ、怒ってる、の？」

「別に怒ってはいない」

「……うそつき」

じれったさで頭がうまく回らなくて、子供みたいな悪態しかつけない。

また馬車が大きく揺れ、繋がった場所から濡れた音が上がる。びくびくと太腿が震え、さっきより濃くなった疼きが体を駆け抜けていく。激しく突かれるのとは違う、じっくりと高まっていく快感に蜜口が大きくうねる。そして揺れに呼応するように痙攣して、レオンの根元を締めつける。

「やぁやだぁ、ふぁンッ……こわい……っ」

今まで感じたことのない快感に、レオンの首にすがりつく。涙があふれ、しゃくり上げる。体の震えが止まらくなっていた。

「んっ……あぁっ、これ嫌ぁ。だめっ、おかしくなる」

終わらない馬車の振動のせいで、甘い疼きがじわじわと濃厚になる。じれったさも強い。もう、耐えられなかった。

「なんでっ、なんで……意地悪するのっ」

泣きじゃくりレオンの背中に爪を立てると、頭をぽんぽんと撫でられた。

「すまん……八つ当たりだ。泣かせたかったわけではないのだが、泣き顔も可愛くて、つい」

「八つ当たり……？」

涙があふれる目尻に口づけが降ってきた。レオンが、拗《す》ねた調子で言う。

「嫉妬だ。最近の諸侯たちもだが……さっきの責任者、ソニアの手を握って離さないどころかべたべたと。あなたもなぜ、されるがままになっているんだ」

「あの……あれは、やはりなにかおかしかったの？」

あんなふうにべたべたされたのは初めてで、対処の仕方がわからずされるがままだった。少しだけ気持ち悪いと思ったと、レオンに告げたら額を押さえてうつむいてしまった。

「そうか……そこからわからないのか」

「そこ？　どこのことかしら？」

純粋にわからなくて、じっと見つめて聞き返す。しばらく無言のあと、レオンはくっと呻いてソニアの肩口に顔を埋めた。ぎゅうっと抱きしめられ、繋がりが深くなる。

「ひぁっあぁ……んっ、やぁッ」

「ああ、もうっ。ソニアの愛想が少しいいだけで、どいつもこいつも鼻の下を伸ばしやがって……今まで怖がっていたくせに、腹が立つ」

「あんっ、んぁ……いやぁレオン……ッ」

腰を摑まれ、ぐんっと下からえぐられる。唐突な突き上げに視界ががくがくと揺れ、溜まっていた熱があっという間に弾ける。

「ひっ！　あぁッ、いやあぁンッ……！」

じらされただけあって、衝撃が強い。そのまま意識が飛びそうになるが、すぐに体を揺さぶられ快感で引き戻される。

「うぁ……っ、もう、むり……ッ」

持ち上げられ落とされる。必死にすがりつき、もうやめてと懇願する。だが逆に、抽挿は激しくなり、ソニアは涙を流して喘ぐしかできなくなった。

ぎりぎりまで引き抜かれ、追いかけるように内壁がからみつく。そこにまた突き入れられる。狭まった中を強引に開かれ、こすられたところで、また馬車が大きく揺れた。

「あっあぁ、ああ……ひっ、あぁッ！　ひっ、ぐ……ぅッ！」

ずんっ、とさらに深くえぐられ呼吸が止まる。跳ねる腰を逃げられないように押さえつけられると、中を犯すレオンのものが脈打ち弾けた。

「あ……あぁ……ぁ」

飛沫《ひまつ》がそそぎ込まれる。余韻で蜜口がひくひくと痙攣し、すべてをのみ込もうとしている。

「ソニア……愛してる。ごめん。無理をさせたな……」

申し訳なさそうな言葉と、優しく背や頭を撫でる手の温もりに目を閉じる。怒っていないならよかった。公務の疲れも残っていたソニアはすぐに意識を手放した。

10

目が覚めたのは見知らぬベッドの上で、起き上がって見た大窓の外はちょうど日が暮れる頃。窓外には見たこともない景色が広がっていた。

呆然としているとノック音がして、落ち着いた感じの年嵩《としかさ》のメイドが入ってきた。彼女からここがアフリクシオンの王宮だと聞かされ、レオンと夜会に出席することになっていると告げられた。どうやら馬車で抱かれたあと、意識のないまま運ばれたらしい。何人に見られたかわからないが、ソニアは恥ずかしさで頭痛がしてきた。

だが、そのあとも頭の痛い出来事が続く。着替える前に湯浴みとお手入れがあると浴室に案内され、あれよあれよという間に数人のメイドに囲まれて脱がされ、浴槽に入れられた。一人でできると言っても彼女らは頑として引かず、ソニアの体や髪をくまなく洗った。

ベアトリスが亡くなって約七年。入浴はもうずっと一人だった。初対面の者に囲まれて裸体を洗われるのも初めてで、顔を真っ赤にして嫌がったのだが、この王宮のメイドはレオン同様に押しが強く、「まあ、恥ずかしがって可愛らしい」だの「こんなにお美しいのでは、陛下が帰ってこないのも納得ですわ」だのと言われて強行された。

ソニアも最初は抵抗していたが、「陛下のご命令なので、実行しないと私たちの首が飛びます」と言われたら、大人しくするしかない。レオンがそれぐらいで解雇はしないとわかっていてもだ。それに始終、「なんて美しい御髪なのかしら」「お肌もすべすべ」「これで普段のお手入れはなにもされていないのですか？」「では、お手入れをしたらもっと輝きますわね」だのきゃいきゃいと話しかけられ疲れてしまった。

人を遠ざけて生きてきたソニアにとって、こうして囲まれて褒め讃《たた》えられるのは初めてに近い経験だ。悪評には慣れていたが、好意的な好奇心もこんなに辟易するものだとは知らなかった。

異能が封じられるとこういう世界になるのか面倒だなと、首枷の副作用でぼうっとする頭で考えているうちに、拷問のような入浴とお手入れの時間が終わった。

普段したことのない、パックだの保湿だの爪磨きだのから解放され、ほっとしてお茶を楽しんだのも束の間。次はドレス選びだった。

華美なものや重くて締めつけの多いものは嫌だと危惧していたが、揃えられていたのはどれも最高級の質で、落ち着いた色合いのドレスばかりだった。種類も少なかったので、すぐに組み合わせがすんだ。

化粧をすませてドレスに袖を通す。

「まあ、なんてお似合いなんでしょう……」

「まるで夕闇に浮かぶ月のようですわ」

「月の女神様のようですわね」

メイドたちが口々に褒めるドレスは、裾が赤紫で上にいくほど色が濃くなり紫紺色になる。まるでレオンの髪色のようで、光沢ある生地には砕いた水晶が魔法で縫い留められ、星のようにきらきらと灯りを反射する。胸元から首回りは濃紺のレースで覆われ、夜会用らしく肩がでたデザインだ。それに紺色のロンググローブをつける。

腰まである白金色の髪は結い上げられ、黒真珠のピンで飾られた。

「女王陛下がお綺麗すぎるので、下手に飾りつけないほうが似合いますね」

「レオン陛下がご用意された宝飾品があまりに少なくて、小ぶりなものばかりなので心配しましたが、女王陛下のことをよく考えていらしたのですね」

最後に、小さなダイヤの粒が連なったピアスをつけた。

小さくて軽い宝飾品に安堵する。髪飾りも軽く、緩く編み上げた髪型なので痛くない。ドレスも肌触りがよくて、適度な緩みがあるので動きやすかった。

「これらは……すべてレオンが選んだというの？」

メイドたちが、うっとりした表情で頷き「公務でこちらにくるたび、合間を縫ってお品を選んでおりました」「転送機でカタログをフィラントロピアへ取り寄せることもございました」と口々にレオンの甲斐甲斐しさを語る。興味のないドレスや宝飾品などをもらっても嬉しくないと思っていたが、なぜか胸が高鳴った。

いつ、こういうのが好きだと知ったのだろう。これではドレスが窮屈で重いから疲れたと言って、夜会から逃げられない。

「こちらに姿見をご用意しております。ご覧になってください」

振り返り、大きな鏡の前に立ったソニアは驚いた。

「さすがね……自分で支度するのとでは、比較にもならないわ」

これまで粗末な身なりで公の場に立ったことはないが、やはり他人の手が入ると違う。化粧も髪型も、自分でやるよりも上品にまとまっていて恥ずかしくなった。もう少し身なりに気をつかうべきだったと反省していると、ノック音が部屋に響いた。

「用意はできたか？　そろそろなのだが、入ってもいいだろうか？」

メイドが扉を開くと、レオンがこちらを見て目を見開き何度も瞬きした。

「これは……驚いたな。なにもしなくても美しかったのに、手入れされるとさらに綺麗になるのだな。想像以上だ。嫉妬しそうだから、部屋に閉じ込めておきたいな。やっぱり夜会は欠席にしよう。そうしよう」

手放しで褒め讃えるレオンに戸惑う。大袈裟《おおげさ》なのは、ソニアの異能の影響がまだ残っているせいなのだろうか。

「陛下、それはなりません。あなたの名前で人を集めているのですよ」

あとから入ってきたラケルが額に青筋を浮かべ、レオンの袖を引っぱり耳元でなにか囁いた。ラケルは別の馬車でこちらにきていたらしい。

「そうだった。忘れてた。ソニアの気を引くための夜会だった」

「なにべらべら内情をしゃべってるんですか。馬鹿ですか。はい、あとこちらをどうぞ」

「ああ、ありがとう。これがあれば問題ないか」

レオンが受け取ったのは、黒い羽と銀色の飾りのついた目元を隠す仮面だった。どうやら仮面舞踏会らしい。

ソニアの前に大股でやってきたレオンが、仮面をつけてくれた。

「これならソニアを見て懸想する男も減るだろうから安心……でもないな。目元を隠しても、恐ろしく綺麗なのがだだもれだぞ。ラケル、どういうことだ」

「知りませんよ。それにそれは、美貌を隠すための仮面ではありません。女王陛下の素性を隠すものです」

ラケルが言うには、仮面に顔の特徴がわからなくなる魔法がかけてあるそうだ。フィラントロピアの女王と気づく者はいないだろうから、安心して宴を楽しんでほしいと説明された。

「エルナンデス卿。いつもご配慮、ありがとうございます」

「とんでもない。こちらこそ、うちの陛下がご迷惑ばかりおかけして……」

「ご苦労されてますわね」

苦々しい表情で頭を下げるラケルに同情する。レオンはよき王ではあるが、仕えるには自由すぎて手に余るだろう。

「前から思ってたが、ソニアはラケルに対して丁寧だ。敬語だし」

拗ねたようなレオンの声に振り返ると、面白くなさそうにこちらを見ている。

「敬意を表すに値する方でしょう。よき宰相をお持ちで羨ましいわ」

フィラントロピアは、国王の下に複数の大臣が仕える組織で、宰相は特にいない。彼らも優秀ではあるが、それぞれの利権や思惑などがあるので、誰か一人を重用するわけにはいかない。異能の弊害もあり、大臣たちとは距離をとっている。仕方ないことだが、レオンとラケルのような軽口を言い合える主従関係は素直に羨ましかった。

「両国が合併した暁には、女王陛下にお仕えしたいものです」

「主を目の前に、堂々と裏切り宣言か」

合併するなら裏切りではないのではと考えていると、そろそろ夜会だと使用人が呼びにきた。ラケルも一緒にいくのかと視線を向けると、彼はこれから人と会う約束があるという。

「そういうわけでして、私はここでお別れなのですが……ソニア女王陛下、私がこれから会う人物に明日にでも面会していただきたいのですが、よろしいでしょうか？」

お願いするふうを装ってはいるが、有無を言わせない空気を言外に感じる。

レオンの横槍もない。これは決定事項なのだろう。

「ええ、わかりました。では明日の朝食後でよろしいかしら？」

どんな相手かわからないが、彼が危険な相手との面会を組むとは思えない。問題ないだろう。

「ありがとうございます。では、そのように予定を組んでおきます」

そう言って頭を下げる彼と別れ、レオンにエスコートされて王宮の大広間に移動した。

「そういえば、どのような集まりなのかしら？」

仮面舞踏会ということなら、身分や素性などを気にすることなく楽しむ宴なのだろう。

アフリクシオンの人間関係をまだ把握していないソニアにとっては、ありがたい。

だが、趣旨をなにも知らずに恥をかいたらレオンに申し訳ない。ソニアは彼のパートナーとして出席するのだ。

大広間の扉の前に到着してしまった。少し不安に思ってレオンを見上げる。

「ああ、そんなにかまえる必要はない。ソニアなら、楽しめる夜会のはずだ」

レオンが悪戯《いたずら》っ子のようににやりと笑うと、天井まである扉が左右に開いた。軽やかで落ち着いた音楽があふれでる。エスコートされて一歩踏み込んだソニアは、目を瞬いた。

「これは……夜会なの？」

すでにホールは人であふれ返っていたが、夜会特有の華やかさに欠けていた。女性が少ないせいもあるが、集まった人々の格好が全体的に落ち着いた色調で装飾も少ない。ソニアのドレスが一番華やかかもしれなかった。

立ち居振る舞いや格好から、貴族ばかりの夜会ではないようだ。学者や発明家、魔術師。それから医師や弁護士といった知的な職業についている雰囲気の男女ばかりだった。

生演奏をする楽師の人数も少なく、音も会話を邪魔しない程度に絞られている。人々はダンスや食事より、会話を楽しむのが主体のようだ。もれ聞こえてくる内容も、学問や政治、魔法学など。国王がやってきたことにも気づかず、熱心に討論している者も多い。

「面白いだろう。各国の学者や研究者などを招待している。もとはアフリクシオンの発展のために、自治区時代にラケルが学術サロンを開いたのが始まりだ」

ホールの中心に移動しながら、レオンが小声で教えてくれる。

魔能力偏重主義だった旧アフリクシオンに不満を持つ知的階級の人たちが集まり、虐げられている自治区をどうにかできないかと討論していた。それが大きくなり、今は定期的に王宮で夜会を開くようになった。このサロンから、アフリクシオン王国の大臣や学者として重用された者も多いそうだ。

「あと奥の別室で、古本市を開催している」

「古本市？」

夜会には似つかわしくない催しに驚き、声が高くなる。慌てて扇子で口元を隠す。

「参加者が読まなくなった本を持ち寄って売買したり、貸しだしたりしている。それと書物行商人も呼んであるんだ」

耳元で囁かれた商人の名は、ソニアも聞いたことがある。各国を渡り歩いて書物を収集し、翻訳も承る。金を積めば、彼の店で手に入らない本はないとまで言われている。

「よくそんな方をお招きできたわね」

気難しく、権力に媚びたり協力したりしない商人だと聞く。

「傭兵時代に知り合ったんだ。依頼を受けて彼の護衛をして仲良くなった。まさか、こんなところで人脈が活きるとは思わなかったがな」

苦笑するレオンに、ちりっと胸が焼けるような痛みが走る。こういうとき、国を統べる者として彼には敵わないと実感する。

それからすぐ、レオンがホールの中心で簡単に挨拶し夜会が始まった。普通のパーティなら当然あるはずのダンスはなく、代わりにあちこちで集団ができて討論や新しい学術の発表などをしている。椅子やテーブルが用意され、冊子が配布されたりもする。参加者は好き勝手に場所を移動して討論に加わったり、学術発表する者に質問したりと自由に楽しんでいた。

ソニアも興味あるいくつかの集団に加わり、討論や質問をさせてもらった。レオンも一緒について回っていたが、仮面のおかげなのかみんな物怖じせずにこの宴を楽しんでいる。身分や偏見なく参加できるようにという配慮で、仮面をつけるようになったそうだ。

古本市も見にいき、そこで欲しかった文献を数冊購入し国に送ってもらうよう手配した。レオンがお金をだすと言ったが断った。ドレスを用意してもらっただけでも充分なのに、これ以上なにかを贈られると問題がある。一応、まだ二人は別の国の国王同士。婚約発表もしていないのだから、婚姻に反対する悪意のある人間が賄賂だと騒ぎ立てたら面倒だ。書物はそれぐらい高価なものでもあった。

それに自分で買えるものを、女性だからと当たり前のように貢いでもらうことに疑問を感じ、そうレオンに告げると「手強いな」と苦笑された。

「どうだ。楽しかったか？」

「ええ、あのような夜会ならまた参加したいわ」

結局、最後まで夜会を楽しんだ。いつも途中で帰ってくるので、初めてのことだ。

ほしかった本も手に入り、夜会での興奮を引きずったままレオンと夜の中庭を歩く。山が多く標高の高い地域にあるアフリクシオンは、夜になると初夏でも空気が冷たい。見上げた夜空は澄み渡り、星々が綺麗に見える。月と星に照らされた中庭は甘い芳香を放つ百合の花が満開で、白い花弁が夜陰の中でぼうっと淡く輝いていた。

「よかった……実は、あなたの気を引きたくてこの夜会に連れてきたんだ。強引だったから、楽しくなかったらと心配だった」

「まあ……だからエルナンデス卿があんなことを」

「ああ、ラケルにどうやったらあなたの気を引けるか相談したんだ」

それより仕事をしろと怒られたと、レオンがおどける。つられてソニアが笑うと、まぶしいものを見るようにレオンが目を細めた。

あまりにも優しい眼差しにどぎまぎして、ソニアは視線を伏せた。

「なんですの？　そんな目をして……」

「嬉しくて。ずっと見たかったんだ。そうやって自然に笑うあなたを」

思わず頰に触れる。指先が、ほころんだ口元に当たった。

「昔から、無理して感情を抑えているように見えた。特に笑うまいとしているようで、痛々しくてたまらなかった。笑わせたいとずっと思っていたが、なにか理由があるなら無理強いはできない……」

　立ち止まったレオンが、ソニアに向かってそっと手を伸ばし首枷を撫でた。

「ソニアがなにを抱えているのか、なにを俺に隠しているのか。それがなんであれ、俺の気持ちは変わらない」

　大きな手がソニアの頬を包み持ち上げる。慈しむような優しい視線とぶつかり、逃げだしたくなった。

「愛している……すべてを受け止める度量ならあるつもりだ。だから、怖がらないで俺の言葉を信じてほしい」

　嬉しいはずの告白なのに、レオンの気持ちが真摯であるほど足がすくんでしまい、泣きたい気持ちになる。その想いがすべてひっくり返る瞬間を見たくない。

　視線をそらし、頬を包む手を押しやった。

「……あなたは直球すぎるわ。王族なのに気持ちを素直に表現しすぎるのは危険よ。わたくしはただ、王族らしく振舞っていただけ。余計な心配をなさらないで」

はぐらかすような言い方しかできない自分が嫌だった。一歩、後ろに下がるソニアを、レオンは追いかけてこなかった。代わりに、ふっと息を吐いて苦く笑った。

「たしかにその通りだな。俺は傭兵生活が長かったから、今日笑い合えた友人と明日も笑

い合えるとはかぎらない世界で生きてきた。だから後悔しないために、そのときそのときの気持ちを、大切な人たちには素直に伝えることにしている。王族として生きることになった今も、この生き方を変えるつもりはない」

　きっぱりと言い切るレオンに、胸がえぐられる。

　そういう生き方を選ぶまで、彼はなにを犠牲にしてきたのだろう。そんな生き方をさせる発端になったソニアが、直球すぎるだとかケチをつける権利だってない。なのに彼を試すような意地の悪い言葉が、ふとこぼれた。

「そのときの気持ちを伝えることにしているなら……なぜ、なにも言わずに出征したの？　フィラントロピア王族への復讐のためにあなたに抱かれたのだと、わたくしはずっと思っていたわ」

　胸がじくじくと痛みだす。なんの言葉も約束もなく六年間も放っておかれて、再会したらずっと好きだったと愛を囁かれた。自分で思う以上に、その矛盾を気にしていたらしい。

「ああ、あのときはまだ、わたくしは大切な人の中には入っていなかったのかしら？」

　つい、言葉に棘《とげ》が混じる。だが返ってきたのは、喜びのにじんだレオンの声だった。

「可愛いな。拗ねているのか？　ここで押し倒してしまいたくなるだろう。俺の自制心を試すのはやめてくれ」

　顔を上げると、口元を押さえ頬を染めたレオンが眉間に皺を寄せていた。激情を耐えるように唸って震えている。

「いかん……今あなたに触れたらドレスを破いてしまいそうな心境だ」

不穏なことを言いだすレオンに呆然とする。ソニアの嫌みなど、彼にとっては愛の囁きにしか聞こえないようだ。やはり異能の悪影響かと心配になっていると、落ち着きを取り戻したレオンが息を吐いた。

「あのときは、あなたを縛りたくないと思ったんだ。本当は叩き起こして愛を誓い、俺が迎えにいくまで待っててくれと約束したかった。だが、どうなるかわからない身だったからな。約束や言葉で縛りつけて、あなたが身を守れなくなったらと配慮したのだが……苦しめることになってすまなかった」

たしかにレオンとなにか約束していたら、彼のことを想って言動に制約がでただろう。攻めてくるアフリクシオン軍に対して、冷静に対応できず自身の身を危険にさらした可能性はある。

彼との間に愛はないと思っていたからこそ、ソニアはこの六年間、自由に動き自国民とリノを守ることだけに注力できた。

レオンの想いに矛盾はなく、ソニアはずっと守られていたのだ。

ぎゅっと手を握りしめる。嬉しいのに、込み上げてくる不安と罪悪感はますます大きくなった。彼のこの想いも、ソニアが作りだしたものかもしれないのだ。

「ソニア……あのとき伝えられなかった気持ちを聞いてほしい」

甘い百合の香り漂う夜気に、レオンの声が静かに響いた。

「未来でなにが起こるか、誰にもわからない。俺の記憶がなくなることだってあるだろう。だが、ソニアに出会ってから今この瞬間まで、あなたを好きだという想いは変わっていない。それは知っていてほしい」

もう一歩、後ろに逃げる。追ってこないレオンはなにを思っているのだろう。

逃げたいのに、彼が気になって顔を上げた。

「だから俺は、隙あらばあなたに好きだと伝えたいし触れていたいのだ」

目が合った瞬間、レオンが屈託なく笑う。大丈夫だと言うように、逃げるソニアに手を差しだす。目の前が涙でぼやけた。

その手に自分の手を伸ばしかけて、首を振る。まだ触れる勇気がない。

「……ごめんなさい。先に戻るわ」

踵《きびす》を返し、ドレスの裾をつまんで走る。こぼれる涙を止めるすべもわからず、子供みたいにしゃくり上げる。首枷をしてから、感情のコントロールが下手になってしまった。

ソニアは自分の気持ちからも逃げるように、走り続けた。

11

レオンと顔を合わせる勇気がなかったソニアは、早朝にアフリクシオンを立った。ラケルとの約束はすっかり忘れていた。

残念がるメイドたちに、用意されていたドレスを着つけてもらう。深緑色のドレスは、やはり着心地がよく余計な装飾がついていないデザインだった。馬車に長時間乗っていても疲れないだろう。髪型も緩く三つ編みにしてもらうだけにした。

帰りも高速馬車に乗り込む。護衛の騎士はフィラントロピアの者だけだ。騎士たちはもう操縦方法を憶えたそうで、アフリクシオンの付き添いは断った。

昨夜はよく眠れなかった。ソニアは座席の柔らかいクッションに身を沈めると目を閉じる。まもなく動きだした馬車の揺れに、うつらうつらし始める。

昨日からの移動や夜会で疲れていた体はすぐに動かなくなったが、神経だけは目覚めているような浅い眠りだった。

どれぐらい眠ったのだろう。ソニアが目覚めると、ゆっくりと馬車が速度を落として停車した。カーテンを閉めているのでわからないが、まだ明るいので、フィラントロピアにつく時間ではないはずだ。鳥の声もよく聞こえる。山の中だろう。

起き上がってなにがあったのか確認したいが、体が動かない。なのに意識だけが覚醒していた。

「寝ているようだ。呑気なものだな……」

御者台ののぞき窓が開いた音がして、近衛騎士の呆れた声が聞こえた。

「このままでいいだろう……そのほうが……」

「ええ、では馬が暴走したということで……」

「……そうだな。確認のため停車して御者が降りたあとに……」

「不幸な事故だったと……大丈夫でしょうか？」

「問題ない……これも……陛下と王子殿下のため」

切れ切れに聞こえてくる内容は不穏で、今すぐにでも起きなければと思うのに体が動かない。首枷で、思った以上に体が消耗していた。

ミゲルがソニアを嫌っているとしても、真面目で職務に忠実な彼が裏切るとは思っていなかった。けれど、彼もまたソニアの傍に長くいすぎたのだ。

ガタンッ、と馬車が大きく揺れ、繋がれた馬がいなないた。

まずい。今のソニアは無防備だ。自身の異能は封じられ、付与されていた呪異能力も発動されないだろう。付与した者が、生きているか死んでいるかわからないのだ。

乱暴に急発進した馬車が、ソニアだけを乗せて走る。ガタガタと激しく揺れ、そしてふっと音が途切れた。

体を襲う浮遊感。カーテンが開いて薄曇りの空が一瞬だけ見えたそのあと、がくんっと重力がかかる。馬車の中、ソニアの体は柔らかいクッションに深く沈められたまま、真っ逆さまに落ちていった。

＊＊＊

庭園の隅に生えていた青い小花。あの日、母に渡せなかったその花をつんで墓前にやってきた。

母が亡くなってひと月。ソニアは毎日ここへ通っている。生きている間、まったく会えなかった母との距離を埋めるように話しかけ、花を供えた。

「お母様……今日は、剣術の先生に褒められました」

にこりと微笑むと、墓の向こうで母も笑ってくれたような気がした。

亡くなる寸前の母とは会えなかった。父は、あまりに憔悴《しょうすい》し痩せ細った母の姿を見せられないからだと言ったが、嘘だろう。心を病んで、年々食が細くなっていった母は、最期の半年は水以外なにも口にしなくなった。それでも生きながらえたのは、治癒魔法で栄養を送っていたからだ。

けれど魔法は万能ではない。口から栄養をとれなければ、人はいつか死ぬ。そうして母は衰弱し亡くなった。意識の混濁が進んでいた母は、もう父のことしかわからなかったそうだ。

きっとソニアを……この菫色の瞳を見たら発狂しただろう。

会わなくてよかったのだ。母のためだ。仕方のないことだった。

葬儀でやっと対面できた母は、父の言う通り枯れ木のように細く乾いていた。それでも美しい人だと思った。

最期は父の腕の中で安らかに逝ったと聞いた。つらい記憶も忘れ、苦しまないで逝けたのならよかったと思う。

「……では、お母様。またきますね」

そう言って笑い、立ち上がる。踵を返そうとして、憎悪の込もった気配に気づいて体を硬くした。

「毎日やってきて……そうやって微笑んで、亡くなった姫様を虜にしようとでもしているのですか？　なんて浅ましいのかしら」

母の侍女だ。彼女と墓前で鉢合わせしないように気をつけていたのに、今日は長く話し過ぎたのかもしれない。

「やめて！　こちらを向かないで！」

恐る恐る振り返ろうとして、怒鳴られた。

「恐ろしい。呪われた子が！　姫様と同じ姿で、その目で、私をお前の虜にしようとでも企んでいるのっ！」

「……ご、ごめんなさい。違うの」

「黙りなさい！　あなたの言うことなど信じられません！」

母が亡くなって数日後、ソニアの異能が目覚めた。それは目に宿る能力で、魔眼とも呼ばれる。父はこの事実をすぐに伏せたが、なぜか侍女には伝わってしまった。

「どうしてっ……なぜ、あの男の異能を引き継いだのですっ！　これ以上、姫様を苦しめないでください！　もう亡くなっているというのに……っ、なぜ、なぜこんな残酷な……」

侍女は膝をつき、地面を叩いて涙を流した。母のことを心から愛していたのだ。もとは優しい女性だったと、使用人たちの噂で聞いた。

そして誰よりも母の妊娠を喜び、ソニアが生まれてくるのを楽しみにしていたそうだ。毎日のように生まれてくる子のために産着を縫い、無事に産まれますようにと祈りを捧《ささ》げて待ってくれていたのだ。

強くソニアを望んでくれていた人だった。けれど、ソニアは望まれない子になってしまった。

きっとソニアさえ生まれなければ、彼女はこんなにも苦しまなかっただろうし、暴言を吐くような女性にもならなかっただろう。

自分がすべての元凶だ。母を追いつめ、そして一つの国がなくなった。

「ごめんなさい。もう、ここへはこないわ」

そう言うのが精一杯だった。侍女とは逆の道へ走りだす。涙がぽろぽろとこぼれて視界をふさぐ。どこへ向かっているのか、自分でもわからなかった。

いつの間にか王女宮に着き、回廊を走り抜ける。途中、誰かにぶつかったが謝りもせずに駆けた。名前を呼ばれた気がしたが、振り返らなかった。

自室に転がり込み、机の抽斗を開く。見つけたペーパーナイフを自分に向け、強く両手で握りしめる。

「なければ……この目さえ、なければまだ……」

きっとこれから先、この魔眼は邪魔なだけだ。無意識に誰かを傷つける。

ソニアの異能は〝魅了〟だ。それもかなり強力な磁力を持っていて、視線を合わせて微笑みかけた相手を意のままに操ることができる。相手の本当の気持ちをねじ伏せて好意を抱かせ、抵抗するならその精神を破壊してまでも従わせる。

しかも、影響を受けやすいタイプの人間は、少し視線が合っただけでもソニアの言うこと聞こうとする。命令するつもりもなく、ぽろりとこぼした言葉を拾って実行するのだ。

最初の出来事は、使用人に何気なく「玉ねぎ嫌い。この世からなくなればいいのに」と言ったことがきっかけだった。その直後、使用人が近隣の玉ねぎ畑を燃やすという暴挙にでた。捕らえられた彼女は虚ろな目で「王女様が望んだことです」と供述したそうだ。

そのあと正気に戻った彼女は、ソニアを忌み嫌った。これが〝魅了〟の反動だ。意に添わない行為を〝魅了〟で強要された者は、異能者を恨み危険視する。

似たようなことは何度か続き、王女殿下はとんでもない我が儘だという噂が立った。〝魅了〟の反動を受けた者は特に、ソニアの悪評をばらまいた。

もう、誰かと目を合わせるのもしゃべるのも恐ろしい。

眼鏡やベールで目を覆ってみたが効果はなく、視線を絶対に合わせない以外に能力を押さえ込む術がない。しかも目を合わせなくても、笑顔を見ただけで言うことを聞いてしまう者もいた。ソニアは笑うこともやめ、人も遠ざけるようにした。

この異能に影響を受けやすいかどうかは、魔力量の多寡によるのではないかと父は言う。より多いほど、抵抗力があるとしかわかっていない。

そしてソニアより威力は弱いが、同じ異能を持った伯父――母の実兄に、母は心を操られて犯された。たった一度のことだったが、そのあと妊娠した。父と兄、どちらの子かわからず、誰にも相談できぬまま母は臨月を迎えた。

堕胎するという選択ができなかったのは、結婚して五年たっても子供ができなかったせいだ。やっと授かった子に父も周囲も喜んだ。みんなに祝われるほど、母は言いだすことができず、一人ですべてを抱えてゆっくりと深く病んでいった。

そうして迎えたあの日――〝血の裏切り〟――病んだ母にかけられた呪異能力が暴走した。

ソニアはペーパーナイフの先を、自身の目に向ける。手が震えて照準が定まらない。何度か深呼吸してから目を見開き、ぐっと腕に力を入れ振り上げた。

「やめなさいっ……！」

父の怒声とともに、一陣の風がソニアの手を叩きペーパーナイフを吹き飛ばした。

「ソニア！　なんてことをっ！」

駆け寄ってきた父が、床に座り込んだソニアの肩を摑んで揺さぶる。

「なぜだ……なぜこんな……」

「だってこんな呪われた目、ないほうがいいでしょうっ！　だからえぐりだしてしまえば、もう誰も傷つけないでいられるわ！」

涙で歪む視界の向こうで、父が目を見開く。

「どうして……っ、どうして止めたのっ！　お父様だって嫌なくせにっ！　こんな目で生まれたわたくしなんて……そうよ、目をえぐるより死ねばいいのよ」

なぜ先に死を選ばなかったのだろう。馬鹿だ。目をえぐるより、そのほうが確実だ。それに、父の子でないなら死んだほうがいい。このままフィラントロピア王国の王女でいることが偽りなのだから、生きていてはいけない存在だ。

ははっ、と口から乾いた笑いがもれた瞬間。ぱんっ、と音がして頰が熱くなった。

「馬鹿者っ！　死ぬだなどと口にするなっ！」

床に倒れそうになったソニアを乱暴に支え、父がなにか口中で唱えながら指先で額に触れた。ぶわっ、と熱が額で弾けて体中にちりちりとした火花のようなものが散っていく。

なにが起きたのかわからなくて、ぎゅっと目を閉じると、散った熱が冷めてゆっくりと体に吸収されていった。

「……なにを？」

「私の呪異能力だ。レオノーラにかけていたのと同じ、防御系の呪いをかけた」

目を開くと、悲し気な父の顔がそこにあった。

「お前もわかっているな。この呪いは、あらゆる攻撃を跳ねのける。自ら死ぬこともできない。そして、己の命が脅かされる恐怖を感じると、その対象に攻撃するものだ」

父は、母をあらゆるものから守りたくてこの呪いをかけた。けれど伯父の魔眼からは守れなかった。心を操られた母は、伯父を受け入れてしまったから呪いが発動しなかった。そして心を病んだ母は、あの日なぜか、伯父を含めた親族すべてを敵とみなして呪いを暴走させ皆殺しにした。

それが〝血の裏切り〟の真相だ。

父は母の罪を隠すため、嘘をでっち上げてアフリクシオンを滅ぼし暴君となった。

「お前が自ら死ぬことをあきらめるまで、この呪いは解除しない」

親族を皆殺しにした母は、自責の念から何度も自殺をはかったそうだ。それを止めるために、父は一度といたこの呪いを再び母にかけた。もう二度と使いたくないと思った自身の異能に、頼るしかなかった。

最後に母と会った日に、侍女が涙ぐみながらソニアに話してくれたことだ。

その呪いを、父はまた使った。ソニアのために。

「死ぬな……死なないでくれ。お前はレオノーラの子なのだ」

父がソニアを抱きしめて泣き崩れる。反対に、ソニアの涙はすっと引いていた。

どうして……二人の子だとは言ってくれないのに、どうして死なせてくれないのだろう。

そして、その疑問を父にぶつける勇気がないまま年月だけが過ぎていった。

＊＊＊

「……え……いき、てる？」

どれぐらい意識を失っていたのだろう。薄曇りの空が赤く染まり始めている。

ソニアの体の下は柔らかで、痛みもない。ゆっくりと起き上がる。ソファのような座席の上に横たわっていて、ドレスも汚れていなかった。

座席以外の馬車の残骸はどこにも見当たらない。というより、ソニアを中心にして半径三メートルほど地面が浅くえぐれた更地になっていた。ここに生えていただろう草木は、竜巻で飛ばされたように根元から抜けて、辺りに飛び散っている。

呆然としながら立ち上がり、自身を見下ろす。ソニアは怪我一つしていなかった。

「本当に……とんでもない異能だわ」

見上げた崖は、かなり高い位置にある。あそこから落ちて無傷な上、辺りをこんなにまでするなんて、〝血の裏切り〟を母一人で起こせたことにも納得だ。この呪いが強力なのは知っていたが、まさかここまでとは実感がなかった。

「だけど、わたくしがこうして無事ということは……お父様は生きていらっしゃるのね」

行方不明で生存は絶望的だと思っていた。じわりとにじんだ涙を、指先で拭う。

「よかった……」

そして、ソニアも死ななくてよかった。王族として、なにかしらの責任や使命のために死ぬ覚悟は常にできているが、まだ死ぬわけにはいかない。リノが幸せになるための土台を築き上げるまでは、なにがなんでも生き残らなくてはならないのだ。

ここからだと、アフリクシオンに戻る方が近いのだろうか。父の呪いが残っているなら夜の森も獣も怖くはないが、迷って抜けられなくなると困る。ひとまず、崖の上の道を目指すしかないだろう。

上にいくのに役に立ちそうなものはと辺りを見回す。瓦礫《がれき》の奥から馬のいななきが聞こえた。簡単な魔法で軽い瓦礫だけよけてやると、馬がひょっこり顔をだした。

「あら、生きていたのね」

てっきり死んでしまったと思ったが、魔法石のはまった馬具のおかげなのか。少しかすり傷を負っただけの馬が一匹、とことことでてきた。

「こちらへいらっしゃい。いい子ね」

素直に寄ってきた馬の手綱を摑み、撫でてやる。落ちたわりに興奮していない。鞍《くら》も魔法石も無事なので、これに乗ればすぐに森を抜けられる。高速馬具は初めてだが、なんとかなるだろう。落ちたとしてもソニアなら怪我はしない。

さっそく馬に乗ろうとしたところで、大きな音がして背後の瓦礫が吹き飛んだ。

「女王陛下、生きておられたのですね……」

振り返ると、ミゲルが立っていた。護衛でついてきた残りの四人の騎士と馬もいる。

「大きな音がして、周囲の木々がなぎ倒されるのが崖の上からも見えたので、まさかと思い生死を確認しにきましたが……とんでもない異能だ。その首枷はまやかしだったのですね」

ソニアの異能を勘違いしているミゲルたちは、えぐられた地面や木々を見て表情を引きつらせている。

「しかし、いくらその異能があっても、訓練された騎士五人相手ではあなたも生き残れないのではないですか？」

近衛騎士は貴族であることが重要視されているが、その腕もたしかで、魔法が得意な者も多い。特に、元隊長のレオンのもとで鍛えられたミゲルたちは、かなりの強者揃いだった。だが恐らく、その強者どもも皆殺しにできる威力がこの呪異能力にはある。

「あなたのような悪徳の女王でも死が恐ろしいのですか？」

ソニアが青ざめたのを、死の恐怖からと勘違いしたミゲルが冷笑する。

「あなたが殺したアントニオとベアトリスも、きっと怖かったはずです！」

そういえばあの場に、レオンの次に駆けつけたのはミゲルだった。ならばあのとき、ソニアの異能にあてられている。彼がソニアに対してきつく当たるのはその反動だ。

他の騎士も、長年ソニアと接する機会が多かった。ソニアが無意識に〝魅了〟を使ってしまい、あてられた可能性はある。

そして魔力が多い者ほど抵抗力があり、反動も大きくなりがちだった。

「それで、同僚を殺された恨みからわたくしを殺そうとなさったの？」

深呼吸し自分を落ち着かせながら聞き返す。少しでも彼らに恐怖を抱けば、父の呪異能力が発動してしまう。

「いいえ、それだけではありません。あなたはレオン陛下にとって害悪だ」

「そうです！　リノ王子殿下にも悪影響だ！　あなたは彼らを利用して生き残りたいだけだ！」

他の騎士も口々にソニアを責め始める。だいたいがあの通俗雑誌に載っていたような内容で、ソニアを排除しなくてはならないという妄想に取りつかれていた。

「あなたが死ぬことが、両国のためになるのです。これは最期の情けです。どうぞ、王族の誇りとして自死をお選びください」

ミゲルが剣を放ってきた。ソニアは乾いた笑いをもらす。自死などできない体だ。

「なにがおかしいのですか？」

「大層なことを言っていても、自ら王族に手をかける勇気はないようね」

図星なのか、カッと頬を赤らめるミゲルを無視して剣を拾い上げる。彼にソニアを殺す勇気がないなら助かる。呪異能力で殺してしまわないですむ。

「申し訳ないけれど、わたくしはまだ死ぬわけにはまいりません。あなた方には、後々処罰を下しますので、覚悟して待っていなさい！」

そう宣言すると、ソニアは剣を持ったまま馬に飛び乗った。手綱を操り、彼らとは逆の瓦礫に突っ込む。すると、ソニアにぶつかると思われた瓦礫が左右に吹き飛んだ。

「なっ……！　どういうことだ！」

予想外の展開に驚いて、ミゲルたちが出遅れる。その間にも、ソニアの行く手を阻むものがなぎ倒され、道が開けていく。

「まさか、こんな使い方もできるなんて……」

一か八かで賭けてみたが正解だった。ソニアを傷つける可能性がある障害物は、呪異能力によって破壊されるようだ。

木々が密集する中を疾走する。目の前に現れる大きな枝も小さな枝も、ソニアにぶつかる前にすべて吹き飛ばされていく。

父は、自身の異能のすべてを把握してない。ソニアも同じだ。軽々しく実験できない異能なので仕方がない。

呪異能力は、防御魔法のようなものが付与できるだけだと思われていた。そのうち、思ったより威力が強いこともわかったが、付与された者の恐怖に反応して暴走することは、〝血の裏切り〟があるまで知らなかったそうだ。

「待てっ！」

ミゲルたちが追いかけてきた。殺す勇気もないくせに、どうするつもりなのか。狭い木々の間を巧みに馬を走らせながら、魔法を打ちこんでくる。ソニアはそれを剣で受け止め、消滅させる。

やすやすと受け流せたのは、落馬させるための弱い魔法だからだ。しかし殺傷力の高い魔法を放たれたら、受け流せず跳ね返ってミゲルたちが死ぬ。

その特徴を知ってから、ソニアは自身を守るためではなく、自分を攻撃する者を守るために剣術を鍛えた。防戦できるかぎりは、誰も死なないでいられるからだ。

けれど気づかないうちに遠隔から攻撃されると防げない。そうして亡くなった刺客は何人もいる。

ソニアの周辺がずっと血生臭く、悪い噂が絶えなかったのはそのためだ。

ミゲルたちは、そんな刺客とは違う。間違ってはいるが、正義感に駆られての行動だ。そうさせてしまった背景には、ソニアの責任もある。

「やめなさい！　死ぬのはあなたたちよ！」

声を張り上げて忠告するが、鼻で笑われ無視される。自分たちのほうが優位だと思っているのだ。

障害物の心配をしなくていいのは助かるが、さすがに五人からの攻撃を防ぐのは難しい。受け止め切れなかった攻撃が跳ね返り、二人ほど馬から転げ落ちる。彼らが大怪我をしていないよう願いながら剣を振るうと、唐突に視界が明るくなった。

林が終わり、広く開けた場所にでる。

「まずいわ……っ」

さっきまでは障害物が多かったおかげで優位だったが、広場では立場が逆転する。あっという間にソニアは三人に囲まれ、距離を詰められた。

「女王陛下、観念してください」

ミゲルはそう言うと、剣を振るい向かってきた。魔力を通した刃が薄く発光している。普通なら当たれば死ぬが、この場合、死ぬのは彼のほうだ。

剣をかまえるが、絶対に受けきれない。呪異能力が発動して、彼を殺してしまう。

「お願いっ、やめて……ッ！」

彼が血しぶきを上げる瞬間を見たくなくて目を閉じる。何度経験しても、この瞬間が恐ろしくて体が震えた。

「やめろっ!!」

背後から、大地を揺るがすような怒声とともに冷たい光がソニアの頰をかすめた。

「うわあぁ……ッ！」

ミゲルが叫び、馬がいななく。真横を駆け抜けていった魔法の衝撃で、ソニアは剣を落として馬から転げ落ちそうになる。だが、がっちりと背後から腰を抱かれ、引き上げられた。

「大丈夫か？」

目を開くと、馬上のレオンに抱きしめられていた。

「ありがとう……助かったわ」

「助かったのは、あいつらのほうだな」

レオンはふっと笑って、ミゲルたちを一瞥する。彼らはレオンの氷魔法で吹き飛ばされ、地面に倒れ伏し呻いている。あちこちに転がっている氷の塊で殴られたようだ。驚いて逃げようとした馬は、魔法の鎖で地面に繋がれていた。

「でも、なぜここに？」

「ソニアがミゲルたちだけを連れて帰ったと聞いて、嫌な予感がした。あいつらが、あなたをよく思っていないのは知っていた。そうしたら、高速馬車の魔法石が破壊されたという知らせがきて、肝が冷えた」

「知らせが？」

どこからそんな情報がと目を丸くする。レオンがやや青ざめて嘆息した。

「あの高速馬車一式の魔道具、恐ろしく高価なんだ。だから馬具をつけたまま馬が行方不明になると損失も大きくて、居場所を捜索できる魔法をかけてある。位置を受信する魔法石が手元にあるんだ」

これは携帯用だと、魔法石がはまった円盤状の魔道具を取りだした。羅針盤に似ている。フィラントロピアの情報部に売り込んだ通信機と似た構造だという。

それから高速馬車一式の価格を聞いて、ソニアも青ざめた。フィラントロピア王国の年間軍事予算の一割に相当する。

「ごめんなさい……そんな高価なもの、破壊してしまって。弁償するわ」

「いや、あなたが無事ならいいんだ。ラケルにどやされるだけだし、あとでソニアが慰めてくれるなら弁償はいらない」

なにげなく体を求められているようだが、国家間の貸し借りでそれは認められない。

「いいえ。弁償については分割できないか、エルナンデス卿と相談するからけっこうよ」

「やはり手強い……」

すげなく返すと、レオンが肩を落とす。昨夜は、もう今まで通り話せないかもと思ったが、すんなりと普通に接することができソニアはほっとした。

「それより、無傷のようだな。くる途中で馬車が落下した現場も見てきたが……すごいな、呪異能力は」

感心したように、ソニアの全身をまじまじと観察する。ドレスが汚れていないのにも驚いている。今まで目の前で人が死んでも返り血を浴びたことさえなかったので、当然といえば当然なのだが、ソニアもこれにはびっくりしている。あの高さから落ちたというのに、呪異能力とはどこまで守りが完璧なのかと。

「さて、この者たちをどうするか……あとからくるうちの兵士に任せて、フィラントロピアまで護送させようか？」

「ありがとう。そうしてもらえると助かるわ」

知らせを聞き、レオンだけ先に飛びだしてきたという。魔導馬具を装着した馬に、彼の魔力を与えることでさらに速度が増すので、他は追いつけないそうだ。おかげで間に合ったとレオンが笑う。

「隊長……いえ、レオン陛下！」

倒れていたミゲルたちが起き上がって声を上げた。レオンが魔法で手足を拘束したので、それ以上は動けないが口は自由だった。

「女王陛下から離れてくださいっ！　あなたをたぶらかす毒婦だ！」

「うるさい。俺は誑かされてない。むしろ誑かそうとして失敗している最中だ」

レオンが不快そうに顔をしかめ、本気なのか冗談なのかわからない返しをする。

「……ああ、やはり頭をやられていらっしゃるのですね。正気になってください！　その女はなにかがおかしい！」

ある意味、ミゲルはソニアの本質をよくとらえている。彼なりに危険を敏感に察知した結果がこの行動だったのだろう。

「お前らこそ正気になれ！　自分たちがなにをしでかしたのか、わかっているのか！」

「我々は陛下のためを思って……」

「いらぬ世話だ！　お前こそ正気になって、物事をよく見ろっ！」

「物事を見ていないのは陛下です！　私の言葉をお聞き入れいただけないなら……不本意ですが、リノ王子殿下の命をいただきます」

「はぁ？　どういうことだ？」

おかしなことを言いだしたミゲルに、レオンの声が剣呑になる。

「私が死ぬとフィラントロピアにいる仲間に連絡がいき、王子殿下を暗殺する手はずになっています。王子殿下はまだ子供でなんの罪もありませんが、女王のつれてきた子供。レオン陛下の血を継いでいるとは到底思えません。黄金の目もなにか仕掛けがあるはずです」

「それはお前の妄想だ。それより、どうやって連絡をとるつもりなんだ？」

ミゲルは暗く濁った眼をぎょろりと動かし、口元に笑みを浮かべた。

「こちらをご覧ください」

べろり、とミゲルが舌をだす。そこには赤く発光する魔法石がはまっていた。

「お前っ、なにを！」

「これは通信機にはまっているのと同じ石です。嚙み砕くだけで、向こうの受信機に連絡がいきます。もちろん私が死んでも同じこと」

そう言うと、ミゲルはこちらに見えるように舌を奥歯の間に挟んだ。レオンが魔法で意識を奪うより先に、魔法石を嚙み砕くだろう。

「ミゲル……その石、誰からもらった？」

「それはお答えできません」

ミゲルの代わりに、後ろに控えていた騎士が答える。

「どうなさいますか？　女王陛下がこの場で自死してくださるなら、ミゲルは思いとどまるでしょう」

いやらしい笑みを浮かべ、騎士がソニアを見上げる。

「やはり、ご自身の命のほうが大事ですか？　リノ王子殿下のことは道具としか思っていらっしゃらないのでしょう！」

実際は、魔法石を嚙み砕くつもりはなく、フィラントロピアに仲間もいないかもしれない。ただの脅しで、ソニアが自死を拒否したら、それみたことかとレオンに別れるよう言い募る気なのかもしれなかった。

馬上でソニアを抱くレオンの腕に力が込もる。怒っているのが背中越しにでもわかる。だが、それ以上にソニアは静かに激怒していた。

自分はなにを言われても、どんな目にあってもかまわないが、リノに手をだす者は許せない。理由がなんであれ、あの子に罪はないのだ。たとえ脅しでも、リノが傷つく可能性は残らず潰すと決めている。

「お前ら……」

「待って。わたくしが話します」

なにかしそうなレオンを制する。まさか死ぬつもりかと、その群青色の目が苛立ちに燃えている。ふっと笑って、声をひそめた。

「わたくしは自死もできない体です」

レオンが驚いたように目を見開き、口元を押さえる。どういうことかすぐに理解したようだ。ソニアはにこりと微笑むと、首枷の後ろを摑んで引っぱる。首を絞める前に、パキンッと音がして首枷が崩壊した。

「ほら、この通り。自死の危険があるものを壊してしまうのです」

呪異能力だ。怪我をする前にその物が先に壊れる。レオンは呆気《あっけ》にとられ、苦笑した。

「俺が外してやる必要もなかったのだな」

「ええ……これでわたくしの異能が使えます」

この力を、レオンの前で見せたくなかった。力を使えば、ソニアが彼になにをしたか露見する。そうなれば、彼からの愛情も信頼もなくなるだろう。

だが、それを失ってでもリノだけは絶対に守らなければならないのだ。

「では、失礼するわ」

腰に回ったレオンの腕をそっと押しやり、馬から降りる。背筋を伸ばし、迷うことなくミゲルの前までやってきた。

ミゲルがこちらを警戒するようににらみ、奥歯に力を入れる。それを見て、もう一人の騎士が口を開いた。

「まやかしの首枷を壊してどうするつもりだ？　死ぬ覚悟はできたのか？」

「ええ、そうね。覚悟はできたわ」

ソニアはミゲルの目をしっかりと見据え、にっこりと極上の笑みを浮かべて言った。

「魔法石から歯を外して、今すぐ眠りなさい。わたくしが起こすまで、眠り続けるのよ。いいわね」

「ひぐっ……！　うっ、あぁ……あっ、な、なにを……ッ！」

意に反する命令だったのだろう。ミゲルは呻き声を上げ、顎をガクガクと震わせて舌から奥歯を外す。だが、眼球をぐるぐる回して眠るという命令に抵抗し続ける。恐ろしい形相に、それを見ていた他の騎士たちが引きつった悲鳴を上げ、ソニアから逃げようと地面を這いつくばる。

ミゲルの魔力量は多いほうだ。それだけ〝魅了〟に抵抗力がある。さらに、「眠り続けろ」なんて生理現象に干渉する命令を、体はそう簡単に受け入れないだろう。けれど、彼らにリノから手を引かせ、安全が確保できるまで死なせずに自由を奪うには、この命令が最適だった。

ソニアはさらに笑みを深めて命令を重ねた。

「ミゲル、眠りなさい。お願いだから、何度も言わせないでちょうだい」

視線がからんだ瞬間、ミゲルの体からがくんと力が抜け地面に崩れ落ち、すぐに寝息が聞こえてきた。その異様な展開に騎士たちは無言で震え、ソニアを畏怖の目で見上げた。

彼らの顔を見回し、ふふっと笑ってやる。

「さあ、あなたたちもよ。同じように眠ってしまいなさい」

ミゲルの結末を見て恐慌状態に陥っていた彼らは、大した抵抗もしないまま、ばたばたと倒れていった。

地面に転がった男たちから、安らかな呼吸がもれる。ソニアが命令して起こさない限り、彼らは死ぬまで眠り続けるだろう。

「これが……ソニアの本当の異能なんだな」

感情の読めない静かな声にソニアは小さく頷き返し、アフリクシオンの兵士が駆けつけてくるまで、じっとその場に無言で立ち尽くしていた。

12

暗い山道を、魔法で作った光の玉をランタン代わりに飛ばして馬を走らせる。ソニアは、レオンの腕に囲われるように同乗していた。

魔導馬具を装着し、さらにレオンの魔力を与えた馬の脚は速い。供の者は、数刻遅れてついてきている。

二人はフィラントロピアに向かっていた。ソニアにはあとからくる馬車に乗るよう勧めたが、リノのことが心配だとレオンとくることを望んだ。それと話があるからと。

魔導馬具は高速で馬を走らせるだけでなく、風圧を弱める働きもする。二人の周囲だけは風が緩やかで、走りながら普通に会話ができた。

ソニアは、自身の異能や〝血の裏切り〟が起きた経緯を話した。話し終わると、まるで断罪を待つ人のように思いつめた表情で黙りこくった。

彼女の異能、〝魅了〟についてはあまり驚かなかった。ラケルがほぼ正確に言い当てていたからだ。しかもラケルは、ソニアの伯父ダビドが同じ異能なのを知っていた。ダビドが妹であるフィラントロピア王妃、レオノーラにずっと想いを寄せていたことまで調べていて、ソニアの血筋が疑われたのはこの兄妹間でなにかあったからだろうと予想していた。

「そういう経緯ならば、ラロ陛下が公式に発表するのを嫌がったのもわかる」

妻の尊厳を守りたかったのだろう。アフリクシオンを強引に自治区にしたのも、王妃レオノーラをかばうためだったという。

最初に〝血の裏切り〟の現場に駆けつけたのはラロ国王で、彼はひと目見てなにが起きたか理解したそうだ。それからしばらくしてやってきたカルロスの父である故セラーノ公爵に、王妃を貶める発言でカッとなり力が暴発してこうなったと嘘をついた。

魔力の残滓《ざんし》がないことを公爵は怪しんだが、あの場でこんな殺戮《さつりく》を簡単にできるのはラロ国王しかいない。呪異能力の存在を知らない公爵は信じるしかなかった。

彼の呪異能力は隠すのが容易なこともあり、ずっと秘匿されていた。あのとき知っていたのは、王妃とその侍女だけだった。

秘匿したのはラロ国王の父――先代国王の命だったという。呪異能力者が誰かわからなければ、防御を付与された者は半永久的に守られる。ソニアのように異能封じをつけられても無意味だ。だが、能力を公にすれば、封じるのが容易になって損だという理由だった。

悪用されたら危険な〝魅了〟の能力を隠すために、ソニアの異能として偽装にも使えた。呪異能力は秘匿するほど有利になる力だった。

そして、この惨状をどうするか故セラーノ公爵と話し合った結果が、アフリクシオンへの奇襲だった。

ラロ国王は自分がしたと公表し謝罪し償いたいと言ったそうだ。新しい国王には傍系であるセラーノ公爵家が収まればいいとも。だが、これに故セラーノ公爵が反対した。そんなことをすれば、王妃と生まれてくる子を誰が守るのか、国王と一緒に断罪され処刑されるかもしれないと言われて挫けたそうだ。

恐らく故セラーノ公爵は、アフリクシオンを自治区にして良質な魔法石の販売権を奪うのが目的だった。ラロ国王が断罪となれば、それが難しくなるどころか国庫から賠償金を支払う必要まででてくる。そんな困難な状況で王位につくのは損だと考えたのだろう。ならば、この機に乗じてアフリクシオンを潰してしまうのが得策だ。

ラロ国王も平常心ならばその思惑を読み、別の方策をとっただろう。ソニアが言うには、「私が殺したと公にするのは無理でも、暗殺されたと偽装することはできた。こちらの警備不備は問われるが、もっと穏便に事を納められたはずだった」とラロ国王はずっと後悔していたという。そんな平静な判断もできないほど彼も混乱していたのだ。

それからあとの展開は、レオンも知っている。一方的な和平協定の破棄と攻撃。アフリクシオンは魔能力偏重による弱さが露呈し、あっという間に攻め入られ支配された。王族として殺される可能性があったレオンは、カタリーナの父であるイグレシアス伯爵の手引きで王宮から逃げた。

そのときの奇襲で指揮官だったのが、ナバーロ将軍だ。国王の乱心に疑問を持ちつつも、命令には逆らえなかった。後に真相を知った彼は「なぜセラーノより先にあの場へ駆けつけなかったのか」と国王の前で自身を責めていたそうだ。

「本当に申し訳ないことをしたわ。償っても償いきれない……だから、あなたは本当ならわたくしを恨んでいるはずなのよ。わたくしを愛していると思うのは、間違った気持ちなの」

「ん？　ちょっと待ってくれ。なぜそうなるんだ？」

恨みを抱いているとソニアが思い込むのはわからなくもない。だが、間違った気持ちとまで言われるのはなにかおかしい。

「わたくしの異能についても話したでしょう。この〝魅了〟はとても強力なの。あなたは、この力にあてられて好きだと思い込んでいるだけよ」

そういうことか。脈はあるのに、いくら口説いてもすげなくされるのはこのせいか。

また思いつめた表情で無言になるソニアに、どうしたものかとレオンは唸る。

「とりあえず、それは置いといて……俺の昔話をしよう。でないと公平ではない」

ソニアが不思議そうな顔でこちらを見上げる。

「前に、カタリーナの家で世話になったあと、傭兵になったと話したのは憶えているか？」

「ええ。十二歳のときだったとか……」

「それが、ちょうどカタリーナの結婚話がでた時期なんだ。相手は自治区の旧貴族でもかまわないというフィラントロピア貴族で、悪い話ではなかった」

相手と数回会ったカタリーナも好意を持っていて、結婚話は進んでいった。それを見て、レオンは家をでていくことにした。もし、自分を匿っていることが発覚したら、イグレシアス家だけでなく、相手の家にも多大な迷惑をかけるだろう。レオンは誰にも告げずに少しの現金だけ持って旅立った。

「正直なところあてはなかった。まだ子供で世間知らずだったからな、どこかの街でギルドに登録すれば仕事をもらえるだろうと気楽に考えていた」

ところが世の中そんなに甘くなく、すぐにお金をすられて路頭に迷った。魔法は使えるようになっていたが、ギルドにいっても仕事はなかった。そもそも戸籍がないとギルドに登録できない。そんなことさえ知らなくて、呆然とした。すると親切な人が現れ、雇ってくれるというのでついていった。

「それが人買いでな。気づいたら外国に売られていた。まあ、奴隷ってやつだ」

当時を思いだし、ははっと笑う。あのときレオンは状況をいまいちわかっていなかった。育ちが良すぎて奴隷にされた自覚がなく、外国で労働するのかなぐらいに思っていた。心配事は食事と給金をきちんと貰えるかだった。

ちらりと見下ろしたソニアは、目を丸くして青ざめている。これが普通の反応なのかもしれない。

「最初は、顔が綺麗で礼儀正しいからと男娼専門の売春宿に売られたんだ」

この時点でもレオンはそこがどういう店かわかっていなかった。男を買うという発想もない。

ソニアの顔色はどんどん悪くなっていく。

「だがさすがに押し倒されたらなんとなく意味がわかってな。あまりのおぞましさに大暴れして、客に大怪我させて店も半壊させてしまった。このとき魔法の才能も目覚めたらしい」

そのあとは、やってきた用心棒に捕まり魔力封じの首枷をはめられ、危険すぎるので男娼より戦わせたほうがいいとなり、傭兵の斡旋《あっせん》所に売られた。

借金つきで売られた傭兵斡旋所では、逃げられないように仕事以外は首枷をはめられていた。環境はよくないが、衣食住は与えられ、人間らしい生活はできた。そこは同じような年頃の子供が多かった。レオンは世の中のことがわかるまで、そこで大人しく仕事をした。

二年たち、平民としての常識を学び仕事を憶えたので、その斡旋所からは逃げた。首枷は鍵を盗んで外し、今度は雇われるかたちで優良な傭兵斡旋所に入所した。それから人脈を広げ、今度は独立してレオン個人と契約してもらうようにした。その頃から、仕事は傭兵だけでなく護衛や教師もするようになった。

「そういう経緯で傭兵になって、最初はいろいろあったがフィラントロピアを恨むことはなかったな。ましてやソニア個人を恨むなんてあり得ない話だ」

傭兵は望んでついた仕事ではない。最初は補給係や荷物持ちなどの簡単な仕事だったが、戦場に連れていかれるようにもなり、初めて人を殺したときはショックで食べたものをすべて吐き、夜も眠れなかった。恨みもなにもない相手だ。しかし、それがレオンの仕事だった。

傭兵は、雇用主が変われば戦う相手も変わる。昨日まで味方として戦った軍人と、次の日には敵同士になるのはざらだ。そういう環境を不幸だと嘆くこともできたが、それより日々生き残ることに必死で、諸々の感情は捨て去ってやっていくしかなかった。

「つらいことや悲しいことはたしかに多かった。だが、俺はそれまでこういう現実を知らずにぬくぬくと王宮で育ったのだ。俺に魔力が少ないせいで母の浮気が疑われ、蔑ろにされてはいたが日常は平和そのものだった」

最初の傭兵所にいた子供の中には、貧しさから親に売られた子がたくさんいた。賊に村を襲われ、親を殺され売られてきた子もいる。それに比べたら、レオンの不幸など大したことはない。

幸不幸は人と比べるものではないが、あまりに悲惨な現実に我が身を振り返って反省した。あそこで見たのは、不幸ではなく終わりのない悲劇だった。

「俺のそれまでの生活は、こういうたくさんの悲劇の上に成り立っていたのだ。彼らの血税で生活するということは、彼らの命や人生を預かっていることだと知らなかった」

そして自治区になったことで、こういう悲劇はさらに増えた。

「だから恨むなら、自分の父を恨む。アフリクシオンを簡単に敗北するような国にしたことや、人買いを取り締まらず横行させ続けた国王の愚策が俺は恨めしい」

ここでフィラントロピアやソニアを恨むのは、ただの愚か者だろう。

「それに、王宮では魔力が少ないことで下の者からよく舐められた。父や兄弟からは恥だと無視され続けたし、第三王子は無能だと民の間でも馬鹿にされ噂の種にされていた。俺はそのことを不幸だと嘆き、暴れて、勉強も放棄していた。あのまま育てば、確実に腐りきった人間になっていただろう」

だが、奴隷として売られ、傭兵になって世界を知った。王宮に閉じ込められたままだったら、今のレオンはいない。皮肉なことに、レオンを人として成長させたのはフィラントロピアの裏切りだったのだ。

「だから、あなたに出会ったとき不思議だった。似た環境に身を置いているのに、あなたは腐ることなく勉学や剣術に励み、自分の悪評を娯楽にする民のために手を尽くしていた」

出会った頃の十二歳のソニアは、自身の王族費から貧しい民への寄付や、救済事業への援助をおこなっていた。始めたのは八歳ぐらいからだと聞いて、驚いた。レオンの八歳のときなんて、我が身の不遇を嘆いて悪態をつき、使用人を困らせていただけだ。

「あなたを見て、俺は自分が恥ずかしくなった。十歳も年下の子が、なにを言われても己の責務を粛々とまっとうしていることに圧倒された。俺なんて旧国の民の惨状を不憫だと思いつつ、なにもする気はなかった。王族などという血筋からは逃げて、どこか田舎でのんびり暮らしたいと、自分の幸せだけを考えていた」

ソニアの近くで彼女の生き方を見て、自分はこのままでいいのかと自問することが増えた。その間にも、彼女は人身売買の摘発強化や他国に売られた国民の救出事業など、そのときの自分ができる最大限の努力を続けていた。

「俺はあなたを敬愛しつつ、愛しさも募らせていった。最初は妹のように可愛らしくて守らなければならない存在だと思っていた。それがゆっくりと変化して、はっきりとした愛情と独占欲を感じたのはあの夜だ」

きっかけはなんであれ、ソニアを初めて抱いたときに自覚した。もう手放せないと思った。同時に、今の自分ではなに一つ彼女に相応しくないと絶望した。

「あの夜、あなたは俺に異能を使ったのだろう？」

うつむいたソニアが体を硬くして頷く。彼女の罪悪感が、触れた場所から伝わってくる。

「……ごめんなさい。わたくしは、してはいけないことをしたわ」

「いいや、俺は最初からあなたが好きだった。だからあれは背中を押されたのと同じだ。好きな人をさらに好きになっただけ。異能を使われなかったとしても、ああやって誘惑されたら落ちていた」

ミゲルが抵抗する姿を思いだすと、自分は〝魅了〟にまったく抵抗していなかったのがわかる。あれは、なるべくしてなったのだ。

けれど、ソニアは頑なに首を振って深刻な表情を浮かべた。

「あなたがそう思うのだって、わたくしの異能のせいかもしれない。それに、わたくしは自分の血筋を証明するために子を成そうとしたの。あなただけでなく、リノにもひどいことをしたわ」

美しい菫色の目が涙でにじむ。

「産んでからやっと気づいたの……わたくしは自身のエゴだけでこの子を産んだと。黄金の瞳だとわかったとき、喜びよりも絶望しかなかった。わたくしの子だと発表すれば、どんな陰謀に巻き込まれるかわからない。だからといって、平民として育てるにはあの黄金色の瞳は邪魔だった」

フィラントロピアとアフリクシオンが戦争している最中にリノの存在を公表していたら、レオンの子だということで政治利用されただろう。命も危うくなったはずだ。ソニアが息子を隠して育て、あのタイミングでお披露目したのは正解だった。

「あれほど黄金色の瞳を望んでおきながら、いざ生まれたら後悔して……最低の母親よ。自分のことしか考えていない。あなたの心だって捻じ曲げた。わたくしが王族の責務をこなすのは、父に見捨てられたくなかっただけだわ」

気持ちの高ぶったソニアの声が震え、こらえていた涙がはらりと落ちた。

「だが、あなたのおかげで救われた者は多い」

自分もその一人だ。愛しさに目を細めてソニアを見ると、今まで見たことのない気弱な表情でレオンを見つめていた。馬上でなかったら、全力で抱きしめただろう。

「偽善だろうがなんだろうが、あなたは立派だ。逃げずに全力であがいて立ち向かってきた。自分のためでも、そこまでできる人間はそんなにいない」

現にレオンは面倒事から逃げる算段しかしていなかった。即位する気はなく、当初の予定では反乱軍の旗印になるから匿えと取り引きし、最終的には出し抜いて逃げるつもりだった。

その予定を変えさせたのが、ソニアとの一夜だ。どうしても彼女がほしいと思った。そして相応しい相手になるには、同じだけの地位と権力が必要だった。

奴隷を経験してから、旧アフリクシオンの愚策で犠牲になった民のことがずっと心に引っかかっていた。このまま見ない振りで逃げ切ってしまおうとしていたレオンは、やっと覚悟を決められた。

ラケルにはソニアと結婚したいから即位したと言っているが、それだけではない。奴隷として売られ、その先で目にした悲惨な現状や子供たちを減らしたいからでもある。

「俺は、そんなあなただから好きになった。この気持ちは、〝魅了〟のせいではないと断言できる。もし疑うなら、カルロスやラケルに聞いてみるといい。俺がどれだけあなたを愛しているか教えてくれるだろう」

こちらを見上げるソニアの表情は浮かない。まだなにも信じられないのだろう。

だが、レオンが伝えたかったことはすべて言葉にできた。その先でソニアがどう答えをだすかわからないが、彼女を手放すつもりは微塵《みじん》もなかった。

「街が見えてきたな」

首都の入り口に差し掛かり、王宮の尖塔が遠くに見える。街は夜の賑わいを見せ始めた頃だった。レオンは王宮へ向かって、馬の速度を上げた。

暗い窓の外を、リノがじっと見下ろしている。近づくと、魔法灯で淡く照らされた城門を見ていた。

部屋にはリノとカルロスの二人だけ。フィラントロピアの騎士は招集がかかり、今はいない。

リノの部屋は、青を基調とした調度品でまとめられている。あちこちに置かれた玩具や菓子は、諸侯たちからの贈り物だ。取り入ろうというより、リノの純粋さや明るさに惹かれて、なにくれと尽くしたいようだ。その気持ちはわかる。何事にも一生懸命で聡明なリノは騎士たちからも人気で、護衛の当番は取り合いだ。剣術の練習相手をしたがる騎士も後を絶たない。

だが、彼のお気に入りは玩具や菓子よりも本だった。机やソファ、ベッドの横にも、この王宮の図書室から借りてきた本が積まれている。内容は子供が読むには少し難しい。

「お母様が帰ってくるのは明日の夕方だっけ?」

もう何度目になるかわからない質問に、カルロスは笑顔で返答する。

「ええ、そうですよ。あちらの門から入ってくるでしょう」

「そうなんだ。ここから手を振ったらわかるかな?」

「馬車に乗っていたら見えないですね。その時間に、近くを通るようにしましょうか?」

「できるの？」

リノが目をきらきらと輝かせる。

血縁調査の最中で、二人は自由に会うことができない。　偶然を装って会うために、リノは毎日なにかしら理由をつけて宮内を散策している。

ソニアのほうも息子に会いたくて、同じ時間に同じ場所を通るようにしているので、二人は毎日顔だけは合わせている。挨拶と軽い抱擁ぐらいの接触で、長く会話をすることはできないが、毎日会えるのが嬉しいようで、リノとソニアはお互い愛しそうに見つめ合って抱きしめ合うのだ。

そのせいか、リノの護衛をする騎士たちの間でソニアの評判はよい。それまでの悪評はなんだったのか、美しい方だとか見惚れてしまうだとか言って盛り上がり、早く母子でゆっくり過ごせるようになればいいのにと気を揉んでいる。

一方、ソニアの近衛騎士たちの態度は硬いままで、カルロスも彼女のことがまだ苦手だ。

「夕方ですから、剣術の稽古が終わって通りかかったといった感じにしましょう」

嬉しそうに頷くリノの頭を撫でる。

「もう遅いです。そろそろお休みになりましょう」

「まだ眠くないよ」

「では、ホットミルクはいかがですか？」

「作ってくれるの？　蜂蜜たくさん入れて」

甘えてくるリノに口元がほころぶ。多くの時間を一緒に過ごしているカルロスに、よく懐いていた。まだ関係がぎこちないレオンからは、ずるいと言われる。

「ソファで待っていてください」

部屋の隅に置かれたティーワゴンに向かう。さっきメイドに持ってこさせたそれには、茶葉やココアの他にミルクも用意されている。魔法石で冷やされている瓶のミルクをマグカップにそそぎ、魔法でゆっくりと温めながら蜂蜜を溶かし入れる。

ミルクがちょうどいい温度に温まるのを待っている間、ポケットから魔法石のはまった円盤を取りだす。受信機だ。

「思ったより、早いお帰りのようだ……ということは、今夜か」

赤く点滅しながら移動する光を見つめてにやりと笑い、またポケットにしまう。振り返ると、リノはソファで大人しく本を読んでいる。

「できましたよ」

温まったミルクを持っていくと、ぱっと顔を上げて手を伸ばす。無邪気な様子に胸が痛んだ。

リノはふうふうと冷ましながらホットミルクを少しずつ飲む。だが、半分も飲んでいないうちに、うとうとと船をこぎだした。

「眠くなってしまいましたか？」

カルロスは落としそうになっているマグカップを取り上げ、リノの頭を撫でる。

「うん……なんでだろ……きゅうに……」

「寝てしまっていいですよ。そのほうが……怖くないでしょうから」

かくん、と力が抜けた小さな体を受け止めソファに横たえると、カルロスは剣に手をかける。同時に、すっと目の色も濃くなった。


「なんの連絡もなく戻ってきて、ごめんなさい」

慌てて城門を開く門番を労い、ソニアは馬からすべり降りた。

リノがどうしているか心配だ。会うことを禁じられているが、今はそうも言っていられない。ミゲルの言葉が気になって、この目で見るまで安心できそうもなかった。

「なにか変わったことはなかった？　リノはどうしているか知っている？」

「いいえ、特に変わったことは……王子殿下なら自室におられるかと」

王宮から飛びだしてきた使用人が、困惑した様子で答える。

「女王陛下、なにかございましたか？　レオン陛下も……ご帰国は明日だったのでは？」

異変を察知してやってきたのは、王宮の管理を一時的に任せている大臣だ。

「説明はあとよ。リノの安否を確認する必要があるの」

「ならば、誰かに確認にいかせます。もうこの時間ですので、お休みになられているかと」

「いいえ、わたくしが直接まいります」

「しかしそれは……」

渋る大臣を無視して王宮に駆け込む。あとから追いかけてくる足音は、レオンだろう。

リノの部屋に続く階段へ向かう。そのとき階段の上から悲鳴が聞こえた。

ドレスのスカートをたくし上げ、脚が見えるのもかまわず階段を駆け上がった。長い廊下の突き当りの部屋の前で、メイドが腰を抜かしている。開いたままの扉の向こうを、真っ青な顔で凝視していた。

「リノッ！」

部屋へ駆け込んだソニアは足を止め、目の前に広がる光景に息をのむ。

真っ赤だ。それが血だまりだと気づくと、その真ん中にあるソファで倒れている息子に走り寄った。

「リノっ！　リノ、大丈夫！」

血でドレスが汚れるのも気にせず、ソファの前に膝をつき息子を抱き上げる。白い顔をした息子から出血はない。服も汚れていなかった。

すうすう、と寝息が聞こえる。

「……リノ？」

「安心しろ。寝ているだけだ」

肩に手を置かれて振り返る。硬い表情のレオンが立っていた。

彼の顔を見ただけで、ほっと体から力が抜けた。リノは生きている。そうわかって安堵したら、頭がくらくらしてきた。馬での移動で疲れていたせいだろう。

「そうなの……大丈夫なのね。では、この血は……？」

辺りを見回す。血だまりの中に、刃先が旋回するように曲がった剣が落ちている。その横に、見知った顔の男が倒れていた。

リノの護衛をしてくれているアフリクシオンの騎士。かつてソニアの近衛騎士団の中にもいたカルロスだ。

「なに……どういうこと？」

昔、これと似た場面を見たことがある。そう、あれは侍女のベアトリスがあいつに殺されたときと同じ。

だが、なぜこんなことに。

リノを振り返る。不自然なほど、彼の周りは綺麗だった。

「……ああ、そういうこと」

父だ。でも、いつだろう。父はいつリノに呪異能力を使ったのか。その答えをだす前に、意識がふっと途絶えた。

13

「姫様、婚約祝いのお返しです。大したものではないのですが、受け取ってください」

侍女のベアトリスが青いリボンのかかった箱を差しだす。自室の居間でお茶を飲んでいたソニアは、目を瞬かせて受け取った。

「そんな、気を遣わなくていいのに」

そうは言ったものの嬉しくて、口元がほころびそうになる。微笑みを堪え、リボンをほどく。ベアトリスの後ろには近衛騎士で彼女の婚約者であるアントニオがいる。彼は今の時間、ソニアの護衛だった。

「この間、彼と街にいったときに選んだんです。頂いたお守りの組紐《ひも》と似たデザインなんですよ」

ベアトリスはブレスレットにした組紐を見せて言った。アントニオは剣の柄に組紐を巻いている。二人の組紐は銀と白の糸で編まれたものだ。

「まあ、素敵ね」

箱を開くと、金と白の糸で編まれた組紐に水晶が通されたブレスレットがでてきた。ソニアが送った組紐と似ていた。ただ、水晶の一つが魔法石っぽい。透明な魔法石は高価なものなので、そう簡単には手に入らない。勘違いだろう。

「ありがとう。大切にするわ」

安い品だとベアトリスは恥ずかしがったが、女友達から贈り物を貰ったのは初めてで嬉しかった。

ソニアには友達と呼べる相手がベアトリスしかいない。異能のせいで、社交の場にはほとんど顔をだせないし、誰かと長く会話をするのは恐怖でしかなかった。

同年代の女性で安心して話せるのはベアトリスだけで、彼女とは十二歳からの付き合いだ。三歳年上で、執事のハビエルが連れてきた。〝魅了〟の影響を受けない魔力なしなので侍女になった。

最初はなかなか打ち解けられなかったが、今では唯一の女友達だ。ベアトリスはソニアの異能も理解していて、口も堅い。二人きりだと身分を忘れて笑い合い、普通の女の子同士のように仲良くしている。

「つけてくれる？」

留め金が複雑な作りになっていて、一人では留められそうになかった。手首を差しだすと、ソファの前に膝をついたベアトリスがブレスレットをつけてくれた。

「……ッ！」

留め金がカチンッとはまった瞬間、背筋に鳥肌が立ち眩暈《めまい》がした。体が重くなり、血の気が引いていく。込み上げてきた吐き気に口元を押さえた。

「姫様？　どうなさいまし……ひぐぅッ！」

ベアトリスの潰れた悲鳴に視線を上げる。彼女の腹から剣先が突きでていた。なにが起こったのかわからず目を見開く。ずるり、と剣が抜けるとベアトリスの体が床に倒れ、ぴくぴくと痙攣した。

「馬鹿な女だ。簡単に騙《だま》されて」

嘲笑うようなアントニオの声に顔を上げる。血に濡れた剣を手にし、薄ら笑いを浮かべて立っていた。

「……な、なぜ……こんなっ」

早く助けを呼ばなくては、ベアトリスが死んでしまう。そう思うのに、体が震えて声がでなかった。

「ちょっと優しくしたら簡単に落ちた。そのブレスレットをはめる機会を作るためにプロポーズして正解だった」

ブレスレットを見下ろす。

「王族への贈り物は厳しく検閲される上に、あなたへの貢物は驚くほど少ない。他の物にまぎれ込ませるのも難しく、高価な贈り物をしてくれるお友達もいないから困ったよ」

近衛騎士として潜入するのだって大変だったのだと、アントニオがぼやく。

「だからベアトリスを……」

「そうだよ。あなたが唯一、気を許している相手だ。利用するしかない」

体の震えが止まらない。怒りなのか悲しみなのか、胸の奥で渦巻く感情に奥歯を嚙む。

「どうだい？　初めての異能封じのブレスレットは？　これであの攻撃系異能は使えない。悪いな、俺も仕事なんだ」

異能を勘違いしている。ベアトリスはソニアの本当の異能は話さなかったらしい。彼の依頼主も、真の異能を知らないのだ。

「なぜこんな……誰からの命令なの？」

この暗殺は失敗する。依頼主は異能を見誤っていたことに気づくだろう。そこから相手を探れるかもしれない。こんな場面だというのに、怒りのせいか妙に頭が冴《さ》えていた。

「申し訳ないが、これから死ぬあなたにもそれは言えない。契約なんでね」

そう言うと、アントニオはなぜか手にしていた剣を床に放った。代わりに短剣を取りだし、振りかざした。

だが、その刃がソニアに届くより先に父の呪異能力が発動する。ソニアを中心に小さな竜巻が起こり、周辺の家具もなにもかも吹き飛ばされる。

「うわあああああっ‼」

アントニオが悲鳴を上げ、風の刃で切り刻まれ血しぶきを上げながら巻き上がる。窓が割れ、壁にひびが入る。ソニアの怒りを反映したように、それはすさまじいものだった。

そしてやっと竜巻がおさまり、こと切れたアントニオの体がどさりと床に転がった。一緒に、彼の持っていた短剣が、からんっとソニアの足元に落ちた。

短剣は刃先が旋回するように捻じ曲がっていた。ふと、柄の模様に目がいく。

「な……っ！　これは、レオのものじゃない！」

しゃがみ込み、短剣を拾って確かめる。

ナバーロ伯爵家の養子になった祝いに、将軍がくれたのだとレオが見せてくれた。少し照れくさそうに微笑んだ彼は幸せそうで、けれど「初めてなんです。父親と呼べるような人ができたのは」という言葉には切なさがにじんでいた。

これはレオに罪をきせるためのもの。アントニオは他にも工作をしているかもしれない。今のソニアには想像もつかなかった。

依頼者はソニアの命を奪うだけでなく、ナバーロ伯爵家も潰したいのだろう。

もしレオに嫌疑がかかれば、ナバーロ将軍も関与を疑われる。ずっと子供のいなかったナバーロ夫妻は、レオを養子に迎えて喜んでいた。ナバーロ将軍は、優秀な後継ぎができたというだけでなく、レオのことを慈しむような目でよく見つめている。

あの二人は、血の繋がりはなくとも本当の親子のように仲がよく、互いを思い合っている。その二人の関係を壊したくない。

ソニアにとってもナバーロは大切な人だ。魔力が多く、〝魅了〟に影響されにくい彼に、剣術や護身術を教えてもらった。そして父の腹心でもある。

とにかく、この短剣を隠さなくては。でも、どこへ。

窓が割れてものすごい音がした。すぐに誰か駆けつけてくる。

「……ひ、め……さま」

か細い声に振り返る。弱々しく手を上げるベアトリスが目に入った。

「ベアトリス……！　生きていたのね！」

剣を放りだし、駆け寄る。ドレスが血で汚れるのもかまわず血だまりに膝をつきその手を握ると、ベアトリスの目がソニアを見て笑う。

ぽろりと涙がこぼれ、堰《せき》を切ったようにあふれた。

「よかった……生きてて。頑張って。お願い……レオがくれば」

きっと最初に駆けつけるのはレオだ。彼なら治癒魔法でこれぐらいの傷はすぐにふさげる。生きてさえいれば、助かる望みがある。

だが、ベアトリスはかすかに首を振り唇を震わせた。

「だめ、です。ごめ……んなさい。ひめ、さま」

「嫌っ……いやよ。ベアトリスっ！」

「……しあ、わせに……なって」

言葉が途切れ、ベアトリスは小さく咳き込んで血を吐く。目の焦点が合わなくなり、ふっと光がなくなる。

「待ってっ！　駄目よ……逝かないで！　いやあぁぁっ……！」

涙があふれる。どうにかして生き返らないかと彼女の体を揺さぶるが、もう反応はない。息も脈もなかった。心臓も止まっている。もう駄目だとわかっているのに、あきらめきれなくて辺りを見回す。

目に入った短剣に、はっとする。遠くから足音が聞こえてきた。

もうすぐ誰かがここへくる。この短剣を隠蔽する時間はない。ソニアは手首のブレスレットを力いっぱい引っぱった。ぶつんっ、と組紐が呪異能力で引きちぎれる。一緒に砕けた透明の魔法石は黒く濁っていた。

もっと早くこうしていれば、〝魅了〟でアントニオの口を割れた。なぜ気づかなかったのだろう。やはり冷静ではなかったのだ。

奥歯を食いしばり、袖の汚れていない部分で頬を拭い、涙を無理やり止める。

「絶対に……許さないっ！」

怒りと悲しみに震えた声で吐き捨て、短剣を拾って立ち上がった。

ベアトリスだけでなく、レオやナバーロまで失うわけにはいかない。彼らの幸せだけでも守らなければならなかった。

そのためには、この場をやり過ごすしかない。アントニオがどんな工作をしているかわからない今、この事件について調べさせるのは危険だろう。誰が敵か味方かもわからないのだ。

ソニアがやったことにして、調査させないように人払いをする。短剣の柄の模様は、手に持っていればわからない。今思いつく最善策はこれだけだった。

これから、やってくる者全員に〝魅了〟を使う。一度に、複数人にこの力を使うのは初めてだ。上手くいくかなんてわからない。異能を使った相手にどんな副作用があるかもわからないし、本当なら今はまだ泣いていたかった。ベアトリスの死を悼みたかった。

こんなことはしたくない。だが、やらなくてはならないのだ。

複数の足音が近づいてくる。もうすぐだ。

ソニアはぐっと腹に力を入れて前を見据え、自分に言い聞かせた。

さあ、笑え。笑うのだ。

＊＊＊

小さな悲鳴を上げ、飛び起きる。額から嫌な汗が流れた。

「大丈夫か。とりあえず、水でも飲むか？」

「……レオン？」

起き上がったベッドの横にレオンが腰掛けていた。呆然としていると、水を渡された。

よく冷えたグラスに口をつけ半分ほど飲むと、意識がだんだんはっきりしてきた。

落ち着くと、血で汚れたドレスが替えられていることにも気づいた。部屋はいくつかある客間の一つだった。

「リノは？」

「別室で休ませている。護衛も信頼をおける者がついているから心配ない。まあ、護衛がいなくても最強の呪異能力がついているから大丈夫だろうが」

「そういえば……リノの呪異能力はいつ？　父からそんな話は聞いていなかったのに」

「それなんだが、本人に聞いたら王宮へくる前に森の中で会ったそうだ」

レオンは王宮内でリノと何度か会ううちに、ソニアに伝言してやるという約束で秘密を打ち明けてもらったという。

「森で一人遊んでいるときに、祖父だという人物に出会い呪異能力をかけられ、どういう条件で発動するか注意事項は聞いたそうだ。母以外には言うなと口止めされてて、あなたに伝えるつもりだったが、このごたごたで会えなくて話せなかったと気にしていた」

王宮にいくなら様々な危険が待っているだろうからと、父はリノに呪異能力をかけたという。そのあと父は森の邸に立ち寄ってから、どこかへいってしまったらしい。リノが王宮へいく馬車に乗ったのはその翌日のことだった。

「あなたは、リノが呪異能力をかけられていることまで知っていたのね」

「防御魔法をかけようとして失敗したんだ。そのときにな……かけた相手が誰かはわからなかったんだが。ラケルが探り当てた」

ラケルには父の書斎を自由に見ていいと鍵を渡していた。そこから探り、抜けている本や記録に彼は気づいたのだろう。

「それから、すまない。あなたの部屋を探って……見つけたんだ」

レオンが深々と頭を下げ、クローゼットの奥に隠していた本や記録を見つけたことを謝った。

「では……あれも、見つけたのね」

「ああ、あのときの短剣は俺のものだったのだな」

レオンの瞳が切なげに揺れた。

「あなたのドレスが血濡れだったのは、あの事件だけだ。ほかに記録がある事件では、刺客が呪異能力で切り刻まれただけ。あなたには傷も汚れの一つもなかったと、王室事件記録簿を調べていたラルケが気づいたのだ。アントニオがベアトリスを殺し、呪異能力がアントニオを殺した。そして、あなたはベアトリスに触れて、血だらけになった……」

それから〝魅了〟を使い、やってきた者たちを黙らせたと、レオンが推理していく。ほぼ、彼の見立てで間違いなかった。

「俺はあなたにかばわれたのだろう?」

睫毛を伏せ、手の中のグラスを見下ろす。かばったのはたしかだが、真犯人の依頼主をあぶりだすために余計な問題を増やしたくなかったのもある。

「……あのときは、それしか思いつかなくて。あとで父にはなにがあったか話したわ。そうしたら、ナバーロ将軍にだけは伝えて、あなたには内緒にするって口止めされたの。当時はなぜかわからなかったけど、あなたがアフリクシオンの王子だと名乗りを上げてから教えてもらったわ」

その頃には、口止めされた理由をなんとなく予想していたので驚かなかった。

「二人とも、あなたが生き残りの第三王子だと知っていたそうよ」

驚いたようにレオンが目を見張ったあと、すぐにふっと目尻を和らげ頭をかいた。

「……そうか、やはりな。バレた心当たりはあるんだ」

「ナバーロ将軍から聞いたと父は言っていたわ。二人はあなたが第三王子だと知りながら、フィラントロピアに迎えて、将軍は養子にしたそうよ」

レオンがしんみりした様子で微笑む。

「俺はラロ陛下にも親父にも守られていたようだな。なんだか少し、情けない気持ちだ」

「きっと償いたかったのよ……」

はっきりと言葉にはしなかったが、父もナバーロ将軍もレオンから祖国と家族を奪ってしまったことを後悔していた。将軍はアフリクシオンを占領する陣頭指揮をとり、余計に罪悪感があったのだろう。

だが、それと同時にレオンがソニアの殺害を図った可能性も考えていた。彼はフィラントロピア王族にもナバーロ将軍にも恨みを抱く理由がある。

そのあと父たちは、真犯人を秘密裏に調査していた。レオンが依頼人でないことはすぐに判明したが、真犯人の候補は一人に絞れず、確たる証拠もでてこなかった。そうこうするうちにナバーロ将軍が急逝し、オディオ領の内乱などでうやむやになった。

だが、今回の血縁問題ではっきりした。

父と血の繋がりがない証拠を知っていると言った人物はただ一人。おそらくソニアの本当の異能を知っての追及だろう。

現当主のダニエル・セラーノ公爵か、故セラーノ公爵。どちらの差し金だったのかはわからないが、現セラーノ公爵にはあらいざらい吐いてもらわなければならない。一番怪しかったが、もっとも尻尾を摑ませてくれなかった相手だ。それをやっとここまで追いつめた。王位簒奪の罪だけで終わらせる気はない。

本当なら、リノの血縁が証明されてからゆっくりと追いつめたかったが、ミゲルの裏切りがあった。セラーノ公爵か、その仲間の差し金だ。謹慎処分にしたというのに動き回って、最後の悪あがきなのだろうか。

いっそソニアの異能で聞きだしてしまいたいが、秘密を無理にしゃべらせるのは精神に負担がかかる。最悪、精神崩壊されたら元も子もない。そのせいで、異能を使って真犯人を探すことができなくてじれったかった。

便利だが乱用できない、面倒な力だ。

だが、今回リノに手をだした。父のおかげで無傷だが、もう放ってはおけない。呼びだして断罪する要素はあるが、あちらもなにも考えずにこんなことはしないはずだ。

「ん……？　そういえばカルロスは……？」

失神する前のことを思いだし青ざめる。

あの場合、カルロスがリノを殺そうとしたともとれる。彼はレオンの部下だ。セラーノ公爵が、レオンに罪を着せようと図ったのかもしれない。それより、カルロスはどうなったのか。

「安心しろ。カルロスなら生きている。怪我はしていたが、治癒魔法で傷をふさいでやったら飛びだしていった。あいつも他にやることがあってな」

ほっと胸を撫で下ろすと、手を握られた。

「では、あの血は？」

「リノを攻撃した他の刺客のものだ。ソニアは失神して見てなかったんだな。壁際に吹き飛ばされ絶命している奴が二人いた。そいつらの血だ」

カルロスはその二人と戦って負傷したそうだ。

「ちなみにリノは、俺の魔法で殺気を察知すると眠るようにしておいた。あんな場面、子供に見せられないからな」

父のことを聞きだすついでに、魔法をかけておいたという。呪異能力が発動し、目の前で人が死ぬのを見たらショックを受けるだろうと気を回してくれたのだ。そしてリノの様子が変化すれば、狙われていることに護衛のカルロスが気づける。

「ありがとう……リノに会いたいわ。どこにいるのかしら？」

思いだしたら、もっとしっかりリノが生きていることを確かめたくなった。だが、レオンは難しい顔で首を振った。

「悪いが、会いにいくのは少し待ってくれ。これから厄介な客人がくる予定なんだ」

「厄介……？」

ソニアが首を傾げると、にわかに外が騒がしくなった。窓に目をやると、夜なのに薄っすらと明るく、兵士の叫ぶ声が聞こえる。

「説明する時間もなさそうだな。とりあえず、話を合わせてくれ」

レオンが立ち上がる。差しだされた手を取り、ソニアもベッドから降りて部屋をでた。

階段を下りて玄関ホールに向かうと、兵士の声が大きくなり、使用人が悲鳴を上げている。

ばんっ、と乱暴に扉が開き、謹慎中のセラーノ公爵と取り巻きの諸侯数名が、兵士と一緒になだれ込んできた。兵士は公爵家紋が刻まれた甲冑《かっちゅう》をつけているので、私兵だろう。外には、ここに入ってきた兵の数十倍以上の私兵がいるようで、王宮の兵士とにらみ合っている。

そのうち軍のトップに連絡がいき応援がやってくるだろうが、ソニアが捕らえられたら彼らは身動きできない。それを狙って、夜の一番手薄な時間にやってきたのだろう。

セラーノ公爵率いる彼らは、ソニアとレオンを囲むように並ぶ。ひやりとした冷気が辺りに漂い、ソニアは軽く眩暈を憶えた。

これは知っている感覚だ。警戒して兵士たちに視線を走らせる。

「何事かしら？　セラーノ卿、あなたは謹慎中のはずでは？」

眉をひそめて問うと、セラーノ公爵から冷笑が返ってきた。彼は一括りにした長い水色の髪をひるがえし、一歩前にでる。

「リノ王子殿下が害されたと聞いて、居ても立ってもいられず禁を破って参りました。王子殿下は大怪我をされ、カルロスは亡くなったそうですね。そして他の亡くなった二名はフィラントロピアの騎士です」

カルロスは死んだことになっているらしい。セラーノ公爵の口振りから、二名の刺客はフィラントロピア騎士の変装をしていたか、元々我が国の騎士だったのだろう。

「これは、アフリクシオンの差し金ではありませんか？」

一歩前に踏みだしたセラーノ公爵の言葉に、レオンが顎を撫でて皮肉げに笑う。

「我々がカルロスを使って、リノを暗殺しようとしたと言いたいのか？　馬鹿な。俺の息子だぞ。それにやるならもっと上手くやるし、カルロスは使わない」

「まだ血縁調査は終わってません。確定的な証拠もなく、陛下の息子とは言えないでしょう。むしろ、突然できた邪魔な存在では？　将来、陛下が愛する女性との間に子供ができたとき、そちらに王位を譲りたくなるはずです」

「俺は血筋だの君主制だのにこだわりはない。身分など関係なく、優秀な者が国を運営すればいいと思っている。自分の子だろうと、実力でその座につけないなら政治に関わるのは禁ずるつもりだ」

淡々と返すレオンに、セラーノ公爵が言葉をつまらせる。血筋を重んじる彼は、君主制を否定されるとは思っていなかったのだろう。

ソニアも少し驚いたが、レオンらしくもある。

「それから、まるで俺がソニアを愛していないみたいな言い方だな」

「今は愛されているかもしれませんが、いずれ飽きて側室を迎えられるかもしれません。それに、女王陛下の真の異能を知れば誑かされていたとわかり、目が覚めるでしょう」

やはり、セラーノ公爵はソニアの異能を正確に把握している。

「首枷がありませんね。どんな手を使って外させたのですか？」

セラーノ公爵が忌々し気に顔を歪める。

「だが、問題ない。そういう場合を想定して、対策してきました」

二人を取り囲む兵士たちが剣の柄に手をかける。しゃらっと音がして、柄に巻きつけられた組紐の水晶が揺れる。いや、あれは以前ソニアの腕に巻かれたのと同じ透明な魔法石だ。

「異能封じね……」

「ええ、ですがそれだけではありません。魔封じも兼ねています」

そう言ってセラーノ公爵が懐から取りだしたのは、手のひらに載る大きさの魔法石だ。やはり透明の希少石で、加工されていない結晶のまま。先の尖った六角柱が集まった塊だ。これだけのものを揃えるのにどれだけかかったのだろう。

普通の魔法石は、対象者に装着して魔力や異能を封じる。だが、透明の希少石ならば、近くに置くだけでそれらを封じるように術をかけることもできる。高位の魔術師の力が必要となるが、セラーノ公爵はこの手の魔術にかけて玄人である。公爵の地位や仕事がなければ、かなり優秀な高位魔術師になったことだろう。

「これであなた方は力を使えない。その身を拘束させていただきます。アフリクシオンの兵は既に捕らえています。無駄な抵抗はしないように」

兵士の輪が縮まり、今にも剣を抜きそうな雰囲気だ。

「卿になんの権利があってそのようなことを？」

「女王陛下には売国の嫌疑がかかっております。裁判所に届けでて拘束の許しも得ています」

裁判官の中にセラーノ公爵の息がかかった者が数名いる。この様子だと新聞社などを使い、早くも街に噂をばらまいていそうだ。その辺に記者もまぎれ込んでいるのだろう。

「そして、こちらが証拠です」

そう言ってセラーノ公爵が掲げたのは、ソニアが婚姻を申し込んだときレオンに渡した契約書と書類だ。あの書類は、一旦ラケルが預かることになった。彼が盗まれるような場所に置くとは思えないので、セラーノ公爵にわざとネタを掴ませたのだろう。

「ここには、リノ王子殿下の安全と引き換えに婚姻によって国の運営権をアフリクシオンに譲渡するとある。これは息子可愛さに売国したという証拠です。そして国を譲ってまで王子殿下を守ろうとするのは、彼がレオン陛下の子ではないからではありませんか？」

遠巻きに様子をうかがっていたフィラントロピアの兵士や使用人の間に不穏な空気が流れる。最近、ソニアに対して態度が軟化していた彼らだが、まだ信用までは得られていない。国の譲渡と聞いて不安そうに、「どういうことだ？」「俺たちを売ったのか？」とざわつきだす。

レオンを見ると厳めしい顔をしているが、目が楽しそうで口を開く気配はない。これはソニアが勝手に話を進めていいのだろう。

「そういった契約書はたしかに作成し、アフリクシオン側との折衝で提出しました。ですが、まだなにも話は進んでおりません」

ソニアが認めると、兵士と使用人の目つきが鋭くなった。だが、その視線を跳ねのけるように彼らを見回す。

「あなた方は売国だと思うようだけれど、わたくしとレオン陛下が婚姻することになれば、それほど不自然なことではないでしょう。アフリクシオンとフィラントロピアが合併するのです。一国に二人も王は必要ない。その場合、悪徳女王と有名なわたくしよりレオン陛下が玉座につくほうが、みなさん納得するのではなくて？」

怯《ひる》むことのないソニアの態度に、彼らは顔を見合わせ「それもそうか……」と口々にもらす。思惑と違う流れにセラーノ公爵は表情を硬くしつつも、鼻先で笑った。

「口先ではなんとでも言える。悪徳女王の言うことに騙されるな！　アフリクシオン側に好条件で譲渡され、今度は我々が自治区にされ虐げられるかもしれないのだぞ！　友好的な態度だが、アフリクシオンが我が国を恨んでいないはずはない！」

セラーノ公爵の言葉に静かになる。不安を煽るのが上手い。

「レオン陛下。証拠はありませんが、あなたは婚姻により譲渡権が手に入ったら、事故に見せかけてソニア女王陛下を殺害する計画を立てていたそうですね」

それはソニアから言いだしたことで、計画でもなんでもない。なぜ、そんなことまで漏《ろう》洩《と》しているのかと思ったが、レオンの仕業なのだろう。セラーノ公爵を見据える彼の口元が笑っている。

「そもそもあなたはフィラントロピアからオディオ領へ出征する前の宴で、故ラロ陛下から望みがないかと聞かれ、当時王女だったソニア女王陛下の体を要求なさった。一国の王女を、まるで娼婦のように指名された。あんなこと愛があってできることではない。あなたは女王陛下を、いや、フィラントロピア王族すべてを恨んでいらっしゃるのだ」

セラーノ公爵の言うことは筋が通っている。実際、ソニアもそう思っていたのだ。

「挙句に、王女の体を好きにしたあとオディオ領の反乱に加わり、アフリクシオンの王族として名乗りを上げた。ここまでしておいて、今さら女王陛下を愛しているなどと言われても信じられません」

またしても集まった者たちがざわつく。言われてみればそうだと困惑顔で、今さらレオンの存在に危機感を抱いている。多分、レオンの人間性に魅了され過去のことをころっと忘れていたのだろう。大した人たらしである。

「そう並べ立てられると、かなりひどい男だな俺は」

レオンが呑気に返す。その泰然とした態度に、セラーノ公爵が苛ついた様子で眼光を鋭くする。

「ともかく、レオン陛下と女王陛下は共謀して我が国を陥れようとしている！　私は国を守るために、国民の代表として彼らを断罪する！」

セラーノ公爵が手を振り上げ、私兵に指示をだす。

「大人しく、身柄を拘束されなさい！」

私兵が剣を抜く。レオンがソニアをかばうように前にでたかと思ったら、近くにいた兵士からするりと剣を奪う。スリのような手口に、手が空になった兵士が呆然とし隙ができた。

レオンは奪った剣で兵士を殴り倒し、倒れてきた体を蹴り飛ばす。迫ってきた兵士たちがその下敷きになり、レオンはそこに乗り上げて潰す。今度は向かってきた私兵の甲冑の間に、器用に剣先を突き入れていく。次々と血しぶきと悲鳴が上がり、兵士が倒れていった。

セラーノ公爵が真っ青になって見つめる中、乗り込んできた兵士があっという間に半分まで減った。ソニアは一歩も動かずにいたが、他の兵士がこちらに向かってくることもなかった。それだけ華麗に、レオンが彼らをなぎ払ってくれたのだ。

まあ、ソニアが動いた方が大惨事になるので、彼らはレオンに守られたようなものだ。

「魔力が使えなければ、なにもできない無能とでも思ったか？　これでも傭兵上がりだ。魔法が使えない戦闘も得意なのだが、いかんせん確実に仕留める方法ばかり体得してきた。殺さずに捕らえるのは下手なので、そのつもりでかかってきてもらいたい」

レオンが笑顔で脅す。こんな、いとも容易く反撃されると思わなかったのだろう。二人を囲む輪が後退する。さすが征服王だと感嘆する声まで聞こえてきて、セラーノ公爵にあせりの色がでてきた。

「ひ、怯むな！　こちらには魔封じの石があるのだ。石を持っていない者は、通常より体力が削られ動きが鈍くなる……！」

セラーノ公爵が石に魔力を送り込むと、周囲の圧迫感が強くなった。石を持っている私兵以外は気分が悪そうだ。ソニアも眩暈だけでなく頭痛もしてきた。

だが、そんな中レオンだけはけろりとしていた。

「残念だが、魔封じの首枷には耐性がある。十代の頃は首枷をして生活していたからな」

そう言って、剣を振るう兵士を倒す。魔法が使えない状態なので、怪我をした兵士は治癒魔法もかけてもらえずに床に積み重なっていく。

「そうだ、セラーノ卿。言い忘れていたが、カルロスなら生きているぞ」

玄関ホール内の兵士をほぼ倒したレオンが、セラーノ公爵を振り返ってにこりと笑う。

「なっ……どういうことだ！」

「だから、カルロスなら生きている。卿が人質にしたアナマリアを助けにいったぞ。あと、リノも無傷だ。悪かったな騙して」

セラーノ公爵の顔色が、青から怒りで真っ赤に染まる。完全に、レオンの煽りにはまっている。

「きっ、貴様っ！」

「だいたい卿が悪いのだぞ。カルロスをスパイになどするから……まあ、随分前から二重スパイだったがな。人質をとって言うことを聞かせるなんて悪手だ。脅して人を使うと裏切られることぐらいわかるだろう」

ふるふると震えるセラーノ公爵に追い打ちをかける。

「卿が持っているその契約書は、俺がカルロスに持たせたものだ。要するに、そんな事実はないので売国の嫌疑は無効だ。怪我人もたくさんでたことだし、今夜はもうお開きにしよう。卿は引き続き謹慎で、後日、話し合いの場を設けようではないか」

そんな事実はあったので、売国の嫌疑をかけられても仕方ないのだが、大事になりすぎる前にとレオンが場を治めようとする。暗に、セラーノ公爵へ破滅したくないだろうと告げていたのだが、その結果、彼の怒りの引き金を引いた。

「愚弄するのもいい加減にしろっ！　私は、血筋や育ちが悪いお前たちとは違うのだっ！」

セラーノ公爵はそう怒鳴ると、手にした魔法石にさらに魔力を流し込む。だが、今度は魔力を封じる魔術ではない。

途端にあちこちから呻き声が上がり、魔力の弱い使用人から倒れていく。これは魔力を奪う術で、最悪、命をも奪う。魔法石に集めた魔力を使って、なにかするつもりなのだ。

ソニアは反射的にセラーノ公爵へ走り寄り、魔法石めがけて拳を突きだす。呪異能力が発動し、拳に触れる前に砕け散る。ぶわっ、と一気に空気が軽くなった。

「なっ……それはっ、呪異能力！」

父の異能も把握していたようだ。だが、まさかまだ呪いが有効だと思っていなかったのだろう。セラーノ公爵が顔色を失くす。

そこへ、ソニアはスカートをたくし上げて彼の脇腹に膝蹴りを食らわせた。セラーノ公爵が潰れた悲鳴を上げ、床に転がった。

「貴様っ！　それが上に立つ者のすることかっ！　恥を知れ！」

ソニアの怒声が玄関ホールを震わせる。女性から蹴られると思っていなかったのだろう。そこまで力は強くないし急所も外してやったのに、セラーノ公爵は倒れたままソニアを見上げて動かない。周囲もしんっと静まり返った。

そんな中、レオンのつぶやきだけが聞こえた。

「うーん……強い。出る幕がなかった」

昔から、ソニアの異能にあてられて想いあまった異性から襲われることがあった。通常は王族だからと自制がきいて下手なことをしないのだが、たまにその箍《たが》が外れてしまう者がいる。

そういう場合にソニアが怖がって逃げると、襲ってきた相手が呪異能力によって大怪我をしてしまう。〝魅了〟を使えば精神を余計におかしくするので、惨事を回避するために護身術はしっかりと習得していた。

「自身の矜持《きょうじ》を優先し、平気で自国民の命を危険にさらすような者は統治者になる資格もない！　即刻、爵位剝奪の上に投獄する！　捕らえよっ！」

魔法石を破壊したおかげで、中に入れなかったフィラントロピアの兵士が玄関ホールに入ってきた。制服から、フィラントロピア魔法騎士団の隊員だろう。ソニアの命令でセラーノ公爵を拘束する。外は、連絡を受けて駆けつけた軍部が掌握したようだった。

よく見ると、玄関のところに息を切らせたラケルもいる。アフリクシオンから急ぎ駆けつけたのだろう。その後ろには、ローブのフードを目深に被った男女がいた。何者だろうか。

「大したものですな」

降ってきた野太い声に顔を上げる。この大柄でいかつい感じの魔法騎士は見たことがある。レオンの元部下だったはずだ。

「我々の女王陛下が、こんなに素晴らしい方だとは知りませんでした。さすが、団長が惚れた女性だ」

「え……いえ。そんな……」

団長というのはレオンのことだろう。急に恥ずかしくなってうつむき、もう首枷がなく、魔封じの魔法石も破壊してしまったことに気づいた。うっかり視線を合わせたり、下手なことを口にしてはいけなかった。最近、首枷のおかげで気が緩みきっていた。

さっきセラーノ公爵に放った言葉で、他の者たちに悪影響はでていないだろうか。心配になってきた。

「遅かったな。もう少し早くきてほしかった」

目の前が陰り、視線を気にするソニアをかばうようにレオンが前に立った。

「そうは言っても、あの魔封じがある中で普通に動けるのは団長だけですよ。外も魔封じを持った公爵の私兵で囲まれてて、難儀したんですから」

魔法が本業の魔法騎士がそれを使えなかったのだと、大柄な彼が肩をすくめる。やはりレオンの元部下だったようだ。

「で、とりあえずこちらは、西の塔に幽閉ですか？」

爵位剝奪で投獄といっても、元公爵である。王族の傍系でもあるので、刑が決定するまで丁重に扱う決まりがあった。

「ええ、お願いします。彼には魔封じの首枷をして……」

「ふざけるなっ！　揃いもそろって人の人生を滅茶苦茶にしやがってっ！」

床に膝をついて両腕を拘束されていたセラーノ公爵が、唐突に激昂する。ソニアをにらみつけ、噛んだ唇から血が流れた。

「お前など血筋だけで玉座についたくせにっ……常に予備として扱われていた私の気持ちなど知りもしないで、私を裁いていい気になるな！」

フィラントロピア王族は、先々代から子宝に恵まれなくなっていた。側室を嫌がって作らなかったせいもある。父も一人っ子で、もし父になにかあったら故セラーノ公爵が玉座にという話が常にあったそうだ。

母と結婚して子がなかなかできなかったときも、最悪、故セラーノ公爵の息子――ダニエルに継がせればいいということで話がまとまっていたと、ソニアも聞いたことがある。

それを予備だと言っているのだろう。

「私はな、幼い頃からずっとお前たちの予備として教育されてきた！　好きなことも我慢して、したくもない、将来役に立つかもわからない帝王学もなにもかも……努力してきたんだ！　結婚も家のためにしたっ！」

セラーノ公爵夫妻は仲が悪いと有名だ。二人の間に子供はできなかった。

「だが仕方ないことなのだと、自分に言い聞かせてきた。それなのにあの女が妊娠などするから……！」

母が妊娠したのはセラーノ公爵が十五歳のとき。それまで君主となるべく教育されてきたのなら、ショックは大きかっただろう。彼がこのような事件を起こした経緯に同情の余地はある。

だが、それとは別にベアトリスを殺したことや王族殺害を企てたことの減刑はできない。

「許せなかった。私の努力は、人生はなんだったのだ……」

うつむいたセラーノ公爵の目から涙が落ちた。少しだけソニアの胸が痛んだ。

「だから、あの日……言ってやったんだ。あの女に……」

そろそろ連れていくよう言おうとしたところで、セラーノ公爵の毒の混じったつぶやきに振り返った。

「その腹の子は、お前の兄の子だろう。お前の親族がフィラントロピアを乗っ取るために仕込んだのだ。兄にお前を犯すようそそのかしたのは、アフリクシオンの王族だとな」

顔を上げたセラーノ公爵と目が合う。彼は目をぎょろつかせ、にたりと笑った。

「ショックで流れてしまえばいいと思った。それかとっとと堕胎しろとな。まさか、あそこまでのことが起きるとは思わなかった。思惑通りにはならなかったが、笑えたよ。なにが血筋だ！　すべてなくなってしまえばよかったのだ！　本当は玉座も公爵位も興味ない。ただ、お前たちが苦しめばいいと思っていたのさ！」

これ以上、聞いてはいられない。そう思うのに、耳をふさぐこともできずにソニアは立ち尽くす。彼の毒々しい怨嗟に、他の者ものまれていた。

「なぜ、犯されたことを知っていたかだって？　そうだよ、そそのかしたのは私だからな。人の人生を振り回しておいて幸せそうな二人が腹立たしかった。だから、実の妹に懸想している気持ちの悪い兄を、あの女の部屋まで手引きしてやった。あいつの異能だって知っていたさ！」

そういうことか……それが〝血の裏切り〟の真相だったのか。なぜ異能が暴走したのか、母にそのときの記憶がないせいでわからなかった。どうして親族を敵と認識したのか、やっとわかった。

自分たち親子はこの男の憎しみによって、ずっと苦しめられてきたのだ。だが、その憎しみを生んだのはソニアたち王族だ。

すうっと血の気が引いていく。落ちるような感覚に額を押さえた瞬間、空気が動いた。

「なにが女王陛下だ。お前など所詮、犯された女の腹から産まれ……ッ！」

ぶんっ、と空気を切り裂く音のあとに、金属がぶつかり合う音がして静かになる。ソニアの足元に、水色の長い髪の束が飛んできた。

恐る恐る顔を上げる。セラーノ公爵の首すれすれに、剣が床に突き刺さっていた。その横に、ラケルが連れていたローブの男性が立っている。

「……すまぬ。聞くに堪えなかったのでな」

「いえ……お気持ちはわかります」

斬撃をそらしたのは、レオンだった。彼の持っていた剣が折れている。もう少しずれたらセラーノ公爵の髪ではなく首が飛んでいただろう。彼は自身の首に迫った刃を見て、声もなく悲鳴を上げて失神した。

「こんな彼にも、等しく裁きを受ける権利があります。また、彼の罪は旧アフリクシオンにも関係がある。私たちも彼に聞きたいことがあります。おつらいでしょうが、裁きを受ける日まで心をお鎮めください……ラロ陛下」

フードがばさりと落ち、だいぶ痩せた父の顔が露《あらわ》になる。なにがあったのか片目は眼帯で、残ったもう片方の目も黄金色が濁っていた。

「……お父様」

声が震え、涙があふれた。

「久しいな。心配をかけて、すまなかった」

「お帰りなさいませ。よくご無事で……」

振り返った父の手が伸びて、ソニアの頬を包みこんだ。その温かさに嗚咽《おえつ》がもれ、堪え切れなくなった。顔を歪め、人前だということも忘れて声を上げて泣く。

「今までよく頑張った。国を守り、よく耐えてくれた。ありがとう」

子供のように泣きじゃくるソニアの背を、父の手が撫でる。その胸に額をこすりつけ、やっとなにもかも終わったのだと心から安堵できた。


「いいところを取られてしまいましたね」

「ラケル……いちいち嫌みだな。お前も働け」

レオンは周囲に指示をだしながら、泣きじゃくるソニアとそれを抱きしめるラロ国王に視線をやる。あんなに泣く彼女を見るのは初めてだ。自分の胸の中でないことに多少の不満はあるが、今回は仕方がない。レオンに出番はなかった。

それよりも、この惨状を早急にどうにかしなければならない。この場で使い物になる統治者はレオンだけ。

己の仕事をこなすかと、自分で怪我をさせたセラーノ公爵の私兵に治癒魔法をかけてやる。そこにラケルのもう一人の連れがやってきた。

「久しぶりね」

フードの下から現れたのは、オレンジ色の髪と琥珀《こはく》色の瞳を持つ壮年の女性だ。微笑んだ彼女は、相変わらず太陽のような明るさがある。頬に散ったソバカスさえ、美しく見えた。

「カタリーナ……無事でよかった」

「立派になったわね、レオン。あなたが、私たちを見つけてくれるとは思わなかったわ」

「探し当てたのはラケルだ。俺ではない」

「だけど、私が生きていると言い当てたのはあなたでしょう？」

ソニアの口振りに違和感があったのだ。そして、リノを育てていたアンバル夫人の話。その二つをかけ合わせると、カタリーナが生きているとしか思えなかった。

「ずっと、あなたに伝えたかったことがある。あなたの家に迎え入れてくれて、ありがとう」

レオンにとってカタリーナの邸で匿われていた三年間は、窮屈でありながら自由でもあった。やっと王宮の外にでられ、馬鹿にされることもなく幸せに過ごせた。

特にカタリーナはレオンを弟のように可愛がり、愛情をそそいでくれた。それがなければ、今のレオンはない。売られた先で、自分を不幸にしたあらゆるものを呪って、セラーノ公爵のようになっていただろう。

「それから、あなたのおかげでソニアに出会えた。そのソニアを支え、俺の息子まで守り愛してくれて、ありがとう。感謝している」

そう言って抱きしめたつもりだったが、背中に回った彼女の手にぽんぽんと頭を撫でられると、子供の頃に戻ったような気分になった。

「ふふっ、気にしないで。孫を育てているみたいで楽しかったのよ。私、自分の子供は持てなかったけれど、あなたたちを愛せてとても幸せだわ」

十数年ぶりに感じる彼女の体温に、レオンも少しだけ涙ぐんだ。

14

「元気か？」

　レオンが病室のドアを開くと、ちょうどアナマリアがカルロスの食事を片づけているところだった。突然の訪問に驚いて恐縮する彼女に、見舞いの花束を渡す。生けてくると病室をでていくのを見送る。

　ベッドに身を起こしたカルロスは、あちこち包帯を巻かれていた。

「治癒魔法は傷はふさぐが、仮止めみたいなものだ。それに、なくなった血は増えないってお前もわかってるだろう。止めたのに飛びだしていくから、こうなるんだ」

　カルロスはずっとアナマリアを人質を取られ、レオンやナバーロ将軍をスパイするようセラーノ公爵親子に脅されていた。従妹のアナマリアはカルロスにとって妹のような存在で、窮屈な公爵家で唯一気を許せる相手でもあった。カルロスの情の深さを利用されたのだ。

　レオンとラケルは、カルロスがスパイになっていることに前から気づいており、なにか事情があるのだろうと探っていた。

そんなとき、カルロスを見つめるアナマリアについていた侍女の隙のなさが目につき調べた。侍女は彼女の監視役だった。ラケルはすぐさまアフリクシオンの手の者を送り込んだ。おかげで、セラーノ公爵がカルロスを身動きできなくするために彼女をさらったのもいち早く察知し、監禁場所の特定もしていた。

カルロスにはなにも聞かず、監禁場所を教えて携帯用の受信機を渡した。セラーノ公爵が動くとしたら、レオンとソニアが国を離れている間だ。もし、予定より早くレオンが戻ってくることがあれば、それはなにかあった場合なので備えよと。

そしてあの夜、リノを殺しにきた刺客と戦いカルロスは深手を負った。彼らは護衛ごとリノを殺し、カルロスがやったよう偽装しろと命を受けていた。だが、カルロスと呪異能力の返り討ちにあい絶命した。

レオンとソニアは、その直後にリノの部屋に駆けつけたのだ。

「アナマリアの近くには、護衛の者を配置していた。ことがすんだらすぐに救出する予定だったから、お前がいく必要はなかったのだが……まあ、気持ちはわかる」

ベッド横の椅子に腰かけ、レオンは息を吐く。自分もソニアが同じ目にあっていたら飛びだしていっただろう。

「しかし、救出したあとに傷がぱっくり開いてぶっ倒れたんだってな。それでアナマリアを泣かせたそうじゃないか。さすがに無理をしすぎだ」

危うく生死の境をさ迷いかけたのだ。すぐ病院に担ぎ込まれたので助かったが、知らせを受けてレオンも冷や汗をかいた。

「……この度はご心配おかけしまして、すみませんでした」

不本意と顔に書かれた謝罪をされても、溜め息しかでない。

「で、アナマリアと婚約しないのか？」

「なに言っているんですか。ただの従妹ですよ」

「ただの従妹ね。ここまできたら、責任取ってやらないと可哀想ではないか？」

アナマリアはセラーノ公爵――今はただのダニエルの従妹でもある。こんな騒動があり、彼女の今後は困難なものになるだろう。さらわれ監禁されていた事実が噂になれば、恵まれた結婚は難しい。カルロスが責任を取ってやれば丸く収まるのだが、本人は頑なだ。

「余計なお世話です。それに責任なんて取れる立場ではありません。私は……罪を償わないと」

「罪ってなんだ？　そんなものないぞ」

「とぼけないでください。二重スパイと周囲におっしゃったそうですが、そんなものになった憶えはありません。あの契約書も私が盗んだものですし、女王陛下を事故に見せかけて殺害という話も、私が盗み聞きして兄に伝えたんです」

「だから、わざと契約書を盗みやすいところに置いたのも俺。お前が盗み聞きしているのに気づいてもなにも対策しなかったのも俺。お前は俺の意向に添って行動した優秀な部下ってだけだろう」

「それは私があなたにハメられたということです。おかしな解釈をしないでください」

「あーもう、真面目だな。そこはさ、主が気を遣って遠回しに許したって言ってるんだから、意をくんで柔軟な対応をしてくれ」

「陛下は軽すぎます。そうやって身内贔屓《びいき》をしては、他に示しがつきません」

「お前はもっと打算的に生きろ。ラケルなんて打算の塊で、俺まで利用して家探しさせたんだぞ」

なにを言っても無駄というように、カルロスが目をそらして黙り込む。仕方がないので、レオンも真剣な面持ちで口を開いた。

「だいたいな、お前が俺を裏切ってることなんて、フィラントロピアで騎士をやってたときから知ってたんだよ。知ってて、お前をオディオ領の出征に連れていった。あのときお前、戦いのどさくさにまぎれて俺を殺せって指示されてただろ」

レオンがナバーロ伯爵位を継承して目障りに思っている貴族は多かった。中でも血筋にこだわるダニエルは目の敵にしていた。玉座を狙っていた彼からしたら、ソニアに気に入られ、軍人受けのいいレオンは脅威だった。ナバーロ将軍のように軍部を牛耳られたら、謀反を起こすときに邪魔だ。早めに潰しておこうと画策していたはずだ。

カルロスの異能を正確に把握していて、あの出征についていくことを承諾したのは、そういうことだとレオンは踏んでいた。

「だが、お前は俺に攻撃もしなかったし、俺と一緒に反乱軍側についた」

「あれは、流れに乗っただけです。そのあとも兄と連絡を取り合い、公爵家が戦で有利になるよう動いていました」

「それも知っている。公爵家が関わる戦場のときだけ情報がもれているのにラケルが気づいたから、俺がカルロスだと教えた」

　ラケルもカルロスならなにか理由がある。失うには惜しい人材だからと、しばらく泳がせることに同意してくれた。戦に関しては、公爵が関わるときは勝たないが負けすぎないよう調整して作戦を組み直した。

「それだけではありません。私は兄の命令でラロ陛下――いえ、ラロ殿下の暗殺も図りました」

　生きていたことが判明し、改めて退位した前国王ラロは、リシア公ラロ殿下と呼称が変更になった。そのラロ殿下を、戦場のどさくさにまぎれて闇討ちしたのがカルロスだ。

「その話ならラロ殿下から聞いている。暗殺といっても、お前はなにもせず殿下に逃げるよう告げたそうじゃないか。そのあと殿下が死んだように工作した」

　カルロスはこのとき、ラロ殿下に兄が命を狙っていると話している。それだけで、なにが起こっているのかだいたい把握できたと殿下からは聞いた。

「殿下は、助けてもらっておいて罪に問うほど愚かではないとおっしゃっている。この件に関して、お前が罪を償うと騒いだら殿下に恥をかかすことになるからな」

　そう釘を刺すと、カルロスは不本意そうに黙り込んだ。

「あとお前、透視して俺の足裏に魔法印があるのを知っていたよな」

フィラントロピアにくる前、ナバーロ将軍に傭兵として雇われたときだ。まだカルロスの異能を知らなかったので、油断して足裏を見せてしまった。アンクルクロスはしていたが、透視の前では意味がない。

「その魔法印のこと、親父にしか話してないだろ？　そして親父に口止めされたはずだ」

なにも答えないのは、その通りなのだろう。

カルロスには魔法印の意味はわからなかったはずだ。だが、もし兄のダニエルに話していたら、レオンが旧アフリクシオンの第三王子だとバレただろう。公爵なら魔法印の知識がある。五年もフィラントロピアで平和に生活はできなかったはずだ。

「それから俺が、出征前に自治区アフリクシオンを調べていたのも知っていた。錠紋のかかった抽斗を透視していたよな。なのに、それも兄に伝えなかった」

あの段階で、自治区の反乱だと伝わっていたら先手を打たれ、ここまで順調に勢力拡大はできなかっただろう。

「お前は、肝心なところでは兄を裏切っている。俺が優位になるように動いてくれていた。この事実だけで充分、二重スパイと言っていい」

「私が透視していたのを、あなたがたまたま知っていただけではないですか」

「たまたまなものか。あんなわざとらしく異能を使われて気づかないほど、俺を無能だと思っているのか？　お前は俺に見せつけていた。王室の事件記録簿の保管場所が東塔の元団長室にあると教えてくれたときもだ……」

見張りが手薄だと指定された日時にいくと、部屋の窓が薄く開いていた。あそこは裏庭の話し声が聞こえる構造で、カルロスもそれを知っていた。だから、すぐに意図がわかった。

「お前は俺に……」

助けを求めていたのではないか。その言葉をのみ込む。指摘されて認める男ではないし、いちいち言葉にされたくもないだろう。

沈黙が落ちる。レオンは手に持っていた書類をカルロスの膝に放った。

「まあ、いいや。俺は罪に問う気はない。あとはお前が考えて答えをだしてくれ」

書類を手にしたカルロスが怪訝《けげん》な表情になる。

「……これは？」

「ラケルから伝言。セラーノ公爵の座が空いたから、順番としてお前が引き継げ。断った場合、アナマリアを女公爵にするということで、フィラントロピア側とも話がついたそうだ」

現在、血筋的にはセラーノ公爵家だが、カルロスの戸籍はアフリクシオンにある。この場合、公爵位を継承する権利はないが、今後、両国が合併すればその規定は無意味だ。

「お前が公爵位につくなら、架け橋っぽくなるからどちらの国にとってもいいんじゃないかというのが俺達の考えだ。あと、不祥事は起きたがセラーノ公爵家が運営する事業は多い。いきなり公爵位が空になると、回らなくなる事業もあるから早急に席を埋めないとならん。しかも今回のことでしばらく公爵家は叩かれるだろうから、誰もその席を引き継ぎたくないんだ」

「はぁ？　ちょっと待ってください……なんですか勝手に！　というかこれ、厄介事を押しつけたいだけでは？」

辞令書を握りつぶしたカルロスの額に、青筋が浮かんでいる。

「その通りなんだ。で、お前が嫌がるとアナマリアにお鉢が回ってしまう。可哀想に。どんどん婚期が遠ざかるな。働きたいってタイプの女性でもないのに……お前のせいで誘拐されて傷物扱いな上に女公爵。寄ってくる男は権力目当てだけになるな」

「そんな……脅しじゃないですか！」

「だってお前が意固地なんだもん。ダニエルは弟の扱い方をよく心得ていたよな」

レオンは立ち上がると、手を振ってドアに向かった。

「じゃ、そういうことだから。まずはよく養生しろよ。仕事はそれからでいいからな」

「今のでふさがった傷が開きそうです」

忌々しげに吐き捨てるカルロスに笑顔を返すと、レオンは病院をでて王宮に戻った。

帰り道、馬車が王宮の西側を通る。どんよりと陰気な空気をまとう西の尖塔は、昔から王族や傍系の幽閉に使われてきた。今は元セラーノ公爵のダニエルが収容されている。

事情聴取は順調で、素直に罪を認めているそうだ。罪状は王位簒奪や王族暗殺未遂などで処刑になるだろうが、裁判や判決は一年以上先の予定だ。

これからレオンとソニアの結婚式や国の合併などがある。おめでたいことの前なので、犯罪者に一律で恩赦が与えられることになった。罪や罰の軽減があり、ダニエルは判決まで一年の猶予が与えられた。

彼は今、取り調べの時間以外は塔の中で魔術の研究をおこなっている。邸を捜索したとき、彼が仕事の合間に研究していた魔術や魔法石の資料が大量にでてきた。それらは、今後の技術発展に役立つ内容が多かった。判決がでるまでの間、その研究を続けよとソニアが命令を下し、彼の部屋には必要な資料や人材が送り届けられている。

魔封じの首枷と監視付きではあるが、彼は人生で初めて誰にも邪魔されることなく好きな魔術の研究だけに没頭できているのだろう。憑《つ》き物が落ちたような、穏やかな顔をしていると報告が上がっていた。

矜持の高い男なので、ソニアからの恩赦は感謝するどころか憎しみが増すだけかもしれない。研究も半ばで断念して処刑される可能性もある。だからこそ、ダニエルにとっては一番つらい罰となるだろう。

「ソニアは優しいけれど厳しいな……」

玉座に執着はないのに、誰よりも統治者に相応しいと思う。やはり、このままレオンの王妃にしてしまうのはもったいない。

馬車から降りると、レオンはまずはラケルのもとへ向かうことにした。

「少し、休憩になさいませんか」

ティーワゴンを押してソニアの執務室に入ってきたのは、執事のハビエルだ。セラーノ公爵の謀反があった直後、王宮に戻ってきた。

ソニアは執務机からソファに移る。手首にはまった白金のブレスレットに目がいった。透明の魔法石がはまったそれは、ソニアの魔力を流し込まないと外れない構造になっている。

セラーノ公爵の謀反があった翌朝、父から渡されたのだ。

「お二人は、そろそろ森の邸に到着された頃でしょうか」

「そうね……高速馬車を使っているから、もう邸でくつろいでいるかもしれないわ」

今朝、見送った父とカタリーナを思いだす。今後、森の邸で隠居生活をするそうだ。出発前、カタリーナに父を愛しているのかと聞いたら、「あの人は手のかかる兄みたいなものね」と笑っていた。王宮に側室としている間、生活費だけ渡してなにもしてこなかった父にカタリーナは感謝しているという。

彼女は、側室たちのソニアの取り合いに巻き込まれ毒殺されたことになっていた。あのまま王宮に残っていたら、また何度も命を狙われただろう。それを避けるため森の邸に身を隠させた。毒で弱った体の療養をしながら、たまに遊びにくるソニアを可愛がって暮らした。

レオンがフィラントロピアにやってきたのは、父からの手紙で知っていたそうだ。

けれど会えば、ラロ国王が第三王子レオンの存在を知っていたことになる。それが後に露見したら、なにかと問題になりラロが責められるだろう。レオンも、フィラントロピアでの今の安定している生活を捨てて逃げるかもしれない。

いろいろ考えた末、カタリーナは「身分を隠して生活している彼の人生を壊したくないので、会えません」と返事をした。

だが、ソニアがレオンの子を身ごもり、出産を手伝い、リノを育てる中で、会っておくべきだったと後悔したそうだ。

「カタリーナは、片目になった父の介護をして暮らすそうよ。夫婦でもないのに、なぜか幸せそうだったわ」

「情の深い方ですからね。放っておけないのでしょう。夫婦とは異なりますが、お互いによきお相手なのではないでしょうか？」

「そうね。わたくしも、父がカタリーナといるなら安心だわ」

行方のわからなかった二年間、父はとある魔導師の工房に身を隠していた。そこには以前からあるものを依頼していて、完成間近だが人体実験をしないと安全に使用できるものは作れないと言われたそうだ。

そして、そのあるものというのがソニアの腕にあるブレスレットだった。

これは魔眼の効果を弱める魔道具だ。異能封じとは違い、極限まで異能を弱めることで使用者の負担を減らす。眩暈や頭がぼうっとすることがなく、長期的に着用しても寿命が縮む心配もない。

今まで様々な者が研究してきたが、なかなか完成にいたらなかった。父はその研究に投資していた。

ソニアは睫毛を伏せ、ブレスレットをそっと撫でた。

「よかったですね。これでもう、人を遠ざける必要もなくなるでしょう」

「でも、お父様はこれのために視力を失ってしまったわ」

「それだけ姫様のことを愛しておられるのです」

ハビエルの静かな言葉が、ぎゅっと胸を締めつけた。

人体実験は非常に危険なものだった。魔眼の能力を弱めるには、視神経に働きかける必要があるらしい。視神経の状態を測定したいだけなので、被験者が異能持ちである必要はないが、失明する恐れがあった。

その実験に、父は関係ない者を使うことを禁止した。もしそのような事実があれば、ソニアがブレスレットを受け取らないだろうと。

だから父は、死んだことになっているのを幸いと被験者になり、ブレスレットを完成させて片目を失明した。

リノに会いにいったのは、ブレスレットの完成が間近に迫り、ソニアが無理やり退位させられることを知ったからだ。父はカタリーナに居場所を告げ、魔導師の工房に戻った。

このときすでに片目を失っていた父を心配し、カタリーナはリノをハビエルに預けると、あとを追いかけた。

そんな二人を見つけだしたのはラケルだ。彼は、父の書斎で資料や文献だけでなく、私費の領収書の束まで読み込んでいた。「研究の真髄を知るにはお金の流れが大事です」と、彼は片眼鏡を持ち上げながら語った。その領収書の中に、とある魔導師工房へ定期的に多額の送金がされていることに気づき、父が生きている可能性があると知ってからはここに身を寄せているのではと推理した。

魔導師工房へ人をやって調べさせ、あの夜、アフリクシオンで開かれた夜会にその魔導師と父たちを招待していた。ソニアに会わせたい人というのは、父のことだった。

そしてあの夜会には、血縁鑑定ができる異能者も遠い異国から呼ばれていた。これまで血縁鑑定ができる異能者はいないと言われていたが、海を超えた大陸ではたまに現れる異能で、そこまで珍しいものではないらしい。

これもまた、ラケルが父の書斎を漁って見つけた。父は随分前に、異国にいるらしいという情報を掴んでいたが、途中で調べるのをやめていた。真実を知るのが怖くなったのではないか、とラケルは言っていた。父が血縁鑑定できる異能者を見つけたのは、ソニアの異能が判明した頃だった。

先日、その血縁鑑定ができる異能者をフィラントロピアの王宮に招き、リノの鑑定をしてもらった。ソニアとレオンの実の子だと無事に証明され、近々、両国の第一王子として正式にお披露目されることが決定した。

「お母様！　僕も一緒にお茶をいただいてもいい？」

ばたばたと足音がして、リノが部屋に駆け込んできた。剣の稽古のあと湯浴みをしたのだろう。髪からジャスミンの精油が香った。

「リノ、あまり走っては駄目よ。護衛の者が困るでしょう」

慌てて追いかけてきた様子の護衛騎士が、扉のところで頭を下げる。その隣には、ソニアの現在の護衛である魔法騎士が立っていた。

レオンの元部下の魔法騎士たちは、あの日のソニアの言動に感銘を受け、護衛騎士を志願してくれた。近衛騎士を一度に失ったところだったので、とてもありがたかった。

ミゲルとあれに加担した近衛騎士たちは、処刑の判決がでていたが恩赦によって終身刑に減刑の上、僻地《へきち》送りが決定した。そもそもソニアの異能にあてられて精神的におかしくなっていたところを、ダニエルにそそのかされての犯行だ。ソニアとしては、きちんと治療をし更生させたいと思っていた。

だが、王族であるソニア暗殺未遂罪は減刑のしようもない。本当なら恩赦もでなかったのだが、高額な高速馬車を破壊されたアフリクシオンのラケルが「ただで処刑してしまっては大損です。近衛騎士なら魔法が使えて肉体的に丈夫ですよね。精神治療がすんだら、良質な魔法石が産出する僻地で鉱夫として無償で働いてもらえませんか？　衣食住ぐらいは保障しますよ」と言いだした。そこで高速馬車の費用を稼ぎだしてもらおうという算段だ。

レオンに言わせると「あそこはベテランの鉱夫でも逃げだすような場所だぞ。死んだ方がマシではないか？」とのことだ。年中、噴火を繰り返す山の傍で、火山灰や火砕流などの被害が多発する危険地帯だという。

ミゲルたちにどうするか聞くと、ぜひ奉仕したいとの返事だった。すっかり目が覚めたのか、自分たちがしたことを大いに反省していて、今後は死ぬまでこの身をソニアのために捧げますとむせび泣いた。

その横でラケルは「忠誠心と統率力のある優秀な人材がただで確保できました」とご機嫌だった。

ハビエルが、リノのぶんのお茶とお菓子をテーブルに置く。リノはそれに目もくれず、ソニアを見上げて興奮気味にしゃべりだす。

「お母様。あのね、今日はね……」

昔のソニアみたいに、リノはその日あったことをなんでも話したがった。会えなかった月日を埋めるように、暇さえあれば一緒に過ごしたがる。もちろんソニアも同じ気持ちだ。

血縁鑑定がすんでからは、毎晩、リノと一緒のベッドで寝ている。

「それからね……あ、お父様だ」

いつの間にか、レオンが扉の前にいた。リノは数日前から、自然とレオンを父と呼ぶようになっていた。彼の中でなにか折り合いがついたらしい。

「ちょっといいか。話がある」

そう言って、レオンは人払いをして部屋に入ってきた。リノが「僕もどっかいく？」と聞くと、「お前はここにいてくれ」と返した。

「どうかなさったの？」

神妙な面持ちのレオンが扉の前に立ったままなので、ソニアもソファから立って彼の傍に歩み寄った。

「まだ、ソニアから返事をもらっていなかったなと。俺からも正式にプロポーズはしていないし……」

馬上での告白のことだろう。あれからいろいろあって、すっかり忘れていた。

「でも、それは……結婚することも国を合併することも決定しているでしょう。わたくしは、了承していたつもりだったのだけど」

「そう言うだろうなと思っていた。もちろん、あなたが嫌がっても結婚するつもりだし、愛は変わらない。だが、政略とは関係なく、俺はソニアを一人の女性として愛している。そして愛されたい」

一歩前にでたレオンが、ソニアの手を両手で握って真剣な眼差しを向ける。

「結婚してほしい。それから、合併する国の共同君主になってくれ」

初めて聞く単語に首を傾げた。

「……共同君主？」

「ああ、二人とも対等な関係で一つの国を運営するんだ。ソニアを俺の王妃という存在で終わらせたくない。あなたは誰よりも国民のことを考えているからだ。それに俺が君主になるのを不安に思う者もいる。そういう者たちの気持ちもくみたい」

レオンの言う通り、フィラントロピア側の諸侯の中には、自分たちの権利が侵害されるのではないか、合併ではなく併合なのではと危惧する声も上がっている。その不安は国民にも伝わり、記者たちが本当に大丈夫なのかと合併による損失面などを記事にしたからだ。

以前はレオンが統治者になることを歓迎していたというのに、やはり自国民のソニアが君主であってほしいという声が大きくなりつつある。セラーノ公爵の謀反のときにまぎれ込んでいた記者が、国民の不安を煽ることを書いたのだ。加えて、あのときのソニアの大立ち回りを美化して書き綴ったせいもあるだろう。

あんなに悪評を煽っていたというのに、手のひらを返したように褒めちぎっている。記者の精神面が心配だ。異能の影響でないといいが。

「そうね……そういう方たちを大人しくさせるのによい案だわ」

ソニアも彼らをどうにかしなくてはと思っていた。まさか共同君主などという方法があるとは、思ってもいなかった。

「どうだ？　少しは心が揺らいで俺と結婚したくなったか？」

意味がわからず瞬きする。レオンは少し照れくさそうに視線を泳がせた。

「実は、共同君主の案をラケルに持っていったとき、俺の考えたプロポーズも教えたら駄目だしされて、ソニアには国民のために問題を解決する提案をしないと気を引けないと言われたのだ」

共同君主制について、まだ他の者には話していないが、ソニアさえ了承すれば次の議会で話し合いたいという。だから共同君主の提案をプロポーズに入れてみたと言うレオンの素直さに、思わず笑ってしまった。

「そうね、たしかに心惹かれたわ。でも、それは誰に言われても心惹かれる内容よ」

「誰にでもは困るな」

「あなたが考えたプロポーズはなんだったの？」

共同君主以上に魅力的かはわからないが、聞いてみたい。レオンは改まった表情で、握った手に力を込めた。

「愛してる。愛しすぎて、国王にまでなってしまった責任をそろそろとってくれないか」

瞬間、顔がくしゃりと潰れるように笑みが込み上げた。恥ずかしくて嬉しくて、でも、泣いてしまいそうなほどの幸福感。

彼の人生を変えてしまうほど愛された。そしてソニアの人生も一変させるほど、彼を好きになった。

「嬉しい……ありがとう。こちらのプロポーズのほうが素敵だわ」

破顔したレオンが近づく。ソニアは目を閉じて、顎を少しだけ持ち上げた。

「わたくしも愛してるわ」

唇が重なる。じんわりと伝わる体温に胸が高鳴る。何度も角度を変えて口づけられ、唇を薄く開きかけたところで、ぐいっ、とドレスの裾を引っぱられた。

驚いて体を離す。見下ろすと、両親の服をがっしり摑み、目をきらきらさせた息子がいた。レオンは気にしていないようだが、ソニアは恥ずかしさに頬が熱くなる。

「よかったね、二人とも。僕、今夜から一人で寝るね」

「一人で？　なぜだ？」

不思議そうにレオンが聞き返すと、リノは眉根を寄せた。

「お父様もお母様も、なんかギクシャクしてたから心配だったの」

いつも明るく振舞ってはいるが、敏感な子だ。両親に距離感があるのに気づいていたようだ。

「で、ラケルに相談したんだ。そしたら、お父様がちゃんとプロポーズしてないから、お母様は仕事のために結婚する気分のままなんだって。だから、そうじゃないってわかるような告白が必要で、最初に心惹かれる条件を並べたあとに熱意のある本音を述べるのが効果的ですって言ってた」

カルロスが入院してから、リノは質問するとなんでも答えてくれるラケルがお気に入りだった。彼が暇そうなときを狙ってつきまとい、質問攻めにしている。

まさかこんなことまで教えているなんて……。しかもすっかり仕組まれていたようで、レオンが額を押さえて唸っている。

「それでね。プロポーズが成功したあと、僕が一人で寝ると弟か妹ができますよって教えてくれた」

「あいつ……子供になんてことを……」

レオンは渋い表情で、ソニアは苦笑するしかない。そして、レオンの耳に唇を寄せてそっと囁いた。

「今夜、あなたの部屋にいってもいいかしら？」


夜も更けた頃、部屋にノック音が小さく響いた。返事をすると、そっと扉が開いてソニアが顔をのぞかせる。

ベッドに座るレオンを見つけると、どこか恥ずかしそうににこりと笑った。

やってきたソニアは、初めて抱いたときと同じ青いガウンを羽織っていた。レオンが落ち着かない気持ちで、着替えずに待っていたのも同じだ。

「……あの夜みたいだな」

「そうよ。まだあなたに褒美を受け取ってもらってないからきたの」

レオンが瞬きすると、くすりとソニアが笑った。

「父に褒美の変更を頼んでいたそうね。今朝、出立前に教えてもらったわ」

「ああ、聞いたのか」

「あなたが心変わりするかもしれないからって、言わずにいたそうよ」

「心変わりなんて……一度もしなかった。もっと早く、あなたを奪いにきたかった」

立ち上がり、やっと手に入った褒美に軽く口づける。

「だがまさか、褒美が増えているとは思わなかった」

リノのことだ。今度は、ソニアの額に口づけを落とす。

「ソニア、これを」

渡そうと、用意していたものをポケットから取りだす。

「指輪……？　まるで水の塊みたいね」

「魔法石を削って作ってもらった。そこに俺の防御魔法を刻み込んだ」

手のひらに載っている指輪は、全体が透明でつるりとなめらかな輪郭を描いている。その中に虹色のきらきらした砂のような粒が浮いていて、指輪を傾けると水の中で漂うように動いてきらめく。

「この光の粒が、俺の魔法だ。呪異能力ほどではないが、それなりに強い魔法だ」

ソニアとリノにかけられていた呪異能力は、先日解除された。もう必要ないだろうし、この呪いは扱いが難しい。また悲劇が起きてもいけない。代わりに、ラロ殿下は二人に防御魔法をかけた。

この指輪は、それを強化し補助する役割がある。

「なにかあったら、この指輪が盾代わりになる。そして、対になっている指輪に伝わるようにできている」

レオンはサイズの大きい、もう一つの指輪を取りだす。

「こっちは俺のだ。俺になにかあっても、同じようにソニアの指輪に異変が伝わる。リノ用にも、なにか作る予定だ」

子供なので指輪は邪魔だろう。本人に希望を聞こうと思っている。

「それで、これを結婚指輪にしたい。受け取ってくれるだろうか?」

両国には、結婚のとき花婿側が結婚指輪を用意する風習がある。花嫁がそれを受け取ると結婚が成立したことになる。

「ありがとう。嬉しいわ」

幸せそうにはにかむソニアの手をとり、指輪をはめる。レオンの指輪も、ソニアにはめてもらった。婚礼の儀式はまだだが、これで結婚成立だ。

「やっと褒美が手に入った。もう手放さない」

月明かりが降りそそぐ中、誓うように口づけを交わす。幸福感に包まれてソニアを抱きしめ、その唇を味わう。角度を変え、何度も舌をからみ合わせる。

二人の間で濡れた音が響き、吐息が混じる。息が上がったソニアに胸を押された。

「んっ……はぁ、レオン」

長い口づけから解放すると、とろけた菫色の瞳に見つめられる。異能なんてなくても、この魅力には抗えない。

ソニアが肩からガウンをするりと落とす。現れた白く透けるネグリジェの下にはなにも着ていなかった。レオンは目を細め、喉を鳴らす。

「この格好で、一人歩いてここまできたのか？」

「そうよ？」

「早急に部屋を一緒にしないとならないな」

なにもわかってない様子のソニアに嘆息し、レオンは少し乱暴に唇を奪い、ベッドに引き倒した。

「……ふ、んっ！　あぁ、レオン……ッ！」

薄い布地を押し上げる乳房を揉みしだき、中心に舌を這わす。跳ねる腰を押さえつけ、くちゅくちゅと音を立ててねぶる。すぐ硬くなってきたそれを舌先でくすぐり、気まぐれに甘噛みすると、ソニアからあられもない声がひっきりなしに上がる。

「あっ、あぁぁっ……やぁ、そこばかり……っ」

そう喘いで肩に爪を立てたソニアは、もう我慢できないのか膝をこすり合わせている。脚の間に挟まった薄い布地が、色を変えている。

「もう濡れているのか」

「だって……」

ソニアが恥ずかしそうに睫毛を伏せる。

こうして抱き合うのは久しぶりだ。セラーノ公爵の謀反があってから、いろいろと忙しかった。レオンもしばらくアフリクシオンに戻っていて、二人きりでゆっくり過ごす時間はなかった。それに夜は、ソニアがリノと寝ていた。

そのせいなのか、レオンも今夜は我慢がきかなそうだった。既に、腰の辺りが重く中心が猛ってきている。

すぐにでも突き入れたいのを我慢し、ソニアの脚の間に顔を埋める。布地の上から、舌をからめたそこは、なにもしていないのにぐっしょりと湿っていた。

蜜をすすり、指も使って愛撫する。布をこすりつけるように舌をすべらせ、指で襞を開いていく。濡れてからまる繊維の刺激がたまらないのか、ソニアは腰をよじって逃げようとする。特に肉芽のところをこすってやると、がくがくと全身を震わせて鳴いた。

「ひっ……！　あぁ……だめ、それ……やめっ、あぁぁひゃぁ……ッ！」

背がぐんっと弓なりになり、呆気なく達した。ひくんっ、と蜜口が震える。とろとろになった表情で、ソニアが火照った息を吐く。

まだ早いと思うのに、入れたくなった。下着を脱がし、しっとりと汗で濡れた肌に貼りつくネグリジェをたくし上げ、濡れそぼった蜜口に己の熱を押しつける。指でほぐしていないそこが、きゅうっとすぼまりレオンの先端に口づける。

ソニアの脚がびくんっと震えた。菫色の目が情欲に濡れ、誘うように色を濃くする。

「あぁ……はぁ、入れて……」

待ちきれないというようにねだられて、抵抗などできなかった。きつく締まった入り口をこじ開けるように切っ先を入れる。

「はぁっンッ！　あぁ……ッ！」

「やはりキツいか？」

濡れていても、まだ中は狭い。先が入っただけで、苦しげにソニアが眉根を寄せるが、首を振ってレオンの袖をぎゅっと握った。

「いやぁ……やめないで……あっ……アァッ！」

健気に誘われ、眩暈がする。理性がぷつんと切れ、レオンは一気に自身を突き入れた。狭い中を強引に開く。肉壁がからみつくのがたまらない。ずんっ、と先端が奥に当たる。そこを、ぐりぐりとえぐるようにかき回す。

「あぁっ、やあぁ……んっ、ああ！　だめっ、そこ……ひゃあぁん！」

ソニアの気持ちよさそうな声に煽られる。ぎりぎりまで引き抜き、少し乱暴に貫くのを繰り返す。抜くときに、中が追いかけるようにからみつく。そうやって中をこすられるのがいいのか、ソニアは腰をくねらせ涙を散らす。レオンの背中にすがりつき、自らも腰を揺らし始める。

「そんなに気持ちいいなら、自分で好きなように動いてみるか？」

「え……どういう……あっ、あぁンッ！」

不思議そうなソニアの腰を抱いて体を起こす。対面で座った体位に、ソニアがびくんっと震えて喘ぐ。自重でいいところに当たったのだろう。もう目がとろんとしていて可愛い。このままぐちゃぐちゃに犯してやりたい。

だがその前に、彼女の様々な表情を堪能してみたくなった。

「こうすれば、好きなように動ける」

ソニアはそのままに、レオンだけベッドに仰向けに倒れる。

「……え、やだ。これ……どうすれば？」

「ソニアが動くんだ。できるだろう？　腰を上下に揺らしてごらん」

「そんな……やだ。はしたない」

かあああっと頬を染め、首を振る。そんな態度を取られて、やめられるわけがない。もっと辱めたくなり、下から腰を突き上げる。

「ひゃっ！　あぁぁっ、やぁんっ……！」

太腿を押さえ、下から何度も突いてやると、我慢できなくなったのかソニアが腰を揺らし始める。

「ほら、自分で気持ちのいいところをこすってごらん」

優しく囁くと、レオンの上で淫らに体を揺らして抜き差しを始めた。ぐちゅぐちゅと音をさせ、ソニアが自身の弱い場所をこすり、腰を回す。

だらしなく開いた唇は赤く濡れ、とろけた目で快感を追う彼女に煽られる。レオンもその動きに合わせて腰を突き上げ、揺れる乳房を下から揉みしだく。

「あっあぁ、んっ！　やめて、そんなことまでされたら……あぁぁっ、ひゃぁんっ！」

ソニアが甘い声を上げ、びくんっと体を跳ねさせる。限界が近いのか、抽挿が激しく

なった。レオンを求めてめちゃくちゃに動く。必死な様子が愛しくてたまらない。

中がきゅうっときつく締まる。そこで引き抜き、ソニアが体を深く落とす。ぐちゅんっ、と音がして硬い先端が最奥を突く。

「アァァ……ッ！　ひっ、あぁぁッ！」

ソニアがひときわ高い声を上げ、達する。ぎゅっと締まる蜜口と、びくびくと痙攣する中にレオンも吐精した。すべてのみ込もうと肉壁がうねる。搾り取るような動きに、達したばかりだというのに熱が集まってくる。

「あ……はぁ……レオン……」

倒れてくる体を受け止め、起き上がる。自分で動いてへとへとのソニアをベッドに押し倒した。

「ひゃぁ……あ、もうこんな……」

繋がったままのレオンの状態を察して、ソニアが顔を赤くする。その目にはまだ情欲がにじんでいる。

「いいだろう？」

覆いかぶさり耳元で囁くと、中をぐっと突かれたソニアが喘ぎながら頷いた。今度は、レオンが好きなように動きだし、朝までお互いを放さなかった。

エピローグ

メイドたちに着つけてもらった婚礼衣装は、魔法で真珠の粉を練り込んだ糸で織られている。真っ白い生地なのに虹色の光沢を放ち、とろりとした蕩《とろ》けるような触り心地で気持ちいい。開いた襟ぐりには、金糸と銀糸で鈴蘭《すずらん》と百合の花が刺繍されている。フィラントロピアとアフリクシオンの国花だ。

二国の合併を象徴するこの婚姻は、もともとフィラントロピア王家所有の保養地でもあった、両国の中間くらいに位置する城で執り行うことになった。戦争が起きてからは、危険地帯となり長らく利用されていなかったが、この度、ここへ遷都することが決定した。

合併後に首都をどうするかと議論した際、どちらかの首都を潰すのは国民から反発が起きる可能性があり、公平にするために両国とも遷都するのが望ましいとなった。同時に国名も新たに作られ、トレランシア王国と決まった。

そして今までの首都はそれぞれ副首都として残し、隣国との貿易拠点にする。新首都は今後、城下に学園都市を築くことになっている。両国の交流と和平をはかるために、両国民が通える巨大な学園を創設する。そこは身分関係なく生徒を受け入れ、優秀な生徒には学費の援助や免除などの制度も盛り込まれていく予定だ。

「女王陛下、こちらを……」

鏡台の前に座ったソニアの頭に、王冠が載せられる。先日、遷都の儀式と一緒に戴冠式もこの城でおこなった。

金で作られた王冠はレオンと対になったデザインになっている。髪は緩く結い上げ、朝づみの鈴蘭を添えてあるだけ。イヤリングとネックレスは大粒の真珠が連なったもので、手首には父からもらったブレスレット。それとレオンからもらった結婚指輪だけが宝飾品だ。

王族の婚礼衣装としては質素だが、ソニアはとても気に入っている。着つけたメイドたちも満足げだ。

最後に、椅子から立ったソニアにブーケの代わりに王笏《おうしゃく》が手渡される。トップにはまった青白い魔法石は月を表しているそうだ。

「用意はできたか」

先に準備の整ったレオンが部屋にやってきた。彼はソニアとは真逆の漆黒の婚礼衣装だった。同じ素材の衣装は、黒真珠が生地に練り込まれている。やはり不思議な光沢を放ち、さながら闇を統べる王のようだ。

その手にある王笏には、太陽をかたどった琥珀色の魔法石がはまっている。ソニアの王笏と対で、昼と夜の両方がないと世界は回らないことを現し、この婚姻により国が発展し繁栄し続けることを願っている。

「では、まいろう」

レオンの差しだす手に、手を重ねる。婚姻の儀式は前日にすんでいて、今日は城の前に集まった国民に向けてお披露目する日だ。

「本当に大丈夫かしら？」

バルコニーへ向かいながら、レオンに不安をこぼす。

「心配しなくていい。失敗しても、国民がソニアを好きになるだけだ。俺は恋敵が増えすぎて困るけれどな」

ちゃかすレオンに苦笑を返すが、まだ自信が持てなかった。

父からもらったブレスレットは異能を極限まで弱めるが、効果が皆無になるわけではない。普通に暮らすぶんには支障はないが、ソニアがじっと目を見て微笑めば、ある程度まで相手を従わせることは可能なのだ。

「ラケルと何度も実験したのだろう。あいつを信じてやってくれ」

安全にブレスレットを使うために、どこまでなら微笑んでも異能が発揮されないか、対象者の魔力量によっても違いがでるのか、ラケルに手伝ってもらい測定したのだ。

「実験の間に、あいつは魔法石の片眼鏡を五回割った。その上で、今日のお披露目で微笑んでも問題ないと言っているんだ」

「そうね……だけどブレスレットをしていても、魔力の少ない平民はわたくしが微笑んだだけで好意を持ってしまうこともあるみたいなのよ」

実験に協力してくれた者たちの中には、ソニアを崇拝する者が数人でてしまった。ラケルは「この程度なら治癒魔法の精神洗浄で治るので心配いりません」と言ってくれたが、やはり不安だ。その後、協力者に反動もなかったと聞いているが、信じていいものか。

「あなたに微笑まれて好意を持たないでいられる者はそう多くない。それは異能のせいではないぞ」

レオンが溜め息をつき、立ち止まる。

「やっぱりお披露目は中止にして、あなたをどこかに閉じ込めたくなってきた」

「大丈夫？　あなたこそ、わたくしの異能のせいでおかしくなっているのではなくて？」

やはり一緒にすごす時間が長く、抱き合っているせいだ。精神洗浄で治るだろうか。

「ご心配なく、女王陛下。レオン陛下はこれが通常でございます」

ソニアがおろおろしていると、後ろからラケルがやってきた。

「陛下、変な気を起こさないで、ちゃんと仕事をしてください」

ラケルに背中を押されるようにして移動する。バルコニーの前には、リノとカルロスが待っていた。

リノは、ソニアと同じ生地の礼服だ。髪はレオンと同じ紫紺で、両国融和の象徴のようだ。

「さあ、前へどうぞ……」

窓が開き、リノを真ん中にして三人でバルコニーへでていく。ワッと歓声が上がる。祝いの花びらが魔法で舞い上がり、祝福のラッパが高らかに鳴り響いた。

「お母様、お父様！　手を振って笑うんだよ！」

一歩前に進むのを躊躇《ちゅうちょ》していると、リノにぐいっと手を引っぱられた。レオンも、息子に引っぱられるようにして前にでる。

「ほら、こうするんだからね！　見てて。ラケルに習ったんだ」

リノはそう言うと、満面の笑みで両手を振った。本当の作法は片手なのだが、子供らしい無邪気さに自然とソニアは笑っていた。レオンは声をもらして笑っている。

集まった国民からも笑い声が起こり、一瞬でリノは人々の心を掴んだ。ソニアも隣で手を振ると歓声が大きくなった。

「妬けるな……全国民が恋敵になりそうだ」

またおかしなことを言っている。本気なのか冗談なのかわからないが、いくら恋敵が増えようと、ソニアが恋するのはレオンだけだ。

「国民の中に、わたくしの恋敵もきっとたくさんいるのでしょうね」

そう言い返してやると、レオンの腕が腰に伸びてきて抱き寄せられた。

「なら、牽制しておかないとな」

レオンはそう言うと、ソニアの唇を優しく奪っていった。

番外編　渡せなかった花束

あの子が悪いわけではない。そんなこと百も承知だ。

なのに顔を見ると傷つける態度をとってしまう。

愛しい私の姫様と同じ顔、同じ声。ふとみせる仕草だってそっくりで、姫様をお育てしていた頃を思いだして懐かしくなる。慈しみ、愛しんで、大切にしてやりたい。

けれどあの菫色の瞳を見ると思い出す。姫様を不幸にした元凶を。

それに、姫様はどうなる？

私があの子に優しくして懐かれてしまったら、この離宮へ無邪気にやってきてしまう。

そうでなくても勝手に遊びにきて、姫様を怖がらせた。

愛したくても我が子を屈託なく愛せない姫様は、自分だけがあの子を可愛がれないことに思い悩むだろう。そうしてまた自身を追いつめてしまう。

だから私はあの子に冷たくする。誰よりもきつく当たって姫様から遠ざけなくてはならない。私が悪者になっていれば、姫様は傷つかないでいられる。

私の大切な大切な姫様。あなたのためなら、私はいくらでも非道になりましょう。

庭に散らばった青い小花と引き裂かれた白いレースのハンカチを拾う。

あの子が大切に抱えて持ってきた素朴な花束だ。少しでも母親の気を引きたかったのだろう。愛されたかったのだろう。

「馬鹿な子ね……そんなことしなくても、もう充分に……」

その先の言葉は涙にかき消され、手の中の花束に吸い込まれていった。

＊＊＊

母の墓を森の邸に移すことになった。隠居した父が傍に置きたいと望んだからだ。

改葬は明日だ。その前にと、ソニアはレオンと息子を伴って墓参りにやってきた。

生前の母の姿が彫られた白い墓石が、咲き乱れる花々に囲まれ丘の上にたたずむ。三人は墓前に膝をついて、祈りを捧げた。

さあっ、と駆け抜けた風は、瑞々しい若葉の香りをさせながらソニアの髪を撫でた。目を開くと、先に祈りを終えたリノが墓の後ろをのぞき込んでいる。

「おばあ様にお手紙を書いてきたのだけど。飛ばされちゃった」

墓の後ろの茂みに引っかかって落ちたそうだ。リノが墓の後ろに回り込む。

「あ、あった……あれ？　なんか彫ってあるよ」

「これは、錠紋飾りだな。それに魔法石を埋めて、保存の魔法をかけているみたいだ」

ソニアも身を乗りだしてのぞく。見覚えのない錠紋飾りがあった。

「このようなものを作った記録はないわ。どういうことかしら？」

「ふうん、そうか。どうする？　強引に開いてみるか？」

「そうね、このままにしておくのは気になるし……お願いするわ」

レオンが錠紋飾りに魔力を流し込む。中心の魔法石が割れると、抽斗がせりだしてきた。

「これは……花束だな。かなり強力な保存の魔法がかけられている」

レオンが抽斗から白いハンカチに包まれた青い小花をとりだす。その小さな花束は、きらきらした粉をまぶしたように発光している。腐食防止に使う、保存魔法の特徴だ。

「ん？　これ、ソニアのハンカチじゃないか？」

レオンが、レースの中に織り込まれたソニアの名前を見つける。それを見た瞬間、母のために花束を作って離宮にいったあの日の記憶がよみがえった。

呪異能力で引き裂かれたはずなのに、花束は綺麗な姿だった。再生の魔法をかけられたのだろう。母の侍女が、再生と保存の魔法が得意だったのを思いだす。

彼女は母の墓前でソニアに暴言を吐いたあと、王女が目をえぐろうとしたのは私のせいだと自ら父に暴露して、処刑を望んだ。母のあとを追って死にたかったのだろう。

だが父は、それでは罰にならないと王宮から追放した。それから数年後、彼女は故郷の街で亡くなったらしい。

あとから使用人の噂で知ったことがある。あの日、泣きながら走るソニアを追いかけて王女宮までやってきたのは彼女だったそうだ。父に王女の異変を訴えたのも。

だからソニアは怪我をしないですんだ。なのに、どうして彼女が罪に問われるのか、国王も王女も非情だと、すべてを知らない使用人たちは憤った。

ただの噂だと。彼女がソニアのためにそんなことはしないと聞き流していた。

けれど、あれは真実だったではないか？

彼女がなにを考え思っていたのか、本当のところはもうわからない。花束を再生したのも、きっと母のためだ。ソニアのためではない。

けれど、こうして母のもとに花束を届けてくれた。母も、死ぬまでこの花束を大切にしてくれていたのだろう。

それだけで、もう……。

墓前の前に崩れるように膝をつき、しゃくり上げながら侍女と母に祈った。

まだ、わだかまりはある。言われたことはソニアの胸を深くえぐり、簡単に許せるとは言えないけれど「ありがとう」と。母には「今、とても幸せです」と。

翌日、墓と棺は森の邸へと改葬された。あの花束は、もとに戻した。

しばらくして、侍女の墓も森の邸に移った。ソニアが父に頼んだのだ。

「彼女も充分に苦しみました。もう許されてもいいでしょう」

そう言ったソニアに、父はただ静かに頷いたのだった。

あとがき

お読みいただき、ありがとうございます。青砥あかです。

今回はページ合わせの都合で余裕ができたので番外編を書き足しました。拾っておきたかったエピソードです。みんないろいろ「訳」があるということで。

今作、プロットの段階ではソニアもレオンも暗めのシリアスキャラだったのですが、書き始めたらぜんぜん違うキャラでよく動いてくれました。

レオンはいろいろ過去を背負ってますが、カラッとしたポジティブキャラです。いくとこまでいって悩みきった結果、彼はこうなったのだろうなと思います。悩んでもどうしようもないことが多すぎたんです。

ソニアも当初は息子のために死を選ぶキャラ設定だったんですが、いやいやいやいややっぱり死なないわ。息子のためになにがなんでも生き抜くタイプだとなりました。
話の筋は当初のプロット通りなのですが、キャラが勝手にいろいろ動いてくれて、書いている私も最後まで知らなかった事実とかあって、書いてて面白かったです。

青砥あか

★著者・イラストレーターへのファンレターやプレゼントにつきまして★
著者・イラストレーターへのファンレターやプレゼントは、下記の住所にお送りください。いただいたお手紙やプレゼントは、できるだけ早く著作者にお送りしておりますが、状況によって時間が掛かる場合があります。生ものや賞味期限の短い食べ物をご送付いただきますとお届けできない場合がございますので、何卒ご理解ください。
送り先
〒160-0004　東京都新宿区四谷3-14-1　UUR四谷三丁目ビル2階
（株）パブリッシングリンク
ムーンドロップス 編集部
○○（著者・イラストレーターのお名前）様

下賜された悪徳王女は、裏切りの騎士に溺愛される

２０２１年６月１７日　初版第一刷発行

著……………………………………………………… 青砥あか
画……………………………………………………… 城井ユキ
編集…………………………… 株式会社パブリッシングリンク
ブックデザイン………………………………………… モンマ蚕
（ムシカゴグラフィクス）
本文ＤＴＰ…………………………………………… ＩＤＲ

発行人………………………………………………… 後藤明信
発行………………………………………………… 株式会社竹書房
〒102-0075　東京都千代田区三番町８－１
三番町東急ビル６Ｆ
email：info@takeshobo.co.jp
http://www.takeshobo.co.jp
印刷・製本……………………………… 中央精版印刷株式会社